CES FEMMES-LÀ

GÉRARD MORDILLAT

CES FEMMES-LÀ

roman

ALBIN MICHEL

À Lucie,
à celles de Saint-Julien-Molin-Molette,
aux autres…

« Quelles que soient les barrières que l'on vous oppose, il est en votre pouvoir de vous en affranchir, vous n'avez qu'à le vouloir. »

Olympe de Gouges

AVANT*

* On trouvera en fin de volume la liste complète des protagonistes de cette histoire.

Daisy

Daisy est l'héroïne de cette histoire.

Elle ouvrit les yeux avant que le réveil sonne. 6 h 45, elle avait le temps… Daisy consulta la météo sur son portable. Le ciel était à l'orage avec des pluies en fin de journée. En fin de journée ? Cela la rassura. La manif était prévue à 14 heures. Prétextant une montée constante de l'islamophobie, le gouvernement voulait faire passer une loi qui entraînerait le regroupement de tous les musulmans dans des quartiers où ils seraient désormais protégés et en sécurité. C'était pure hypocrisie, retournement de langage. En réalité, l'objectif était de les caserner, de les ficher, de les expulser. Ceux qui avaient une double nationalité seraient orientés vers leur pays d'origine ; les Français, eux, seraient encouragés à rejoindre progressivement les pays francophones au Maghreb ou en Afrique, voire au Moyen-Orient, afin d'éradiquer tout risque de terrorisme islamiste. Le leader des Conservateurs à l'Assemblée, Pierre-Jean de Lavoye, l'avait affirmé sans détour à la télévision : « Nous n'avons rien contre les musulmans mais nous devons agir avec autant d'humanité que de fermeté. L'angélisme n'est plus de mise. Nous devons reconquérir notre territoire livré à des envahisseurs décidés à nous remplacer et à transformer notre pays en terre d'Islam. Ce qu'Isabelle la Catholique a fait pour sauver l'Espagne, nous allons le faire pour sauver la France. » Il avait martelé : « Ce sera une nouvelle Reconquista ! »

Le café passait.

Daisy comptait être rentrée de la manif avant de se faire saucer. Peut-être emporterait-elle quand même un K-way ou un parapluie. En même temps, elle ne voulait pas s'encombrer. Elle hésitait. Avant de se charger, elle se promit de sonder les nuages pour connaître leurs intentions. Mouillée pour mouillée, elle décida de prendre une douche vite fait. Vole, T-shirt ! Elle se glissa avec bonheur sous le jet. Une journée dans la rue avec la poussière, les fumées des vendeurs de merguez, la saleté générale… elle ne se laverait les cheveux que demain. Surtout s'il devait pleuvoir.

– I'm singin' in the rain, yes, singin' in the rain…

Son arrière-grand-père était mort pendant la Grande Guerre. Dans la famille, certains assuraient qu'il avait été fusillé pour l'exemple et qu'il avait crié : « Vive l'Anarchie ! » face au peloton d'exécution. D'autres contestaient cette version ; pour eux, l'arrière-grand-père, blessé au champ d'honneur, était mort dans un bombardement : l'ambulance qui le transportait à l'hôpital avait été pulvérisée par un tir ennemi. Le seul point sur lequel s'accordaient les deux clans familiaux, c'était que l'arrière-grand-père était mort et qu'il n'était rien resté de lui, pas de cadavre, pas de trace, rien. À la mort de son père, le grand-père de Daisy, âgé de cinq ans, avait été élevé par ses oncles, tous ouvriers dans la charpente en fer. Il avait commencé à dix ans sur les chantiers, c'était une force de la nature et dès sa seizième année un athlète accompli. Marié en 36, prisonnier de guerre dès 40, il n'était jamais revenu de captivité. Là encore, les histoires divergeaient : pour les uns il avait été embarqué par les Russes à la libération de l'Allemagne et était mort au goulag ; pour les autres il avait été tué par les nazis et brûlé dans l'usine Siemens où il était affecté. Comme pour l'arrière-grand-père, il ne restait rien de lui, qu'un souvenir, une photo sur une plage où en maillot de bain il était fier de montrer ses muscles. Le fils de l'athlète – le père de Daisy – s'était marié sur le tard et avait quitté sa femme un dimanche après-midi sans prévenir, sans laisser d'explication. Personne ne l'avait entendu tirer la porte derrière lui ; la fenêtre de la cuisine était grand ouverte mais il ne s'était pas écrasé six étages plus bas. D'après sa femme, il avait joué la fille de l'air et filé en douce refaire sa vie avec une poule quelque part très loin ; d'après sa belle-mère, il s'était suicidé dans un endroit si secret que personne ne le retrouverait jamais, bon débarras ! Daisy avait douze ans quand son père s'était envolé. La police refusait de faire des recherches, se contentant de l'inscrire dans le registre des « personnes disparues ». Pour Daisy, c'était un oiseau ou un ange. D'ailleurs, chaque fois qu'une corneille, un pigeon ou n'importe quelle bête ailée volait près d'elle ou se posait pas loin, Daisy pensait que son père lui adressait un signe. Il n'y avait pas si longtemps, elle déjeunait d'un sandwich dans le square à côté de l'école où elle travaillait, un oiseau s'était posé sur le dossier de son banc. Il avait ébouriffé ses plumes, déplié une aile, puis une autre sans montrer la moindre crainte. Son œil brillait dans le soleil. Qu'est-ce que son père voulait lui dire ?

Le café était prêt.

Elle s'installa dans la cuisine, enroulée dans une grande serviette de bain. Du pain grillé (sans beurre), du café chaud (sans sucre), un yaourt zéro pour cent : le bonheur pour pas cher en écoutant les infos.

2024, les Jeux olympiques s'annonçaient.

Le gouvernement avait lancé un énorme projet d'infrastructures : construction d'un nouveau et immense stade olympique, de cinq nouvelles piscines, de plusieurs stades annexes, de trois grands gymnases pour les activités indoor, création d'autoroutes supplémentaires, modernisation et développement du système des transports urbains et interurbains, ouverture de deux aéroports, etc.

Une loi votée récemment contraignait les chômeurs à travailler bénévolement sur les chantiers du gouvernement s'ils voulaient continuer à percevoir leurs allocations et bénéficier des droits sociaux. Un système de bracelets électroniques permettait un contrôle drastique de leur assiduité à l'emploi. « Nous savons que les chômeurs ont besoin d'une aide supplémentaire pour se préparer à réintégrer le monde du travail. Les chantiers des Jeux olympiques leur offrent une opportunité de retrouver une routine qui les rendra bien plus intéressants aux yeux d'un futur employeur et aussi plus sûrs d'eux-mêmes. Notre but est de casser le cycle de la dépendance », avait expliqué le ministre du Travail et de la Coopération.

De son côté, dans toutes les villes accueillant des épreuves olympiques, le ministère de la Sécurité intérieure avait été chargé d'en chasser les SDF, les déclassés, tous les « rétifs au travail » et de les délocaliser dans des zones périurbaines, voire à la campagne. Le Président avait déclaré : « Je ne veux plus voir personne dans les rues pendant les Jeux et personne après d'ailleurs. »

En prévision des Jeux, la durée légale du travail avait été portée à quarante-cinq heures par semaine. Et, à partir de quatorze ans, les jeunes – garçons et filles –, encadrés par des instructeurs militaires, devaient accomplir douze heures hebdomadaires de travail collectif en vue de la préparation de l'événement.

Le budget de la Défense et celui de la Sécurité intérieure avaient été considérablement augmentés.

Le pays tout entier devait se considérer comme « mobilisé ».

Daisy allait éteindre, la propagande gouvernementale lui soulevait le cœur, mais elle se retint. Florian Bayeux, le très médiatique secrétaire d'État au Budget, était l'invité politique du journal et elle était curieuse d'entendre les bobards qu'il allait débiter.

– Les classes défavorisées, disait-il, ne manquent pas d'argent, elles manquent de culture. La misère, ce n'est pas la pauvreté du porte-monnaie, mais d'abord la pauvreté de l'esprit. Une pauvreté qui découle de leur comportement. C'est une conséquence de leur sous-culture. Regardez les enfants de l'immigration par exemple, qu'est-ce qu'ils ont ? Ils n'ont rien. Ils n'ont pas la culture du bled qu'avaient leurs grands-parents et ils n'ont pas non plus notre culture…

Daisy n'y tint plus. Elle ferma rageusement le poste. Professeure des écoles dans une classe de maternelle du quartier nord, tous les jours elle lisait la pauvreté sur les visages de ses vingt-huit petits bouts de chou de trois ans qui ignoraient encore dans quel monde ils étaient tombés. Il y avait une physionomie de la misère. À chaque réunion avec les parents, elle voyait des filles de son âge (vingt-six ans), grosses et grasses, boudinées dans des joggings roses ou blancs, leur mec maigre comme sont maigres les alcooliques, et les gosses – souvent déjà trois ! – tondus à la mode des footballeurs. Pour ces enfants, pour leurs parents, chaque jour était tout simplement un combat pour survivre. Elle avait recopié au-dessus de son bureau le début de la préface du *Théâtre et son double* d'Artaud que son père avait laissé derrière lui : « Je considère que le monde a faim, et qu'il ne se soucie pas de culture ; et que c'est artificiellement que l'on veut ramener vers la culture des pensées qui ne sont tournées que vers la faim. »

Daisy tenta à nouveau d'écouter les infos. Mais Bayeux, encore à l'antenne, ratiocinait sur le même registre.

– … nous devons nous interroger sur notre solidarité. Celui qui peut travailler mais ne veut pas le faire a-t-il droit à notre solidarité ? Au nom de quoi pourrait-il y avoir un droit à la paresse ? Qui peut s'offusquer aujourd'hui que les chômeurs travaillent sur les chantiers des équipements olympiques ? N'est-il pas préférable d'accomplir une tâche d'utilité publique plutôt que de chômer…

Avant de s'habiller, Daisy s'observa dans le grand miroir fixé à la porte de son armoire. Un regard qui n'avait rien à voir avec celui qu'un homme pourrait avoir sur une femme nue. Elle soupesa ses seins avec une sorte de mélancolie joyeuse. Elle redoutait de les voir tomber quand elle serait vieille, deux poires flasques, deux gants de toilette… Elle tâta son ventre, ce léger bourrelet que rien, aucun régime, aucun exercice, ne parvenait à faire disparaître, caressa son sexe en soupirant – cela commençait à faire trop longtemps qu'elle n'avait pas fait l'amour –, se tourna pour regarder ses fesses qu'elle jaugea avec satisfaction (elles étaient hautes, bien rondes, musclées, le sillon profond) et palpa ses cuisses. Ses jambes étaient un peu trop épaisses à son goût, mais ça allait, elle pourrait encore jouer dans *Nue dans l'Allier*, un court-métrage sélectionné à Clermont-Ferrand, réalisé par Marion Langerome, sa copine d'enfance.

La dernière fois qu'elle avait fait l'amour, c'était avec Maxence, un ancien de la fac qui l'avait draguée au self-service. « Et si je faisais là, comme ça, quelque chose d'extra-ordinaire pour vous ?

– Un miracle ?

– Bien mieux ! » Et il avait compté de un à dix en chinois en faisant les gestes avec ses doigts pour illustrer chacun des chiffres : « Yi… er… san… si… wu… liu… qi… ba… jiu… shi… »

Quand Maxence avait publié son premier recueil de poèmes, il avait encouragé Daisy à lire à voix haute celui qui lui était dédié :

Je te donnerai ma tristesse
Tu me donneras la tienne
Larmes contre larmes
Comme jadis
Dent de loup contre patte d'ours
Et tout sera dit
Mais
Sous ce silence de pierre taillées
Nos cœurs toujours
Battront à l'unisson.

Pour fêter ça, ils s'étaient mis au lit sans qu'il soit vraiment question d'amour entre eux. C'était un jeu enfantin, une gymnastique agréable et douce, une tendresse partagée. Elle n'avait pas joui, lui non plus – enfin, l'un et l'autre avaient fait semblant – et ils s'étaient quittés en se jurant de se revoir vite. Il y avait maintenant… trop longtemps !

Maxence, ah Maxence…

Maxence tenait son prénom de l'admiration que sa mère portait aux *Demoiselles de Rochefort*, un film de Jacques Demy. Daisy devait le sien à *Gatsby le Magnifique*. Ses parents s'étaient connus à la bibliothèque. L'un rapportait le roman que l'autre voulait emprunter. De cet amour né d'un livre passant de main en main, elle avait gagné un prénom à l'instar de l'héroïne de Fitzgerald : Daisy Buchanan… Cinéma et littérature, Maxence et Daisy étaient faits pour s'entendre, et plus si affinités.

Ils ne s'étaient plus quittés.

Maxence

Maxence avait deux frères plus âgés, tous deux dans l'industrie ; l'un tôlier (Charlie), devenu permanent du Syndicat, l'autre tourneur-fraiseur (Robinson dit Roby), employé d'une entreprise sous-traitante pour la construction aéronautique spécialiste des lasers. Maxence était le premier de la famille à avoir fait des études universitaires (licence de socio), ce qui lui valait moqueries et sarcasmes quand ils se retrouvaient tous en famille autour de leur mère, veuve depuis trois ans. Il avait droit, au choix, à : « Tes études, tu les poursuis à pinces ou en vélo ? », « Tu sais faire quoi à part lire ? », « Étudier, t'appelles ça du boulot ? Il n'y a que ceux qui ne connaissent rien qui doivent faire des études ! »

et d'autres du même genre. Faustine, leur petite sœur, était la seule à savoir que Maxence publiait des poèmes. Un petit livre précieux qu'elle cachait dans sa commode, sous ses culottes. Elle aimait surtout :

Les enfants dorment, j'écris sur leurs paupières
Les mots secrets de leurs rêves
Petits enfants, soyez sages
Sinon le diable vous emmènera à la Comédie-Française.

Un poème qu'elle connaissait par cœur.

Maxence déroula son tapis de sol et posa son portable sur le parquet en mode chrono : deux minutes de gainage ventral, trois minutes d'abdos, une minute de gainage ventral, trois minutes d'abdos et trois minutes d'étirements, c'était le régime qu'il s'imposait tous les matins. Maxence s'était juré d'être un grand poète mais pas un gros poète !

Il déclencha le chronomètre.

– C'est parti !

Depuis l'hospitalisation de son oncle Armand, Maxence s'occupait de sa boutique de farces et attrapes. Un emploi provisoire qui avait le double avantage de lui procurer des revenus – modestes certes, mais des revenus – et un deux-pièces où il pouvait loger à son aise au-dessus du magasin. Au début, Maxence avait vécu chez son oncle avec le sentiment d'être un clandestin en planque ou un bandit en cavale. Une étrangeté dont il avait mis du temps à se débarrasser. Les meubles n'étaient pas les siens, les ustensiles de cuisine n'étaient pas les siens, la déco n'était pas la sienne (des tableaux, des gravures, des lithos sur le cirque et les artistes de cirque), mais jour après jour, il s'y était senti de mieux en mieux et désormais il s'y trouvait comme chez lui. Cela durait maintenant depuis plus de trois mois.

Maxence se considérait en congé sabbatique. Son contrat de six mois pour remplacer un prof de français dans un grand lycée en province était terminé. Il avait quitté sans regrets cet établissement de mille élèves doublé d'une pension pour plus d'un tiers d'entre eux. Une sorte de campus en rase campagne avec des ateliers pour les formations professionnelles, un garage, un club hippique, deux gymnases, une piscine. Maxence avait en charge des 4e et des 3e, une population somnolente qu'il avait tenté de secouer le premier jour : « Avec moi, ce sera facile. Le passé, vous ignorez ce que c'est : vous êtes nés sans mémoire. L'avenir, vous n'en avez pas. Pas d'horizon, rien à espérer. No future. Alors pas la peine d'angoisser, nous étudierons le présent. Le présent, le présent, rien que le présent ! » Aucune réaction. Pas un mot ni pour protester ni pour applaudir ; que le silence pesant d'une classe amorphe. Maxence s'était vite fait une raison. Les jours suivants, il s'était contenté de garder son troupeau dont le morne moutonnement lui laissait l'esprit libre.

En revanche, à l'internat, c'était rock and roll. Les pensionnaires se battaient pour un oui pour un non ; certains se scarifiaient, d'autres avalaient n'importe quoi pour se défoncer – en 4e, une de ses élèves avait fait un bad trip au cannabis ! – sans parler des tentatives de viols dans les dortoirs et sans doute des viols demeurés dans le secret des victimes, brûlées de honte, de douleur.

Avec l'organisation des Jeux olympiques, Maxence sentait monter un conflit d'une violence sans précédent, un chaos à venir. Quoi qu'en disent ses frères, il était inutile d'espérer que l'histoire se mette en marche, poussée par la seule colère qui enflammait les cœurs et les esprits. Face au pouvoir de l'oligarchie soutenue par des militaires, face au verrouillage des médias, à la propagande gouvernementale, il ne suffisait plus que le peuple acquière une conscience politique, développe des revendications syndicales ou exprime des aspirations révolutionnaires. Certains devaient assumer de se porter physiquement à l'avant-garde du combat contre la dictature ordo-libérale du général-président Saint-Raymond et de ses sbires. Il y avait urgence à passer à l'action ! L'État menait ouvertement une guerre contre la classe ouvrière, les précaires, les démunis, les étrangers. Cette guerre sociale dévastait la société par la promotion d'un chômage de masse, l'acceptation d'une pauvreté endémique, la disparition de l'exploitation dans le vocabulaire médiatique au profit de l'exclusion, l'élimination de l'égalité au profit de la charité, l'anéantissement de toutes les lois de protection des salariés, du code du travail, de la justice prud'homale, la ruine des services publics au nom du dieu Profit, ce dieu jaloux auquel tout devait être sacrifié pour le bonheur d'un petit nombre et le malheur de tous.

Antonio dit Tony entra par l'arrière de la boutique de farces et attrapes, portant un lourd carton.

– Je ne pouvais pas en prendre plus…

Maxence le soulagea.

– Il y a ce qu'il faut ? demanda-t-il en posant le colis sur le comptoir pour l'ouvrir.

– Ça devrait aller…

Il y avait trente bombes de peinture noire.

– On se retrouve ici ?

– Oui, j'aurai tout préparé.

– T'es sûr que c'est une bonne idée ?

– Quel flic se méfierait d'une bande de zouaves déguisés comme dans *Tintin et les Picaros* ?

La référence fit grimacer Tony.

– Tu lis ça, toi ?

– Cadeau de ma sœur…

Maxence n'était pas vraiment leur chef mais les autres l'écoutaient. Il n'avait qu'un but dans la vie, une seule idée, une seule passion : la Révolution. Il n'acceptait aucun intérêt privé, aucune attache, aucun sentiment. Combien de fois leur avait-il expliqué que s'ils voulaient vaincre la bourgeoisie, l'oligarchie, les classes dominantes, l'individualisme, le nationalisme, le racisme qui chaque jour devenait plus présent, plus fort, il fallait une volonté, un courage, une fermeté et une discipline inflexibles.

Sa stratégie était arrêtée.

Maxence, avec son mètre quatre-vingts et ses quatre-vingt-cinq kilos, mènerait le premier assaut – le plus dangereux – contre les forces de police. Quinze courageux prendraient des coups, des jets de bombe lacrymo, mais ils devraient tenir et rester au contact. Dès que la bataille serait engagée au corps à corps, ce serait au deuxième rideau d'intervenir avec les bombes de peinture. À eux de noircir rapidement la visière des casques des policiers des Forces spéciales de sécurité pour les aveugler. Le troisième rideau entrerait alors dans la danse pour briser les défenses policières avec matraques et poings américains. L'objectif était non seulement de faire mal aux forces de l'ordre mais de les disperser, de s'emparer de leurs armes et advienne que pourra ! Maxence et ses amis allaient fracturer le temps, accorder enfin leurs idées et leurs actes. Il y aurait nécessairement un avant et un après l'action qu'ils allaient entreprendre…

Faustine

À quatorze ans, Faustine, la petite sœur de Maxence, n'avait pas vraiment les goûts de son âge. Elle aimait la poésie, la peinture et la musique classique ; surtout les *Kindertotenlieder* que lui avait offerts son frère. Une musique qui la plongeait dans un silence rêveur, mélancolique. Il neigeait dans sa tête comme dans la petite boule de verre avec laquelle elle jouait en écoutant Kathleen Ferrier. Au premier coup de sonnette, elle courut ouvrir à Julia, sa meilleure copine. Elles s'embrassèrent en se serrant dans les bras, en sautant sur place. La mère de Faustine sortit de sa cuisine en regardant sa montre.

– Vous n'avez pas cours ?

– Non, madame Marchal, répondit crânement Julia, on occupe et après on va tous à la manif.

– Vous occupez quoi ?

Faustine soupira, les yeux au ciel :

– Le bahut, maman ! On occupe le bahut…

Julia renchérit :

– Vous savez que le gouvernement veut créer des ghettos pour les musulmans ?

– C'est une honte ! admit la mère de Faustine.

Julia était lancée.

– Rien que dans notre classe, il y en a presque dix qui sont de famille musulmane. Pas forcément croyants, mais musulmans…

– On ne peut pas laisser faire ça, appuya Faustine. On occupe le bahut pour protéger nos copains et nos copines. Si les flics viennent les chercher, on sera là pour faire barrage.

Mme Marchal hocha la tête.

– Je ne peux pas vous donner tort mais quand même, ils peuvent essayer de vous chasser. C'est dangereux…

– « La vie est immense et pleine de dangers », philosopha Julia, citant le titre d'un film de Gheerbrant qui l'avait beaucoup impressionnée.

Faustine embrassa sa mère.

– T'inquiète, nous sommes nombreux, c'est notre meilleure protection.

Faustine et Julia rejoignirent leur lycée, serrées l'une contre l'autre, jouant à accorder leurs pas, à s'arrêter d'un coup et à repartir en riant.

– Faut c'qui faut, ma Faustine !

Faustine et Julia faisaient la paire. Une drôle de paire en réalité. Autant Faustine – longiligne, féminine, d'un blond qu'elle disait vénitien – était une grande perche promise à devenir une très jolie femme au visage d'enfant boudeur, autant Julia – petite, le poil noir, râblée, débordante de partout – semblait destinée à nourrir une nombreuse famille. Inséparables, elles se racontaient tout et n'ignoraient rien l'une de l'autre, pas même le plus secret. Faustine n'était pas réglée et avait un corps d'enfant, lisse comme la paume de la main. Au contraire, Julia était déjà une femme avec un corps de femme et des seins trop gros pour une adolescente, ses « roploplos » comme elle disait, se moquant des « œufs sur le plat » de Faustine. Jouer au jeu des comparaisons pouvait les occuper la moitié de la nuit. Quand elles dormaient dans le même lit, elles n'hésitaient pas à se toucher, à se caresser, parfois à s'embrasser. Elles étaient l'autre et la même, cœur à cœur, corps à corps. Julia avait guidé la main de Faustine sur le chemin du plaisir et depuis ce jour c'était à la vie à la mort entre les deux filles. « Si j'étais morte, qu'est-ce que tu ferais ? demandait Julia. Tu pleurerais un peu ? Beaucoup ? Pas du tout ?

– Si t'étais morte, je mourrais pour être morte avec toi », répondait Faustine.

C'était avec Julia que Faustine avait pris conscience de qui elle était ; de son intelligence, de sa beauté, même si elle n'y pensait jamais. Avant, elle se voyait comme une souillon avec une bouche de canard et une voix de dessin animé. Personne ne s'intéresserait jamais à elle. Elle avait de bonnes notes au lycée mais pour quoi faire ? Pour qui ? Avec Julia, sa vie avait enfin pris un sens. Elle avait quelqu'un avec qui partager ses échecs, ses réussites ; quelqu'un à qui parler, dire ce qu'elle ne se disait qu'à elle-même, sans mentir. C'était sa sœur d'amour ; plus sœur qu'une sœur, une grande âme qui avait pour elle tendresse et compréhension sans limite. Il n'était pas né celui ou celle qui parviendrait à semer la zizanie entre elles.

Un barrage de poubelles, déjà, condamnait l'entrée du lycée. Kevin, relevant la mèche qui lui tombait toujours sur les yeux, leur cria d'arrêter de déconner et de se dépêcher. Il leur ouvrit un passage et elles se glissèrent à l'intérieur sous la banderole « La jeunesse est là, ça va péter ! ». Faustine pensait que si elle se décidait à sauter le pas, elle aimerait le faire avec Kevin qui était drôle et doux et avait un air d'ange déchu à la Rimbaud. Mais ce n'était pas d'actualité.

Ils se firent la bise.

– Tout le monde est là ?

– Presque…

– Qu'est-ce qu'on fait s'ils nous envoient les flics ?

Kevin fixa Faustine.

– On ne se laisse pas faire.

C'est sûr que Kevin lui plaisait !

Un peu à l'écart, tandis qu'elles peignaient : « Tout le monde déteste la police » sur un grand carton blanc avant d'attaquer : « Légitime défiance » sur le même modèle, Julia asticota Faustine :

– T'as un sacré ticket avec Kevin !

– T'es jalouse ?

– Il est chou…

– Comme dit ma mère, « la beauté, ça ne se mange pas en salade ».

– Tu vas sortir avec lui ?

– Et toi ?

Elles se tapèrent dans les mains : jamais l'une sans l'autre !

Charlie

La section Varlin du Syndicat était installée au troisième étage d'un immeuble industriel, une ancienne imprimerie aux grandes fenêtres sans vis-à-vis. Charlie raccrocha. Le frère aîné de Faustine et Maxence venait d'avoir en direct un camarade bloqué en rase campagne avec d'autres qui montaient de province.

– Les flics arrêtent tout le monde sur l'autoroute, dit-il à Bréville, le secrétaire de sa section. Ils font descendre les gars des cars pour des contrôles d'identité avec prises de photos systématiques…

– Ils veulent les retarder.

– Qu'est-ce qu'ils doivent faire ? On leur dit de foncer dans le tas ?

– Non, pas de grabuge. C'est ce que cherchent les flics, expliqua Bréville. De toute façon, ils n'arriveront pas à bloquer tous les cars. Au contraire, ceux qui se font coincer doivent tout faire pour occuper un maximum de poulets. On verra bien ceux qui se lasseront les premiers…

Charlie sourit et retourna s'asseoir en chantonnant :

– Je te tiens, tu me tiens par la barbichette…

Sa mère appelait. Charlie lui fit sa blague habituelle :

– Section Varlin, parlez sans crainte…

Mais cela ne la fit pas rire.

– Ta sœur est partie occuper son lycée…, dit-elle sans préalable.

– C'est super que les jeunes s'y mettent ! s'enthousiasma Charlie. C'est ce qu'il faut. Elle a pris un imper ?

– Pourquoi ?

– Ils annoncent de la pluie…

La mère de Charlie n'appelait pas pour ça. Faustine n'était pas en sucre.

– Tu ne crois pas que c'est dangereux ? Il va y avoir des flics partout. Elle n'a que quatorze ans !

– Elle est toute seule ?

– Julia est avec elle, mais c'est pas pour me rassurer.

– Elles vont aller à la manif ?

Elle hésita.

– Je ne sais pas, sûrement, avec les autres.

– Ok, je vais l'appeler. Si elle y va, je lui donnerai rendez-vous et on marchera ensemble. Roby doit me rejoindre avec Nadia. On fera ça en famille...

Roby

Dans la cité Mallarmé, à côté de la porte du bâtiment le Sycomore, quelqu'un avait bombé sur le mur : LA RUE, NOTRE USINE. L'inscription n'avait jamais été effacée ni recouverte et semblait devoir y rester jusqu'à la fin des temps. Au onzième étage de la tour, Roby tambourinait à la porte des toilettes.

– Tu fais des cordes pour la marine ou quoi ? On va être en retard !

Nadia tira la chasse et sortit en râlant.

– Va devant. Je ne sais pas si j'ai envie d'y aller à ta manif.

– Ce n'est pas « ma » manif, c'est la nôtre, celle du Syndicat !

– Ton Syndicat ! Ton Syndicat ! Mais tout le monde s'en fout de ton Syndicat ! Au moins, quand il y en avait plusieurs, on pouvait choisir.

– C'est déjà bien qu'il en reste un.

– Eh bien, je m'en fous quand même !

– Arrête de dire des conneries et va te mettre quelque chose sur le cul !

Nadia était hôtesse de l'air dans une compagnie low cost espagnole. Pour une fois qu'elle ne volait pas pendant trois jours, elle aurait préféré consacrer sa journée à autre chose qu'à manifester. Elle s'en fichait qu'il n'y ait plus qu'un syndicat comme il n'y avait plus que deux partis à la Chambre : les Conservateurs, qui avaient la majorité, et les Progressistes (une poignée), qui représentaient l'opposition mais s'opposaient rarement à la volonté du gouvernement ; ils se taisaient, complices ou corrompus. C'était l'un d'entre eux, Amiel Lombard, qui par son vote contre la volonté de son groupe avait permis l'adoption de la loi dite « de contrôle généralisé ». Une loi qui donnait tout pouvoir à la police et portait la garde à vue à douze jours avant d'autoriser la présence d'un avocat. Tout avait été bouleversé par la dernière crise économique et l'arrivée aux affaires d'un pouvoir autoritaire sous la présidence du général Saint-Raymond. Sur vingt-cinq ministres, dix-sept étaient des militaires. Comme l'avait expliqué Joseph Surdez, porte-parole du gouvernement, « la crise est si grave que nous ne pourrons pas faire l'économie d'une certaine dose de dictature »...

Nadia attrapa un slip qui séchait sur un tancarville déplié au milieu du salon.

– À quoi ça sert d'aller faire de la marche à pied en gueulant contre le gouvernement ? reprit-elle, enfilant son jean et son sweat marqué NO PASARÁN. À user tes semelles et à te crever pour rien !

– Tu préférerais que je reste à me les rouler pendant que les copains vont au charbon ?

Et, détachant un à un ses mots :

– Combien de fois il faudra que je te le répète ? Nous ne pouvons pas laisser faire tous les salauds qui prennent des mesures sans jamais en subir les conséquences !

– Je sais, tu me l'as déjà dit et redit. Tu radotes ! N'empêche, je préférerais que tu inventes autre chose que d'aller défiler !

– Tu veux quoi ? Tu veux que je te baise en chantant *L'Internationale* ?

– Fais pas chier !

– Tu veux que je prenne les armes ?

Il y eut un silence, une fêlure dans le temps.

– S'il faut en arriver là, dit calmement Nadia en le dévisageant, pourquoi pas ?

Roby s'empourpra.

– T'es dingue, mais t'es complètement dingue ! D'abord des armes, on n'en a pas, ensuite ce serait une boucherie. C'est ça que tu veux ?

Nadia remonta la fermeture éclair de son jean.

– Tu sais qui pense comme moi ?

– Un des copains fêlés de ton frère ?

Elle réprima un petit sourire.

– Non, pas Yazid, ton frangin…

– Charlie ? Tu rigoles ! T'oublies qu'il y bosse au Syndicat ? D'ailleurs on va ensemble à la manif !

– Je ne te parle pas de Charlie, glissa Nadia, mais de Maxence.

Roby éclata de rire.

– C'est ça ! L'intello de service veut passer à la lutte armée ? Tu me fais marrer. Ça, pour la ramener, il la ramène, mais c'est des mots, rien que des mots…

Nadia se tourna vers le miroir de l'entrée.

– Tu ne connais pas Maxence, dit-elle en se recoiffant d'un geste gracieux.

– Tu le connais, toi, peut-être ?

– Sans doute mieux que toi.

– Qu'est-ce que t'essaies de me dire ? demanda Roby, revenant près d'elle, les mâchoires serrées. Que vous avez niqué ensemble ?

Nadia s'écarta en criant :

– T'es vraiment con ! Mais t'es vraiment con !

Elle fit volte-face.

– J'essaie de te faire comprendre que Maxence, lui, il réfléchit. Il ne se contente pas d'obéir aux mots d'ordre du Syndicat ou de n'importe qui. Il fait marcher sa tête avant de faire marcher ses jambes.

– Et c'est lui qui va faire la Révolution ?

– J'en sais rien. En tout cas, lui, il va faire quelque chose.

– Quoi ? demanda Roby avec condescendance.

Nadia répliqua sèchement :

– Ne pas mentir.

Et, un sourire en coin, elle ajouta :

– Tu veux que je te rappelle comment tu m'expliquais que Lombard ou Bayeux allaient changer les Progressistes de l'intérieur ?

Yazid

Yazid, le grand frère de Nadia, travaillait comme cariste dans un supermarché. Il avait pris sa journée. Avant d'aller à la manif, il retrouva son collègue Mouloud pour pousser des barres à la salle de sport.

– Ça ne peut plus durer, affirma Mouloud en se déshabillant dans le vestiaire. Nous devons faire le djihad, ici, maintenant.

Yazid enleva son blouson.

– T'es ouf ! dit-il. Qu'est-ce tu veux faire ? Le djihad contre les keufs…

– Contre les keufs, contre les séfrancs, les croisés, les sionistes, contre tous les ennemis de l'islam !

– Tu veux quoi ? Tu veux flinguer au hasard, sans savoir

sur qui ni pourquoi ? Tu te souviens ? « Ne tuez personne, Allah vous l'interdit*. »

Mouloud montra ses muscles.

– On a la force, on n'a pas de comptes à rendre.

– Pas même à Allah – que son nom soit béni ?

À son tour, Mouloud cita le Coran :

– « Ne faiblissez pas ! Ne faites pas appel à la paix quand vous êtes les plus forts**. » Ils ne veulent plus de nous ici. Ils nous chassent comme des chiens. Si nous ne faisons rien, Allah – qu'il soit béni – ne viendra pas à notre secours. C'est un message qu'il nous envoie, un défi.

À nouveau il invoqua la sourate 47 :

– « Allah est avec vous, il ne vous privera pas de la récompense due à vos œuvres. » Tu comprends ?

Il s'approcha de Yazid, grimaçant.

– Les croisés veulent nous expulser et tu laisserais traîner le nom d'Allah – qu'il soit béni dans la boue ?

Mouloud se mit à chanter :

Je nique la France
Ses keufs, ses meufs
Putain d'sale race
Je nique leur race
Faut les cramer
Faut les plomber
Kalachnikov
Merci Popov
Je nique leur mère

---

* Coran 6, 151.

** Coran 47, 35.

Je nique leurs sœurs
On est chez nous
Faut qu'ils dégagent
J'vais les fumer !

Yazid ne put s'empêcher de rire.

– Putain, mon frère, tu devrais faire de la télé, t'assures !

– Te fous pas de ma gueule ! Tu me prends pour un bouffon ?

– J'me fous pas de toi mais c'est d'la merde c'que tu chantes !

– T'as bien écouté ?

Yazid termina de nouer les lacets de ses baskets.

– C'est aussi con que ce que chantent les fachos. Paroles de merde pour foutre la merde avec que de la merde dans la tête…

– J'ai de la merde dans la tête ? demanda Mouloud, serrant les poings.

Yazid lui fit face.

– Si on parle comme nos pires ennemis, c'est qu'on a rien à dire. C'est qu'ils ont déjà la main sur nous. Capito ?

Yazid avait fait de la prison. Pas beaucoup mais suffisamment pour ne plus avoir envie d'y remettre les pieds. Sa chance était d'avoir été placé dans le quartier des « politiques », faute de place dans le quartier des Arabes. Ses codétenus – des Basques – l'avaient pris à la bonne. Ils lui avaient fait lire les souvenirs de Che Guevara, Frantz Fanon, Eduardo Galeano, Nazim Hikmet ; ils lui avaient appris à réfléchir, à discuter. Yazid, le nez dans les livres, savait désormais prendre de la distance avec tout ce qu'il entendait, tout ce que la presse publiait ou montrait à la télé. Il n'était pas devenu un intellectuel pour autant même si, paradoxalement, comme il avait pris goût à la lecture, cela lui valait d'être connu dans la cité comme l'Intello.

Florian Bayeux

Florian Bayeux, le secrétaire d'État au Budget, était, lui, un véritable intellectuel, Sciences Po, Normale Sup, agrégation de philosophie… Il quitta les studios de la radio avant la fin du bulletin météo qui plaçait la journée sous très haute surveillance. Dans l'ascenseur, il entendit Armand Gauquelin, météorologue expert auprès du gouvernement, expliquer qu'un système dépressionnaire situé entre la Scandinavie et la Grande-Bretagne laissait prévoir une tempête comparable à celle de 1999.

– Une dépression très creuse se dessine, avec des pressions très basses sous les neuf cent soixante hectopascals.

Attendue avant la nuit, cette dépression, conjuguée à d'importants coefficients de marée (cent sept), pourrait engendrer des risques de submersion. Par prudence, les autorités émettaient un avis de grand vent (de cent trente à cent quatre-vingts kilomètres-heure), suivi de pluies et de rafales sur tout le territoire, augmentant les risques de crues.

Bayeux ignora les avertissements du ciel et rejoignit Jessica Gorne, sa directrice de com, qui l'attendait dans leur voiture de fonction.

– Vous m'avez trouvé comment ? dit-il en s'asseyant à côté d'elle.

– Très bien. Dix sur dix !

– Je n'ai rien oublié de ce que vous m'aviez suggéré ?

– Absolument rien.

Jessica fit signe à l'officier de sécurité d'éteindre les infos et de démarrer.

– C'était parfait, dit-elle tandis qu'ils roulaient en direction du ministère. C'est très fort pour votre image, une parole très directe comme la vôtre qui affirme ce qui doit être affirmé sans tourner autour du pot. J'ai noté : « La pauvreté n'est pas qu'une question d'argent. Pour une famille, ce qui compte, c'est de bien savoir dépenser ce qu'elle a. » À une heure de grande écoute, ça marque une phrase aussi forte, vous pourrez la redire…

Bayeux s'excusa, il venait recevoir un SMS : « Tu n'as pas honte ? »

– C'est ma femme, dit-il, refermant son portable.

– Elle vous a écouté ?

– Oui, soupira Bayeux, s'efforçant de sourire.

Et, pour couper court :

– Elle a apprécié, mentit-il.

Jessica Gorne développa son plan d'action :

– J'ai déjà expédié un communiqué reprenant vos citations, notamment cette autre qui, pour moi, est encore plus porteuse : « Si vous vous lavez, si vous vous rasez, vous trouvez du boulot ! » Je suis sûre que ça aussi ce sera repris par la presse et les réseaux. C'est bien, c'est simple, populaire, très concret. Ensuite, il faut que vous m'accordiez une heure, nous devons préparer votre télé de ce soir…

Bayeux avait la tête ailleurs.

Depuis qu'il avait rejoint le camp des Conservateurs, Cassandre, sa femme, ne le lâchait pas. Rien de ce qu'il faisait, de ce qu'il disait ne trouvait grâce à ses yeux. Il avait bien tenté de la convaincre de sa démarche en expliquant qu'« il faut utiliser les armes des autres si on veut être entendu », mais elle l'avait envoyé promener en le traitant d'imbécile, de lâche et de traître. Le père de Bayeux était un philosophe marxiste connu, membre du Parti communiste. Quand il avait rencontré Cassandre, Bayeux était d'extrême gauche. Devenu un néo-libéral prêt à brader à vil prix idées et idéaux pour un poste ministériel, désormais il n'était plus – aux yeux de sa femme – qu'un carriériste sans scrupules. Cassandre trouvait ça dégueulasse et pour tout dire répugnant. Elle avait honte pour lui mais il se moquait de ses sentiments : « Je devrais avoir honte ? Mais honte de quoi ? De ma réussite ? » Un soir, elle l'avait poursuivi, une citation de Marx à la main : « La honte est un sentiment révolutionnaire car elle n'est que le revers éthique de la colère. » Bayeux l'avait envoyée promener. Il n'éprouvait aucune honte à faire ce qu'il faisait et se fichait de la colère de Cassandre, éthique ou pas. Il y avait longtemps que tout était fini entre sa femme et lui. Et si ce n'était pour conserver une image de père de famille marié et respectable, il aurait déjà pris ses cliques et ses claques pour rejoindre sa chère Anie qui ne lui ménageait pas ses bontés dès qu'il parvenait à s'échapper.

Jessica Gorne conclut avec force :

– … un destin national, ça se forge.

Bayeux sursauta. Il n'avait rien écouté mais il approuva d'un hochement de tête.

Cassandre

Pour l'administration, Cassandre était Mme Bayeux. Pour la presse, la femme du secrétaire d'État au Budget. Pour l'université, une professeure agrégée de lettres modernes.

Pour elle-même, c'était une autre histoire. Elle aurait le temps d'y penser pendant la manifestation. Elle opta pour un pantalon à pont, acheté dans les surplus de la marine, de vieilles bottines rouges et un chemisier plutôt ample, souvenir du Québec. Avant de descendre manifester – pour être sûre de ne rien oublier, en ce moment elle oubliait tout ! – elle rassembla sur la table basse du salon sa carte d'identité, ses lunettes de piscine, du sérum physiologique et son vieux keffieh que par dérision elle appelait « mon doudou ». C'était décidé : fini de reculer, elle informerait Florian au plus vite de sa volonté de divorcer. Il n'y avait plus à tergiverser. Ce n'était pas tant sa liaison avec Anie, une journaliste dans la presse économique, que ses propos à la radio sur les chômeurs, les précaires, les travailleurs sans papiers qui lui soulevaient le cœur. C'était la fameuse goutte qui faisait déborder le vase. Ils n'avaient plus rien à se dire, plus rien à faire ensemble. Leur fils Tobias était en stage de commerce international à Singapour et, aux dernières nouvelles, il avait l'intention d'épouser Kim et de faire sa vie là-bas. À lui non plus elle n'avait plus rien à dire.

Cassandre se promit de tout changer dans l'appartement : la peinture, les meubles, l'organisation des pièces, mais elle ne voulait pas déménager. Surtout, pas question de déménager ses livres ! C'était un sujet de dispute constant avec Florian. Il se sentait envahi par le papier, oppressé par les romans, les essais, la poésie que Cassandre achetait sans compter. « Pourquoi tu ne les prends pas à la bibliothèque ? Est-ce que tu as besoin d'en avoir tant ici ? Plus personne n'a de livres aujourd'hui ! Ça nous bouffe, ça nous encombre ! Tu ne veux pas que je t'offre une liseuse ? »

Cassandre détestait les liseuses et elle n'allait jamais à la bibliothèque municipale. Elle n'y était jamais allée, même adolescente. Depuis toujours, ses livres, elle les achetait et les chérissait. Il fallait qu'ils soient à portée de sa main, dans son champ de vision. Qu'elle sache qu'ils étaient là. Toujours là pour elle. Il lui arrivait même d'acheter des livres qu'elle avait déjà « pour les sauver du bac des vendeurs d'occasions », ce qui exaspérait Florian. Plus d'une fois elle avait tenté de lui expliquer que, pour elle, les livres étaient des êtres vivants. « Si tu as mille DVD chez toi, tu as un cimetière de films. Pour les voir, il te faut un écran, un lecteur et de l'électricité. Sans cela ils sont morts. Tu prends un livre dans ta bibliothèque, tu l'ouvres et quels que soient les mots qui te tombent sous les yeux, ils vivent, ils agissent en toi sans aucun intermédiaire. Ils t'entrent si fort dans les moelles, dans le sang, que parfois tu te surprends à les embrasser comme un enfant, comme un amour ou comme toi-même… »

Cassandre n'était pas bibliophile. Qu'ils soient en papier luxe ou d'édition populaire, ils étaient *ses* livres, des êtres aimés, pas des placements financiers. Cela n'avait rien à voir avec un quelconque sens de la propriété ou un désir de posséder. Ils n'étaient pas non plus des travailleurs détachés qu'on convoque et qu'on renvoie dès qu'on n'a plus besoin d'eux. Pour elle, la bibliothèque municipale et l'agence d'intérim, c'était la même chose. Du précaire, de l'incertain ; du travail ou de la culture de seconde classe. Elle observa avec affection son vieil exemplaire de l'*Ulysse* de Joyce en Livre de poche, offert par son prof d'anglais avec qui elle avait eu une aventure quand elle avait seize ans. À vingt ans, elle savait par cœur le monologue final de Molly Bloom et y revenait sans cesse. Ulysse et elle ne s'étaient jamais quittés, jamais séparés ; ça la consolait de bien des choses. Au nom de quoi devrait-elle s'en défaire ? Parce qu'on pouvait emprunter la dernière traduction à la bibliothèque ? En lire toutes les versions connues sur une tablette ? C'était ne rien comprendre à l'intimité qui la liait à ce livre comme aux autres ; à ses Shakespeare, ses Dostoïevski, ses Faulkner, ses Flannery O'Connor, ses Melville, ses Olivier Larronde, ses Roger Gilbert-Lecomte, ses poètes… Ils portaient des textes mais bien plus que cela : ils conservaient du temps et de la vie. Ils étaient elle, plus sûrement ressemblants que la plus ressemblante des photographies.

Des idées étranges lui traversaient l'esprit. Cassandre se voyait partir loin dans un train qui s'enfonçait sans ralentir « au cœur des ténèbres » comme l'écrivait Conrad. Elle roulait entre des ombres. Un jour de grand vent au bord de la mer du Nord, Cassandre avait exposé sa théorie sur la mort à Milena, sa plus fidèle amie : « C'est un train que l'on attend et qui est annoncé avec un retard illimité. Quand enfin il arrive on se hâte d'embarquer mais ce n'était pas la peine de se presser : toutes les places sont libres et on se retrouve seule, assise dans un compartiment. Il fait nuit, impossible de voir le paysage. C'est un très long voyage. Le train roule, roule, roule sans que l'on sache à quelle heure il arrivera à destination. Pire, sans savoir quelle est sa destination… »

Elle réfléchissait aux gestes qu'elle faisait sans y prendre garde, aux mots qu'elle prononçait sans y penser. Quand elle se déplaçait dans une autre ville, un autre pays, pour un colloque ou une conférence, ses gestes étaient-ils toujours les mêmes, accompagnés des mêmes mots prononcés de la même façon ? Pourquoi songeait-elle à ces petits morceaux du temps qui lui échappaient sans que rien puisse les retenir ? Parce que les perdre, c'était se perdre, s'émietter, devenir poussière ? Parce que c'était voir la mort à l'œuvre ? La démasquer ?

Il y avait les choses aussi. Perec les avait dénombrées, Foucault les assimilait aux mots, Lamartine s'était demandé si elles avaient une âme. Pour Cassandre, c'était indiscutable, elles en avaient une ! Rien qu'en regardant les humbles objets du quotidien, les bols, les assiettes, la corbeille à pain, elle avait les larmes aux yeux, incapable de résister à l'émotion qui la gagnait. Leur patience de pierre, leur souffrance muette étaient les siennes. Ces petits riens lui étaient précieux par leur banalité même. Ils étaient des baisers perdus errants dans les limbes, lourds d'une tendresse inexploitée, vierges d'arrière-pensées…

Anie

Florian Bayeux et Anie Constant (Mélanie) s'étaient rencontrés lors d'un débat qu'elle animait au cours de l'université d'été du patronat : « En termes d'efficacité doit-on privilégier la concurrence ou la coopération ? » Florian l'avait séduite par son agilité intellectuelle, sautant de branche en branche, de l'anthropologue Marshall Sahlins à Marx en passant par l'école de la régulation, Hayek, les monétaristes et l'écologie comme perspective de l'économie du futur. Son adversaire, un partisan de l'école mathématique, n'avait pas fait le poids. Ne serait-ce que parce que l'auditoire n'avait pas compris un mot de ce qu'il tentait de démontrer. Elle non plus ! Lorsque Florian l'avait interpellé sur une définition contemporaine du travail au regard de ses recherches, l'homme n'avait pu répondre que : « C'est compliqué… Ah oui, c'est compliqué… » Puis il s'était tu.

Ce débat avait eu un certain écho et n'était pas pour rien dans le tournant fondamental de la carrière politique de Florian. Anie l'avait fait déjeuner avec Amaury Lequeux (à la tête du Triumvirat, la grande organisation patronale), puis elle l'avait fait admettre dans la commission Prospective et modernisation économique où il avait pu se lier avec Claude Trousseau, fondateur des assurances Care et de l'institut Tocqueville ; Peter Hold, PDG de Transfood ; Xavier Fourniquet, PDG de Fructidor ; Pierre Mazaure, PDG de One Line, première entreprise mondiale de conseil ; François Bouton du Charret, président du Consortium bancaire international (CBI), etc. Et quelques relations plus personnelles : Hans Hengels, de la Deutsche Bank ; l'avocat d'affaires Jean-Michel Potagre ; l'analyste financier Baudoin du Plat ; l'économiste Norbert Radoman ; l'écrivain Paul Moulin ; et Montcerf Castellane, éminence grise de toutes les grandes fortunes. Un grand quotidien avait présenté Florian en ces termes : « Rapporteur de la commission Prospective et modernisation économique, il a brillamment coordonné l'activité du groupe d'économistes nommés par le gouvernement. »

Anie connaissait beaucoup de monde. Elle avait accompagné Florian en Suisse à la réunion annuelle de la finance mondiale ; elle l'avait encouragé à participer aux séminaires du think tank Renaissance et à ceux de l'institut Tocqueville ; elle l'avait fait inviter pour un week-end dans la villa de Francis Croix-Serpin, anticommuniste, anticolonialiste, antijacobin, acariâtre « chrétien de gauche », amoureux d'elle, propriétaire d'une télé, d'un grand quotidien, de trois hebdos et de deux magazines féminins. Une fortune incontournable de soixante-quinze ans qui avait découvert en Florian une sorte de fils putatif et l'avait assuré de son soutien sans faille. Dans la presse, Florian était devenu « FBI, Florian Bayeux l'Indispensable », « Bayeux : le renouveau politique », « un penseur libre, Florian Bayeux ». Les Conservateurs avaient trouvé en lui un homme encore jeune (quarante-quatre ans), photogénique, charmeur, une sorte de croisé converti au néolibéralisme, aussi radical dans sa défense qu'il l'était dans la critique. À l'occasion d'un mini-remaniement – sur la recommandation d'Amaury Lequeux –, Florian avait été nommé secrétaire d'État au Budget à la surprise de beaucoup, notamment des Progressistes auxquels il adhérait encore peu de temps avant. L'occasion fait le larron ! Amaury Lequeux s'était publiquement félicité de la nomination de « ce garçon » qu'il jugeait « sympathique et ouvert » et surtout qui avait « une bonne vision de l'économie. Au poste qu'il occupera, c'est un atout ».

Anie se moquait de toutes ces combines politiques. Elle était amoureuse et cela comblait sa vie. Florian était son homme. Qu'importe qu'il soit marié, qu'il ait un fils de dix-huit ans, qu'il ait eu le parcours qu'il avait eu… La sensation de son corps dans le sien irriguait sa vie. Anie s'abandonnait à ses désirs comme elle ne s'était jamais abandonnée à aucun homme. Florian n'était pas comme les autres. Il ne craignait pas de mettre les mains dans le cambouis ni de s'offrir une golden shower. Elle adorait tout ce qu'il lui demandait, tout ! Le plus délicat comme le plus trivial. Avec Florian, Anie n'avait que deux mots à la bouche : « toujours » et « encore ». Il aimait jouer, il voulait jouir et la faire jouir.

Anie se sentait flotter dans une brume légère, presque en apesanteur. Elle était heureuse. Florian venait de l'appeler, il passerait après déjeuner prendre un « café gourmand », c'est-à-dire un café allongé… Ce matin, à la radio, comme promis, il avait réussi à placer le mot « superfétatoire » dans la conversation. Florian avait marqué un point d'amour comme chaque fois qu'elle le défiait de prononcer un mot pour elle dans ses interventions publiques. « Superfétatoire » ! Elle ne savait même pas exactement ce que cela signifiait ni pourquoi il lui était venu à l'esprit, mais qu'importe, Florian était un as de la parole. Elle se ferait belle pour le récompenser. Rinçage bio pour éclaircir ses cheveux, épilation savante, parfum ambré et le corps légèrement poudré comme il aimait. C'était délicieux et excitant d'imaginer qu'ils feraient l'amour tandis que d'autres manifesteraient sous la pluie…

Amaury Lequeux

Amaury Lequeux, le patron de Strong & Steel (matériel militaire), le membre le plus influent du Triumvirat qui regroupait désormais l'ensemble des organisations patronales, appela Jessica Gorne tandis que son chauffeur le conduisait au siège de sa compagnie situé dans le même quartier d'affaires que le QG des Conservateurs.

– J'ai entendu notre petit Bayeux à la radio, dit-il dès qu'il l'eut en ligne, Anie a eu une bonne idée de nous encourager à le pousser. Il assure. Pour ce soir, je vous prie de noter ce que nous souhaitons qu'il développe.

– Allez-y.

– Premièrement, insister sur le fait que nous sommes à la moitié du chemin et que les Jeux olympiques sont une occasion unique d'en finir avec les vieux trucs du passé.

Il précisa :

– Il ne faut pas hésiter à utiliser des expressions comme « vieux trucs du passé » si on veut que les gens comprennent…

– Oui, très bien, approuva Jessica. Florian est à l'aise dans le registre « peuple ». Ce sera d'autant plus facile de charger un vieux truc du passé comme le Syndicat après la manifestation…

– À ce propos, il pourrait affirmer quelque chose du genre… Vous notez ?

– Je vous écoute.

– « Je crois à l'inégalité irrémédiable, féconde et bienfaisante des hommes. »

– C'est de vous ?

– Qu'importe, ce sera de lui.

Il y eut un silence.

– Vous ne voyez rien d'autre à propos du Syndicat ? demanda Jessica. Vous aviez évoqué l'idée d'une ligue…

– Oublions ça pour l'instant. Laissons mûrir.

À la réflexion, Amaury Lequeux avait quelque chose à ajouter :

– Il faut dire et redire que le seul fait de leur nombre ne peut en aucun cas autoriser nos employés à prétendre gouverner nos entreprises et par contrecoup la société.

Il ricana.

– Mon fils a trouvé une citation des *Méditations philosophiques* de Renan que je vous livre…

Jessica écrivit sous la dictée :

– « La raison, la science sont des produits de l'humanité, mais vouloir la raison par le peuple et à travers le peuple est une chimère. »

– Ne craignez-vous pas que critiquer frontalement la démocratie à la télé soit contre-productif ?

– Vous croyez ?

– J'en suis sûre.

– Vous devez avoir raison ! C'est dommage... Enfin, il suffira qu'il le pense très fort, gloussa Lequeux.

Et, avec conviction :

– Nous devons affirmer que notre domination n'est pas seulement politique, militaire et marchande mais aussi spirituelle et morale.

Il marqua un temps.

– Dès demain, notre société va changer du tout au tout. Faites bien comprendre à Bayeux que, s'il veut être l'homme du changement, c'est très important d'insister sur la dimension spirituelle et morale de notre combat.

– Vous pouvez compter sur moi.

– Comme vous pouvez compter sur nous, chère Jessica, persifla Lequeux avant de raccrocher.

Haefliger

Lequeux s'enferma dans son bureau pour suivre une téléconférence avec le ministère de la Sécurité intérieure. Ils étaient trois : Antoine Rivière, le ministre – un ancien de l'armée de l'air –, le commandant Haefliger à la tête des Forces spéciales de la police et le général Le Blanc pour les forces armées.

– Ils vont être nombreux..., commença le ministre, comme s'il portait un poids trop lourd pour lui.

– Nous aussi, ricana Haefliger.

Et, sans laisser quiconque intervenir, il détailla :

– Le parcours est sécurisé, verrouillé. On laissera tout le monde entrer dans la manif mais, une fois dedans, plus personne ne pourra quitter le cortège. Ils seront dans une nasse. Il y aura des caméras partout, sans compter nos nouveaux drones. Des petits bijoux.

– Vous avez touché les furtifs ?

– Oui, totalement invisibles !

Haefliger gloussa de contentement.

– Ils volent à plus de deux cents mètres du sol et sont indétectables au son ou par les moyens techniques ou électromagnétiques… Ces petites merveilles pèsent trois kilos, pas plus, avec caméra haute définition, caméra thermique à vision nocturne, des objectifs plus performants que ceux des caméras lunaires, le top du top du matériel électronique.

Il se pencha en avant.

– Savez-vous, confia-t-il d'une voix assourdie, qu'avec eux nous sommes capables de lire l'heure sur la montre d'un manifestant !

– Combien d'autonomie ? demanda le général Le Blanc que ces fanfaronnades irritaient.

– Plus de deux heures ou quatre-vingts kilomètres en vol, si vous préférez.

Le Blanc se tourna vers le ministre.

– Pourquoi les forces armées n'en disposent-elles pas elles aussi ?

– Demandez au Président.

Et, regrettant d'avoir peut-être parlé trop vite, Antoine Rivière ajouta :

– C'est horriblement cher. Mais patience, mon général,

dans peu de temps, pour les Jeux, vous en aurez et de meilleurs encore que ceux des Forces spéciales. Parole d'aviateur !

Haefliger n'avait pas fini :

– En plus des drones et des caméras au sol, j'ai une équipe de photographes qui mitrailleront dans le cortège comme s'ils étaient des journalistes. Ils seront reliés directement au central pour nos experts en reconnaissance faciale.

– Vous y serez ? demanda le ministre.

– Non, je préfère être sur le terrain. Je laisse Dutuit s'en occuper, répondit Haefliger. Ce n'est pas ma tasse de thé, mais c'est un vrai pro.

Il reprit :

– Avec ce système nous aurons l'identité des manifestants dans l'instant. En tout cas ceux qui sont déjà fichés. J'aurai aussi des hommes armés sur les toits, d'autres à tous les carrefours, sans compter ceux qui se mêleront à la foule pour écouter ce qui se dira. Je vous passe le tout courant, les canons à eau, les bulls et les unités mobiles motorisées…

Le ministre était impressionné.

– Vous savez qu'il y aura des femmes et des enfants.

Haefliger fit la grimace.

– Et alors ? Pourquoi tiennent-ils tant à manifester avec leurs enfants ? Est-ce que mes enfants manifestent ? Non. Même si l'envie les en prenait, je leur interdirais. On ne sait jamais ce qui peut arriver au milieu d'une foule… Le risque zéro n'existe pas.

Le général Le Blanc intervint d'une voix nasillarde :

– D'après nos informations, la contre-manifestation pourrait être aussi très importante… Que se passera-t-il si, par malheur, les contre et les pour se rejoignaient pour en découdre ?

Haefliger sourit.

– Nous sommes prêts à toute éventualité, mon général.

– Vous les laisseriez faire ? s'inquiéta le militaire.

– Je n'ai pas dit ça, assura Haefliger, levant les mains en signe de paix. J'envisage votre hypothèse, c'est tout. Mais si elle doit se vérifier, ce sera une bataille et c'est notre devoir de nous y préparer. Il faut savoir que vous aurez d'un côté les gauchos, les antifas, les propalos, le black bloc, les anarcho-autonomes et toute la racaille qui ne connaît que la baston et de l'autre les soutiens du gouvernement appuyés par les fachos, les identitaires, l'extrême droite classique qui veulent aussi que ça pète. Et je ne parle pas des musulmans radicalisés qui ne voudront rater la fête pour rien au monde. Vos troupes seront bien déployées en banlieue au cas où nous aurions besoin d'un soutien ?

– Oui, confirma le général, même si cela l'indisposait que l'armée soit réquisitionnée pour une opération de police.

Il ajouta, l'air soucieux, qu'il préférerait ne pas avoir à intervenir.

– Les organisateurs insistent sur le caractère pacifique de leur manifestation, dit-il. J'ai entendu leur secrétaire général à la radio : le Syndicat ne veut pas de débordement. D'ailleurs, ce sont eux qui assureront le service d'ordre à l'intérieur du cortège.

Un ange passa.

Haefliger se tourna vers Rivière.

– Vous ne dites rien, monsieur le ministre ?

– Que voudriez-vous que je dise ?

– Parlons clair : le gouvernement ne détesterait pas qu'il y ait affrontement, n'est-ce pas ? Ce serait pain béni pour imposer sa loi. Face au désordre, qui oserait protester contre une reprise en main immédiate ? Je me trompe ?

– Je vous laisse la responsabilité de vos paroles, esquiva le ministre.

Haefliger étouffa un petit rire méprisant. Il haussa les épaules et s'adressa au général :

– Vous êtes sûr de vos hommes ?

– Quelle question !

– Il y a beaucoup de musulmans dans l'armée...

Le Blanc se raidit.

– Ils sont loyaux, je puis vous l'assurer.

– Jusqu'à quand ?

Priscilla

Vernon Newall jouait dans les clubs de jazz quand il était demandé – souvent en remplacement – mais le saxophone ne nourrissant pas son homme, il était devenu ingénieur du son. Ceux qui n'avaient pas les moyens de s'offrir une adresse plus prestigieuse enregistraient dans son petit studio installé au sous-sol d'un pavillon au milieu d'une dizaine d'autres.

Priscilla, sa femme, aussi blanche qu'il était noir, entra dans le studio avec une cafetière pleine de café chaud.

– T'es sûr qu'ils ne peuvent pas te repérer ?

– Don't worry, baby, I'm a tough guy. They can't do anything to me !

Vernon venait de réussir à pirater partiellement la dernière conversation d'Haefliger, des Forces spéciales de sécurité, et du général-président Saint-Raymond. Le chef de l'État, une fois encore, dénonçait l'attitude du Syndicat : « Vous l'avez entendu ? Leur secrétaire général nous conchie dès qu'il a l'occasion de parler publiquement. Ce n'est pas acceptable. Lequeux a raison, il faut en finir avec cet archaïsme. Regardez les pays les plus performants, ils se passent facilement de syndicats ! » Il soupirait : « Les masses sont faibles et doivent être dominées. » Et, après un silence : « Qu'est-ce que vous en pensez ?

– Je pense comme vous, monsieur le Président. »

Vernon était devenu un as de la manipulation des outils informatiques, un hacker capable de briser les codes les plus sophistiqués et de se brancher sur tous les téléphones. Priscilla s'émerveillait de le voir devant ses écrans taper sur ses trois claviers, jurer en français ou en anglais et se lever d'un seul coup pour prendre son sax et jouer comme si sa vie en dépendait. Vernon prétendait que jouer lui remettait les idées en ordre, que ce soient ses propres compositions ou des morceaux célèbres de Coltrane ou Charlie Parker, voire de faire le bœuf avec Thomas et David Enhco.

– It's done ? demanda-t-elle, remplissant un mug décoré d'un plan de *Sharknado*, quand le héros découpe à la tronçonneuse un requin géant.

– I'm going to get there, affirma Vernon, les yeux rivés sur son écran.

Il attrapa son café et souffla dessus.

– Je vais y arriver, répéta-t-il plus fort, pour s'encourager.

Le code d'accès au PC des Forces spéciales lui résistait.

Marguerite

L'agitation des grands jours régnait au PC des Forces spéciales. Une tour massive de douze étages aux fenêtres si étroites qu'elles ressemblaient aux meurtrières d'un château médiéval. La lumière pénétrait par le toit, un dôme de verre qui éclairait tout l'intérieur, notamment les bureaux et les coursives conçues sur le modèle des prisons panoptiques. L'architecte, Paolo Salai, avait obtenu le Grand Prix international d'architecture pour ce bâtiment qu'il comparait à une pierre sacrée, un dolmen imprenable. La télésurveillance était placée dans un bunker hautement sécurisé, indépendant de l'édifice.

Dans une pièce en demi-cercle, sur cinq niveaux, il y avait autant d'hommes et de femmes derrière leurs écrans que s'il s'agissait de lancer une fusée dans l'espace. Trois équipes étaient affectées au contrôle des réseaux sociaux, quatre autres observaient une immense mosaïque de quarante-deux écrans qui transmettaient en direct les images de cent quatre-vingts caméras de surveillance, et deux dizaines de spécialistes travaillaient sur les écoutes téléphoniques, les échanges sur le Net et les mobiles. Quatorze pilotes de drones, en binôme avec des stratégistes, étaient déjà à leur poste devant leurs consoles. Le général Dutuit, un ingénieur technicien de l'informatique, s'adressa brièvement au personnel :

– La journée va être longue. Je vous demande à tous d'être particulièrement vigilants et de me signaler toute anomalie, même apparemment insignifiante.

Il haussa le ton :

– Il n'y a pas d'anomalie insignifiante.

Dutuit toussa dans sa main, s'excusa avant de reprendre :

– Nous sommes placés en code 5. Ce qui signifie que les communications personnelles sont interdites sous quelque forme que ce soit. Défense absolue de quitter votre poste même momentanément sans autorisation signée de ma part et sans être remplacé. Nous sommes enfermés ici comme les cardinaux en conclave au Vatican. Personne ne peut s'absenter du PC pendant la durée de l'opération. Des toilettes sont à votre disposition au niveau 1 et nous ferons distribuer des plateaux-repas, des boissons et du café.

Il se tourna vers Marguerite, son aide de camp.

– Pour tout problème, vous devez en référer en priorité au capitaine Massignon. Pas de questions ?

Aucune main ne se leva.

– Très bien. Je vous remercie.

Le général Dutuit fit demi-tour et se retira dans son bureau, un parallélépipède rectangle entièrement vitré offrant une vision globale de la salle du PC. Marguerite le rejoignit.

– C'est bien notre chance…, soupira-t-elle.

Dutuit fit un geste d'impuissance.

– Qu'est-ce que tu veux, les ordres sont les ordres.

– Pourquoi ce n'est pas Haefliger qui s'y colle ?

– Il préfère être sur le terrain, expliqua Dutuit.

– Et toi on te boucle ici.

Dutuit aurait aimé lui prendre la main ou la serrer dans ses bras mais dans sa cage de verre, au vu de tous, il devait tenir ses distances. On les observait.

– Nous aurons notre revanche, dit-il sans la regarder.

– Quand ?

– Mardi prochain, ma femme part quatre jours dans le Sud, chez sa mère…

– Il n'y a plus qu'à prier pour que le ciel ne nous tombe pas sur la tête, ronchonna Marguerite. T'as vu la météo ?

Dutuit joignit les mains et, penché sur la carte d'état-major dépliée devant lui, fit mine de la consulter avec attention.

– Prions, ironisa-t-il. Mon Dieu, faites que le ciel ne nous tombe pas sur la tête mardi prochain…

On bipait Marguerite.

– Tu crois que ça me fait rire ? demanda-t-elle avant de sortir.

Les yeux dans le vide, maussade, taciturne, Marguerite se remémorait les hasards qui avaient dirigé sa vie. C'était parce qu'elle s'embêtait en pension qu'elle s'était mise à apprendre une langue étrangère, puis deux, puis trois… C'était parce qu'en vacances elle avait flirté sur une plage avec un militaire qu'elle s'était tournée vers l'armée alors qu'elle se destinait à l'interprétariat… C'était parce qu'elle avait tenu une conversation au téléphone en anglais et en allemand que Dutuit l'avait remarquée dans le bureau des transmissions où elle était affectée… C'était parce qu'une grève des contrôleurs aériens avait paralysé l'aéroport d'où ils devaient partir en mission à Vancouver qu'elle était devenue la maîtresse du général… Si elle avait été croyante, Marguerite aurait juré qu'un bon ange veillait sur elle. Ou un démon ?

Ernest

Loin du QG des Forces spéciales, loin du ministère de la Sécurité intérieure, loin du quartier des affaires, de celui du

Triumvirat, le siège du Syndicat occupait les derniers étages d'un immeuble bourgeois au carrefour de deux rues. Une belle construction des années trente tout en arrondis avec une très grande pièce en demi-cercle donnant sur l'extérieur. Ernest avait terminé son édito hebdomadaire pour *Vive le Syndicat !* où il revenait avec force sur la nécessité d'abaisser le temps de travail, d'augmenter les salaires, de supprimer le travail contraint pour les chômeurs et de rétablir les services publics à la place qui devait être la leur en renationalisant les transports, le gaz, l'électricité, la santé et l'éducation, désormais livrés au privé. Il remonta avec satisfaction le long des tables sur lesquelles était déroulée la banderole qui marcherait en tête de la manifestation : NOUS SOMMES TOUS DES MUSULMANS. En lettres blanches sur fond rouge, elle avait de la gueule : quinze mètres de long sur un mètre quatre-vingts de haut. Les peintres fignolaient les derniers détails, une ombre légère autour des lettres pour en accentuer la lisibilité.

– Ça te plaît, chef ? plaisanta le gros Pierrot, sourire en coin.

– C'est super ! Bravo, les mecs ! C'est du sacré bon boulot !

Simon fit rouler son fauteuil pour se rapprocher d'Ernest.

– Tu seras devant ?

– Oui, avec des camarades qui sont menacés.

Ernest ricana.

– Des musulmans et des « Français de souche » comme ils disent. Une femme, un homme, un peu comme un plan de table…

– C'est toujours 14 heures ?

– Vous serez prêts ?

Simon, paralytique, ne défilerait pas avec les autres. Il « garderait la boutique » comme il disait, mais il tenait à prendre sa part dans la préparation de la manif. Il apostropha les autres peintres :

– Allez, les gars, on se bouge ! Il nous reste trois heures !

Ernest n'était arrivé à la tête du Syndicat que depuis deux ans, après avoir été l'artisan de sa refondation. La crise économique, l'effondrement des banques, la propagande des Conservateurs, la corruption des dirigeants, les menaces sur les salariés avaient eu raison de toutes les organisations anciennes, politiques ou syndicales. Ernest avait résisté à la dépression, voire au désespoir. « Nous ne sommes pas assez riches pour être découragés », disait-il. Il avait eu l'énergie de recommencer à zéro, de « pousser le train à l'arrêt » pour réunir à nouveau tous ceux qui n'acceptaient pas les diktats des hommes de paille, Président, ministres, députés, ouvertement aux ordres des financiers et des grandes entreprises, lesquels, cachés derrière des militaires potiches, gouvernaient le pays.

Deux inspecteurs en civil escortés de quatre hommes des Forces spéciales (casque antiémeute, arme à l'épaule, tonfa et bombes lacrymogènes à la ceinture) se présentèrent au siège du Syndicat. Ils étaient porteurs d'un mandat d'amener à l'encontre d'Ernest, convoqué sans attendre au Palais de Justice. Un juge l'attendait.

– À quel propos ? s'enquit-il, sans s'émouvoir.

– Je ne sais pas, répondit le plus âgé des inspecteurs. Vous verrez bien sur place.

La manœuvre était transparente. Ernest allait être placé en garde à vue – au moins le temps de la manif – et, si les choses ne tournaient pas selon les vœux du gouvernement, il serait mis en examen pour n'importe quoi qui justifierait sa détention.

– Très bien, dit-il. J'ai le temps de prévenir mon avocat ?
– Ce ne sera pas nécessaire.
– Je peux prendre mon blouson ?
– Dépêchez-vous.
– Merci…

Ernest se dirigea vers son bureau d'un pas tranquille. Il téléphonerait plus tard à maître Labat pour l'avertir. En attendant, les camarades savaient ce qu'ils devaient faire en cas d'intrusion policière ou autre. Et ils le firent, comme à la parade !

– Et nous, vous ne nous arrêtez pas ? demanda Stéphane en se plantant devant celui qui avait parlé à Ernest.
– Écartez-vous ! Écartez-vous !
– Nous aussi on voudrait parler au juge, dit Maurier, tout sourire. Hein, les gars, qu'on aimerait bien parler au juge ?

Un oui unanime lui répondit.

Les policiers réalisèrent soudain que tous les membres du Syndicat présents dans la pièce les encerclaient, leur bouchant la vue. Ceux des Forces spéciales firent glisser leur fusil dans leurs mains.

– Écartez-vous, merde ! ordonna le gradé.
– Hola, hola, pas d'affolement, halte au feu ! dit Stéphane, les mains levées.

Il s'écarta doucement et tous l'imitèrent.

– On s'écarte… on s'écarte. Il suffit de demander gentiment.

Le bureau d'Ernest était vide, la fenêtre grand ouverte.

– Putain, il a foutu le camp ! jura le jeune flic, sans chercher plus loin.

Son collègue désigna les syndicalistes.

– Coffrez-moi tous ces cons-là ! ordonna-t-il aux hommes des Forces spéciales.

Et, menaçant Maurier d'un doigt vengeur :

– Je vais vous apprendre à vous foutre de notre gueule !

– Je crois que vous feriez mieux de partir, glissa Stéphane, passant derrière lui. Vous n'avez plus rien à espérer ici.

– Suivez-moi, vous vous expliquerez au commissariat !

– Qu'est-ce que vous voulez faire ? lança Maurier. Nous tirer dessus ? Nous tuer ?

– Vous êtes six, nous sommes trente et nous n'avons pas peur, renchérit Stéphane.

Il désigna la porte.

– Par ici la sortie ! En rangs par deux. Et sans réclamations ni murmures !

Ernest n'avait pas échappé à la police en sautant par la fenêtre. Il s'était contenté de se glisser dans l'armoire de son bureau, un grand meuble qui dissimulait une trappe permettant d'accéder à la pièce mitoyenne. Le dispositif de sécurité avait fonctionné à merveille. Cela l'amusait de tromper l'adversaire, mais cela l'irritait aussi au plus haut point. Tout ce cirque à cause de la loi dite « de contrôle généralisé » donnant à la police toute latitude d'intervenir où et quand elle voulait ; qui le contraignait à faire le zouave. Une loi passée de justesse grâce à la voix d'un ancien syndicaliste…

Comment Amiel avait-il pu tomber si bas ?

Quand Ernest l'avait connu, Amiel était un militant selon son cœur, toujours mobilisé et mobilisable, brutal quand il le fallait, diplomate si nécessaire mais armé de convictions inoxydables. Qu'est-ce qui avait pu l'amener non seulement à retourner sa veste mais, pire, à soutenir les ennemis du Syndicat et de ses membres ? Lorsqu'il existait encore plusieurs syndicats, Amiel avait toujours été féroce avec les autres organisations. Il ne supportait pas la concurrence. Était-ce pour cela ? Parce qu'Ernest lui apparaissait comme un concurrent qu'il fallait anéantir, lui et son organisation ? La cassure s'était produite quand Ernest, ramassant les débris des vieux appareils syndicaux, en avait constitué un nouveau. Amiel en avait pris ombrage, estimant que la place lui revenait de droit. Il avait alors quitté le Syndicat pour s'engager politiquement auprès des Progressistes. Et là, une nouvelle fois, il avait agi contre son groupe, votant la loi inique sur le contrôle généralisé avec les Conservateurs. Désormais tout le monde le haïssait, même les Conservateurs, qui ne voyaient en lui qu'un opportuniste à la recherche d'une place au soleil.

Ernest ne comprenait pas. Dix fois il l'avait appelé mais Amiel ne répondait plus jamais au téléphone. Devrait-il lui écrire ? L'attendre un soir en bas de chez lui pour le forcer à s'expliquer ?

Amiel Lombard

Amiel Lombard laissa son portable sonner dans le vide. Il ne voulait plus parler à Ernest. Le secrétaire général du Syndicat ne l'appelait plus que pour l'engueuler ! Depuis qu'Amiel avait voté la loi sur le contrôle généralisé, une question courait sur toutes les lèvres : que lui avait-on promis pour qu'il soutienne le projet présidentiel, en rupture totale avec ceux de son camp, aussi conciliants soient-ils ? Son nom devenait synonyme de traître mais il s'en moquait. D'ailleurs, qui avait-il trahi ? Qui osait lui faire la leçon ? Des innocents aux yeux purs ? Des rosières ? Non, des politiques qui le dépassaient très largement sur le terrain de la traîtrise. Pourquoi s'en prendre à lui alors que la volte-face de Bayeux par exemple ne semblait indisposer personne ? Parce qu'il ne venait pas d'une grande école comme la majorité des Progressistes ? Parce qu'il n'avait pas grandi dans une de ces familles bourgeoises où l'on était chirurgien, magistrat, banquier, entrepreneur de père en fils ? Parce qu'il n'appartenait pas à cette société qui ignorait tout du monde du travail, des bureaux, des ateliers et, mieux que ça, s'en fichait royalement ? Il savait, lui, ce que c'était de travailler à l'usine. Personne n'était en droit de lui adresser quelque reproche que ce soit. Ce qu'il avait fait, il l'avait fait en conscience, au nom de son histoire, de son expérience, mais sans œillères.

Lombard se fichait royalement de passer pour déloyal aux yeux des Progressistes et lâche auprès du Syndicat. Si le texte sur le contrôle généralisé n'avait pas été adopté cette fois-là, il serait passé au tour suivant.

Pour Amiel, le distinguo entre Conservateurs et Progressistes n'avait plus aucun sens. Il partageait l'analyse du président Saint-Raymond qui, lors d'une allocution télévisée, avait fait remarquer que les classes les plus défavorisées ne votaient plus ; que seules participaient aux scrutins les populations diplômées disposant d'un revenu mensuel confortable ; que la démocratie ne serait pas plus mal servie si on réduisait drastiquement le corps électoral aux nantis et aux instruits constituant l'aristocratie de la République. Saint-Raymond envisageait de faire voter par le Congrès une loi modifiant le suffrage universel. Il voulait mettre en place un mode d'élection qui, d'après lui, serait plus en accord avec la réalité sociologique du pays, sans compter qu'il permettrait à l'État de faire de considérables économies en réduisant à très peu le dispositif de vote. Tout se ferait désormais par Internet, avec un code d'accès réservé aux seuls électeurs et électrices entrant dans les critères universitaires et financiers reconnus par la nouvelle loi électorale. L'opposition avait vaguement protesté qu'il voulait rétablir le suffrage censitaire. Mais ses protestations s'étaient perdues dans le torrent des nouvelles quotidiennes sur la préparation des Jeux olympiques. En réalité, ils étaient tous d'accord. Progressistes, Conservateurs, tout le monde partageait la même analyse : les plus démunis, les pauvres, les chômeurs, les précaires, même les salariés ne votaient plus et s'en remettaient à ceux qui étaient soi-disant nés avec les moyens intellectuels et financiers leur permettant de comprendre le monde tel qu'il était aujourd'hui, dans sa globalité, dans sa complexité. L'opposition demeurait uniquement pour des raisons d'affichage. C'était « cosmétique » comme disaient les communicants, autrement dit purement décoratif. S'il allait au bout de son raisonnement, Amiel Lombard aurait volontiers prôné l'existence d'un seul parti de gouvernement. Après tout, le modèle chinois avait fait ses preuves.

– Vous n'avez pas école ? s'étonna-t-il, voyant ses enfants cavaler dans le couloir.

– Maman nous emmène à la manif ! trompeta le petit Briac en se sauvant, suivi par sa sœur qui répéta la même chose.

Amiel rejoignit Clotilde qui petit-déjeunait dans la cuisine. Sa femme (la fille Le Goff, petit patron de l'aéronautique) était tout le portrait de sa mère : hautaine, bien élevée, d'un égoïsme farouche qui, année après année, durcissait ses traits. Amiel l'avait conquise de haute lutte face à de plus nantis que lui et épousée comme on remporte un trophée que d'autres convoitaient. Mais, s'il était honnête avec lui-même – tout en restant d'une fidélité irréprochable –, il ne l'avait jamais vraiment aimée.

– Tu vas à la manif ?

– Je vais à celle qui soutient le gouvernement, précisa-t-elle sèchement. Les enfants m'accompagneront.

Elle ajouta :

– Au fait, la femme de ménage ne viendra pas aujourd'hui. Elle est grippée…

Amiel s'assit en face d'elle.

– Je ne sais pas si c'est une bonne idée, soupira-t-il en se tartinant une généreuse couche de confiture.

– Tu préférerais que j'aille crier : « Allah akbar » avec les autres excités ?

– N'exagère pas.

Amiel se beurra une deuxième tartine avant même d'entamer la première.

– Tu n'as pas peur que ça dégénère ?

– Tu as surtout la trouille qu'on me reconnaisse parmi les Conservateurs ! répondit Clotilde.

– J'ai surtout la trouille qu'il vous arrive quelque chose. Tu sais, une manif ce n'est jamais…

– Trop aimable, coupa-t-elle, mais ma décision est prise : j'y vais, et Briac et Victoire viennent avec moi.

Elle s'essuya la bouche d'un petit tapotement.

– D'ailleurs, tu devrais nous accompagner, ne serait-ce que pour narguer les Progressistes en peau de lapin qui te crachent dessus alors que tu n'as fait que marcher un pas en avant sur l'histoire.

Amiel grommela que c'était plus compliqué que ça.

– Il n'y a pas de fromage ? demanda-t-il pour ne pas discuter.

– Regarde dans le frigo, il doit en rester.

Amiel avait toujours faim depuis quelque temps. Toujours le sentiment que quelque chose se préparait contre lui et qu'il devait se caler l'estomac pour le supporter. Il se servit une tranche de salers et retourna s'asseoir.

– Vas-y puisque tu veux y aller, mais moi je ne bougerai pas d'ici aujourd'hui. Je préfère regarder ça à la télé et attendre qu'on m'appelle.

Clotilde leva un sourcil.

– Qui doit t'appeler ?

– Je ne peux pas te le dire mais je crois que ce sera une bonne nouvelle.

– Pour toi ?

– Pour nous, dit-il, mordant dans son fromage.

Ernest

Ernest ne voulait plus penser à Amiel. La potion était trop amère. Pourquoi se torturer l'esprit pour quelqu'un qui n'en valait pas la peine ? Trois coups frappés sur la cloison donnèrent le signal : il pouvait sortir de sa planque. Il réapparut tout sourire. La météo était formelle : il allait pleuvoir.

– Manif pluvieuse, manif heureuse ! lança-t-il, invitant tout le monde à en prendre son parti.

– Surtout à prendre des parapluies ! s'amusa Stéphane.

Ernest redevint sérieux.

– Il ne faut pas qu'on se trompe, dit-il. L'idée de placer tous les musulmans dans des ghettos n'est qu'un leurre. Une mesure quasi impossible à mettre en place. Ils ont trouvé ça pour être sûrs que nous soyons nombreux dans la rue. Le gouvernement agite un chiffon rouge pour que nous foncions droit dedans. Alors, nous allons foncer parce que cette idée nous révulse, mais nous allons manifester en sachant que nous ne sommes pas dupes. Comme vous le lirez dans mon édito, notre combat demeure : abaissement du temps de travail, augmentation des salaires, établissement de l'égalité entre hommes et femmes, renationalisation des services publics et suppression du travail contraint pour les chômeurs. Ne l'oubliez pas : le reste, comme la préparation des Jeux, c'est de la poudre aux yeux. Laissons donc à perlimpinpin ce qui appartient à perlimpinpin et ne lâchons rien de nos objectifs.

Il ajouta :

– Le gouvernement et tous ceux qui le soutiennent font de la question musulmane une question de guerre de religion, l'islam contre la chrétienté, ou un conflit de civilisation, l'Occident contre l'Orient. Mais ça aussi c'est un leurre. La seule question qui vaille est la question sociale. Tant que les musulmans, croyants ou pas, seront traités comme des sous-citoyens, n'auront accès qu'à des emplois subalternes, seront bridés dans les entreprises, tant qu'ils seront mis à l'écart pour le logement, les loisirs, les études, le terrorisme prospérera, nourri par le sentiment qu'il n'y a rien à perdre. Sans justice sociale, pas de paix possible.

Tous approuvèrent.

Maurier était inquiet.

– Si t'es en tête de la manif, tu risques de te faire arrêter.

Ernest n'y croyait pas.

– Au milieu de la foule ? Non, trop risqué pour eux...

Il précisa qu'il avait averti maître Labat, son avocat, des manœuvres policières du gouvernement.

– Pas de danger d'après lui.

– N'empêche, il faudra t'exfiltrer avant la fin.

– Ça, peut-être.

– Ça remonte de partout, intervint Stéphane. Ils font des contrôles d'identité à tout-va dans les rues, fichent tout le monde, recensent les camarades dans les immeubles... Je ne sais pas ce qu'ils préparent, mais ils préparent quelque chose.

– C'est de l'intimidation, assura Ernest.

Stéphane insista :

– Il n'y a pas que ça. Les flics ne sont pas venus seulement pour t'intimider, ils sont venus pour te coffrer et s'ils avaient pu, ils nous auraient coffrés avec toi pour faire bon poids. Tu peux être sûr que des camarades sont déjà en zonzon.

– On le saurait, non ?

– Non. S'ils se sont fait serrer par les Forces spéciales, on ne peut rien savoir. Pas même où ils sont.

Ernest hocha la tête : Stéphane l'avait convaincu, ils devaient être très prudents, surtout ne pas sous-estimer leurs opposants.

– T'as raison. Il ne faut pas oublier que ce ne sont pas des adversaires mais des ennemis que nous avons en face de nous. Il faut faire vraiment gaffe.

Il se massa le crâne.

– Bon, je fais le début de la manif, le temps de répondre aux télés qui seront là, et ensuite vous me faites disparaître.

– Avant de te ressusciter, ricana Stéphane.

Ernest montra son front.

– Tu crois qu'il y a marqué « Jésus » ici ?

– Non, mais ça viendra.

– Qu'est-ce que tu vas nous sortir comme connerie ?

Stéphane s'assura que tous l'écoutaient.

– Accouche, bougonna Ernest.

– Ce soir, ils ont prévu d'interviewer Bayeux, expliqua Stéphane. Pourquoi lui ? Mystère. C'est un second couteau qui se fait appeler FBI. Un transfuge des Progressistes…

– Il paraît que c'est l'homme lige du Triumvirat, suggéra Maurier.

– Possible… Mais pour l'instant ce n'est pas notre problème.

Stéphane se tourna vers Ernest.

– L'idée, c'est de te sortir de la manif et de te faire réapparaître au 20 heures à la télé. Il y a trois caméras sur le plateau et les trois cameramen sont des sympathisants.

– Ils ont leurs cartes ?

– Avoir sa carte du Syndicat à la télé ? Tu rigoles ! Ils ne veulent pas pointer directement au chômage ! Non, ils font profil bas. N'empêche. Ce soir on te fait entrer dans le studio en même temps que Bayeux – je t'expliquerai comment –, il commence son prêchi-prêcha et, soudain, les caméras se tournent vers toi et tu balances ce que tu as à dire à des millions de spectateurs. Tu auras quelques minutes avant que la régie t'interrompe.

– Je me ferai arrêter.

– Les cameramen peut-être mais toi non. Une hôtesse, une copine de quelqu'un de chez nous – elle s'appelle Marlène –, te guidera jusqu'à la sortie où je t'attendrai dans un car-régie pour te conduire en lieu sûr.

– Pourquoi un car-régie ?
– Pour ne pas attirer l'attention.
Ernest fit une grimace d'admiration.
– Ça a l'air réglé comme du papier à musique…
– Ça l'est.

Marlène

S'il y en avait une qui ne pensait ni à la manif, ni aux musulmans, ni aux Jeux olympiques, ni même à la loi de contrôle généralisé, c'était Marlène, « une grosse blonde aux yeux bleus » comme elle se présentait elle-même en riant. Marlène n'avait jamais eu de problème avec son poids. Elle était comme elle avait toujours été et ça ne la dérangeait pas. Ça ne semblait pas non plus déranger ses partenaires, qui n'avaient que des compliments à lui adresser. C'était une beauté joyeuse et ronde, une fille moelleuse, un bonheur capitonné tout en délicatesse, en douceur.

Un vrai sucre d'orge !

Marlène faisait l'amour avec un collègue, un cameraman passé la voir avant d'assurer l'interview de Pierre-Jean de Lavoye, le leader des Conservateurs. Pas de préliminaires, juste un baiser, ils n'avaient même pas pris le temps d'avaler un café. À peine Jocelyn était-il entré qu'elle l'avait entraîné dans sa chambre et, laissant glisser sa robe de chambre en coton, s'était allongée sur le lit.

– Allez, Jo, au boulot !

Et, riant :

– À la boulotte plutôt !

Marlène était pressée. Elle était dans ses bons jours et le

voulait tout de suite à l'ouvrage. Jo s'activait sans relâche et Marlène s'amusait de le voir déployer tant d'énergie, l'encourageant de la voix et du geste quand elle le sentait ralentir. Marlène allait fêter ses trente-neuf ans, c'était sa dernière chance d'avoir un bébé. Elle ne cherchait ni un mari ni un compagnon, mais elle voulait avoir une petite fille ou un petit garçon qui un jour l'appellerait « maman ». Terre fertile, terre nourricière, elle avait enfin trouvé l'homme qui allait lui offrir ce qu'elle voulait.

– Donne-moi la fessée, lui murmura-t-elle à l'oreille.

L'effet fut immédiat : Jo ne put plus se retenir et jouit dans un grand râle libérateur.

Marlène éclata de rire. Bingo !

– C'est pas du jeu ! protesta Jo en se laissant tomber à côté d'elle. Tu n'avais pas le droit de me dire ça !

– Je te connais, dit tendrement Marlène. Je sais ce que tu aimes...

– Tu mériterais que je le fasse.

– Regarde l'heure, s'amusa-t-elle en le poussant hors du lit. Tu vas être à la bourre.

Jocelyn s'habilla à la hâte.

– Tu ne perds rien pour attendre ! lança-t-il, claquant la porte.

Marlène s'étira. Elle adorait Jocelyn, un émotif, un imaginatif à qui il suffisait de suggérer ce qu'il pourrait faire (mais qu'il ne faisait jamais) pour obtenir de lui ce qu'elle voulait. Quelque chose lui disait que cette fois était la bonne. Elle soupesa ses seins comme s'ils devaient être déjà gorgés de lait, gonfla son ventre pour mieux le caresser et ferma les yeux, s'abandonnant à la chaleur de son lit...

Pierre-Jean de Lavoye

Jocelyn, encore tout étourdi, se gara d'urgence sur le parking du Parti conservateur, une tour de verre et d'acier en double spirale construite à deux pas du siège du Triumvirat. La célèbre journaliste Andréa Lunberg n'attendait plus que lui pour commencer l'interview. De Lavoye s'impatientait.

– La circulation…, s'excusa Jo pour expliquer son retard.

Il régla en vitesse un petit projecteur, monta la caméra sur pied et testa les micros-cravates avant de faire un signe de tête à Andréa : il était prêt. Elle posa aussitôt sa première question :

– Pensez-vous vraiment que l'expulsion des musulmans binationaux soit en mesure de régler le problème du terrorisme islamique ?

– Non, ce ne sera pas suffisant, convint de Lavoye. Il peut y avoir des cellules dormantes. À terme il faudra aussi que les musulmans français rejoignent l'Arabie saoudite, l'Iran, le Qatar, le Maroc, l'Algérie… si nous ne voulons pas qu'ils nous poignardent dans le dos. Qu'ils aillent où ils veulent mais qu'ils ne restent pas ici puisque, visiblement, la France leur déplaît. Nous n'avons pas besoin d'eux…

Il se reprit :

– … nous n'avons *plus* besoin d'eux, même si par le passé ils ont pu avoir une petite utilité.

– Même sur les chantiers des Jeux olympiques ?

– Il y a suffisamment de chômeurs français à l'ouvrage, non ?

Et, sur le ton de la confidence :

– Vous savez, les musulmans ont depuis longtemps clairement indiqué, tout comme l'avait fait Hitler, que leur objectif était de soumettre le monde à la volonté d'Allah, c'est-à-dire à *leur* volonté. Il ne faut pas se voiler la face, c'est une guerre de civilisation entre l'Islam et l'Occident.

Il ajouta après un silence :

– À part nous copier, qu'apportent les musulmans ? Rien. Aucune créativité, aucune initiative, aucune ouverture. Ils ne savent que détruire et tuer pour masquer leur impuissance.

Il soupira.

– Nous sommes en danger. Notre civilisation est en danger, les femmes sont en danger, la démocratie est en danger. Si nous ne voulons pas subir l'islamisation de l'Europe, dans un premier temps interdire le Coran peut s'avérer une mesure de salubrité publique, mais si nous fermons les yeux sur l'étendue de la menace musulmane, nous sommes gravement en péril. Donc, à terme, je crains qu'une nouvelle croisade soit nécessaire.

– Une croisade ?

– Oui, je pèse mes mots.

Andréa Lunberg prit note : « Une nouvelle croisade. »

– C'est eux ou c'est nous, martela de Lavoye. S'ils gagnent, nous sommes morts. Nous n'avons rien à voir avec eux. Et eux ne sont pas compatibles avec la France. Ils vivent au XIVe siècle, c'est-à-dire qu'ils ont sept siècles de retard sur notre civilisation. Je suis catholique et français, je n'en tire pas une fierté particulière, mais je n'ai pas l'intention de vivre comme au Moyen Âge ! Personne ne veut ça, pas même les musulmans, dont l'hypocrisie va de pair avec l'arriération !

Il s'interrompit pour laisser la journaliste écrire.

– Sans compter, reprit-il, que sur le plan international nous sommes pris au beau milieu d'une guerre de religion entre les sunnites et les chiites. Qu'ils se tuent entre eux mais qu'ils ne viennent pas régler leurs différends chez nous ! Ça ne nous concerne pas. Alors, pour toutes ces raisons, s'ils ne partent pas d'eux-mêmes, il faudra bien que nous les chassions !

Relevant la tête, Andréa en vint au sujet du jour :

– Une grande manifestation est prévue aujourd'hui…

De Lavoye la trouvait touchante de naïveté.

– Qui s'en soucie ? glissa-t-il d'un ton paternel.

– Il y a aussi une contre-manifestation de soutien au gouvernement…, avança-t-elle.

Jocelyn fit un gros plan tandis que Pierre-Jean de Lavoye s'inclinait vers elle.

– Everything is under control…

Et, lui adressant son plus beau sourire :

– Que la fête commence !

Faustine

Dans le lycée, des cris soudains alertèrent Faustine, Julia et les autres. Sirènes, chiens, ordres aboyés :

– Allez, dégagez-moi ces merdes !

Les flics attaquaient sans sommation. Un groupe d'intervention dispersait les poubelles qui barraient l'entrée de l'établissement, des voltigeurs repoussaient les élèves loin des portes, les forçant à fuir. Seul Kevin tenta de s'interposer.

– Laissez-nous ! Vous n'avez pas le droit !

Mais une brute des Forces spéciales le cogna sur la nuque. Kevin tomba à terre. Deux autres le ramassèrent, le tirant par les bras. Ils s'acharnèrent sur lui, le frappèrent sur le corps et le visage. Recroquevillé, Kevin remuait à peine, il geignait sans chercher à riposter. Ils lui tordirent les bras, le battirent, lui donnant des coups sur la tête et dans les jambes. Ils le piétinèrent en l'insultant.

– Pédé ! Racaille !

Julia n'hésita pas.

– Arrêtez ! Arrêtez !

Elle se précipita à son secours. Un coup de tonfa dans le ventre la stoppa net. Elle tomba à genoux avec un grand « Han ! » de douleur. Le policier qui l'avait frappée la frappa à nouveau d'un revers de la main qui l'assomma. Faustine hurla :

– Je vous préviens, j'ai tout vu !

L'homme pointa sa matraque dans sa direction.

– Ta gueule, sale pute, si tu ne veux pas que je t'en file une !

Les hommes des Forces spéciales arrachèrent la banderole, jurant :

– Enculés de cocos !

Ils cognaient avec rage, frappaient, brutalisaient tous ceux qui sortaient du lycée pour tenter de remonter la barricade. Un gradé et deux de ses hommes emmenèrent Kevin menotté, à demi inconscient, le nez en sang et trois lycéens arrêtés en même temps que lui. Quand ils voulurent embarquer Julia, sonnée sur le trottoir, Faustine plongea sur elle et se cramponna à ses épaules.

– Au secours ! Au secours !

Aussitôt d'autres ados vinrent s'allonger sur elle en renfort et les policiers renoncèrent, à l'appel de leur chef.

Restait à photographier le sang frais sur le sol avant le passage de la camionnette de nettoyage.

Les flics partis, Faustine, Lola, Kadija et Claire aidèrent Julia à se relever. Elles l'accompagnèrent sous le préau où ceux qui avaient été matraqués ou gazés se remettaient. Il y avait des gémissements, des pleurs, des injures :

– Bande de nazis !

– Salopes de flics !

– Pourris !

Elles assirent Julia sur un banc. Elle avait un gros hématome sur le côté droit du visage, la figure enflée, un œil fermé.

– Les salauds…, murmura-t-elle, revenant doucement à elle.

Julia avait mal à la tête, elle s'était cognée en tombant. Elle avait soif. Faustine courut lui chercher un verre d'eau. Quand elle revint, Moussa montra son portable.

– J'ai tout filmé. On va le mettre sur le Net.

– Oui, on va le mettre sur le Net, approuva Faustine, et on va reconstruire notre barrage ! N'oubliez pas ce que disait Kevin : « On va pas se laisser faire ! »

– Faustine a raison, renchérit Kadija, et on va aller à la manif pour se faire entendre jusque sur la Lune !

La petite Claire aussi voulait se battre.

– On ne va pas laisser tomber Kevin ! On va faire une barricade, foutre le feu aux poubelles et foutre le feu au bahut s'ils viennent encore nous faire chier !

Claire était la plus petite de sa classe. Les sobriquets ne manquaient pas : Rase-bitume, Napoléone, Mini, Nabote et d'autres… mais elle était vigoureuse, têtue, d'une volonté qui faisait taire les plus moqueurs. Pleine d'allant, elle grimpa sur une chaise.

– Écoutez-moi ! S'il y a une chose que le gouvernement craint par-dessus tout, c'est bien que nous descendions dans la rue. Nous, les lycéens et les collégiens. Eh bien nous allons descendre pour leur montrer qu'ils peuvent venir avec leurs chiens et leurs matraques, qu'ils peuvent nous arrêter et nous massacrer comme Kevin ou Julia, qu'ils peuvent faire n'importe quoi pour nous faire peur, ça ne fera que renforcer notre envie de les combattre !

Cette déclaration fut accueillie par des applaudissements.

– Je propose qu'on se mette par deux ou trois pour s'assurer que tous les bahuts du coin seront avec nous et les autres, on téléphone et tant pis si les flics écoutent, ils sauront à quoi s'en tenir !

Julia ne se sentait pas bien. Tout tournait autour d'elle. Elle but son verre d'eau et voulut se lever pour aller aux toilettes.

– Excusez-moi…

Sa politesse lui remonta dans la gorge et, se cassant en deux, elle vomit entre ses jambes.

Charlie

Charlie et les autres s'activaient. Il fallait préparer les tracts, les autocollants, vérifier qu'il y aurait assez de drapeaux à distribuer, de banderoles : « Non au travail contraint », « Jeux olympiques, olympiades du fric », « Chômeurs, travailleurs sans papiers, même combat », « Pas de ghettos, tous égaux », sans oublier de quoi boire et de quoi manger.

Bréville, le responsable de la section Varlin, les yeux rivés sur l'écran de son ordinateur, les appela :

– Putain, venez voir ! C'est dingue !

Charlie, Dany, Robert et Dufour s'approchèrent.

– Des mômes viennent de poster ça…

C'était le film de Moussa. On reconnaissait les membres des Forces spéciales qui tapaient sur tous ceux qu'ils croisaient devant le lycée de Faustine, on entendait les injures, on voyait Kevin qui s'avançait les mains levées pour parlementer et recevait en réponse un coup de tonfa sur la nuque, un coup de poing en plein visage, et les flics qui s'acharnaient sur lui couché au sol. Coups de matraque, bourrades, coups de pied. Puis on distinguait Julia qui se précipitait, se faisait cueillir d'un coup dans le ventre et d'une gifle en revers qui l'assommait.

– Ah non, merde ! jura Charlie, reconnaissant soudain Faustine s'aplatissant sur son amie pour éviter que les flics l'embarquent.

– Tu la connais ? demanda Bréville.

Le sang de Charlie déserta son visage.

– C'est ma petite sœur !

Haletant, il demanda en montrant l'écran :

– Repasse ça…

Ils revirent la séquence pendant que Charlie appelait nerveusement Faustine sur son portable.

– C'est moi, bébé, ça va ? dit-il, soulagé de l'entendre.

– Je suis en voiture avec Mlle Millet, notre prof de français. On emmène Julia à l'hosto, elle ne se sent pas bien, elle vomit…

– Ah, les enfoirés ! Les enfoirés ! ragea Charlie, incapable de dire autre chose.

Et, reprenant ses esprits :

– C'est bien, ce que tu as fait. Tu as bien réagi. T'es courageuse…

Faustine ne cherchait pas les compliments. Elle voulait surtout s'assurer que Charlie ne préviendrait pas leur mère.

– Tu ne lui dis rien, hein, tu le jures ?

– T'inquiète, bébé, je ne dirai rien. Mais tu m'appelles quand vous êtes sorties de l'hosto, promis ?

Morgane

Avec Charlie toujours fourré au Syndicat, sa femme, la belle et dure Morgane, vivait sur les nerfs. Jamais une minute à elle entre son boulot au bureau et ses filles : Garance, la grande, qui un jour sur deux refusait de se lever pour aller au lycée, Cerise, celle du milieu, qui se plaignait d'avoir des copines mais pas de copains – en tout cas pas assez ! – et la petite Chloé qui ne savait plus quoi faire pour accaparer l'attention de sa mère (avant de partir, elle n'avait rien trouvé de mieux que de se beurrer les cheveux !). Morgane ne rêvait que d'une chose : avoir trois jours entiers sans personne pour lui parler, l'interroger sur tout et n'importe quoi, la solliciter pour ci ou ça ; sans personne pour l'empêcher de dormir, de prendre son temps, de lire ou tout simplement pour ne rien faire. La manifestation était une aubaine. Une journée sans ses gosses ni son mari, c'était un mois de vacances pour elle ! Elle déposa ses filles chez sa mère, mamie Loulou, une prof de français à la retraite qui habitait un deux-pièces rue de la Folie.

Morgane n'en laissait rien paraître mais elle était profondément affectée par le suicide de son père. Même physiquement quelque chose l'avait atteinte. Son corps n'avait plus sa souplesse d'avant ni la même endurance. Elle avait pris du poids. Elle se sentait désemparée, fatiguée, comme engourdie, prise dans une gangue de chagrin. Son père était un homme très secret. Il ne parlait jamais de son enfance, comme si cette période de sa vie était si lourde à porter qu'il dispensait ses filles d'en supporter le fardeau. Il ne possédait aucune photo de ses parents et prétendait n'avoir aucune famille. « Ils sont tous morts, disait-il quand Morgane l'interrogeait sur ses grands-parents, cousins, cousines.

– Tu n'as eu ni frère ni sœur ?

– Je suis fils unique ! » éludait-il avec un rire de colère.

Il enseignait la mécanique dans un lycée professionnel. C'était un homme très habile de ses mains, l'enseignement le frustrait. Il regrettait de ne plus rien faire lui-même, de commander aux autres, de marcher dans sa classe « les mains dans les poches » ou « à la retourne » comme il disait pour se décrire les mains dans le dos. Il regrettait l'ambiance de l'atelier, la camaraderie, la connivence entre les ouvriers, les luttes, les nuits sur les piquets de grève. Une fois, il avait avoué à sa fille avoir honte d'être passé du côté des blouses blanches. Morgane n'avait jamais compris comment son père pouvait avoir honte d'être devenu professeur dans un collège technique. Honte ? Honte, mais de quoi ? De ne plus être un ouvrier ? De trahir les siens ? De ne plus être tous les jours à l'atelier ? Il ne volait pas son argent ! Le titre était ronflant mais le salaire inférieur à celui qu'il gagnait comme tourneur-fraiseur. Quelle était cette honte qui avait poussé son père à se tuer ? Cela ne tenait pas debout. Jamais personne de la famille n'avait éprouvé de honte en pensant à son père. Au contraire ! Morgane et Rosa, sa sœur cadette, avaient grandi fières de leurs parents, de leur métier d'enseignants, fières de leurs engagements syndicaux et politiques. Aujourd'hui, la fierté de Morgane c'était d'avoir trois filles, un mari syndicaliste, et d'être experte-comptable – un métier où elle ne dépendait de personne.

Morgane admirait sans réserve les artistes, les musiciens, les chanteurs, les acteurs, toutes celles et ceux qui mettaient en jeu le plus profond d'eux-mêmes en s'exposant au public. Elle aurait aimé faire du cirque, être acrobate, trapéziste, clown. Elle racontait à ses filles que, dans une autre vie, elle serait comédienne, chanteuse d'opéra, équilibriste... Morgane portait son rêve d'enfant comme une douleur lancinante. « J'ai de l'arthrose à l'âme ! » plaisantait-elle. Peut-être était-ce pour cela qu'aujourd'hui elle ne ménageait ni son temps ni sa peine pour aider les petites compagnies de théâtre, les nouveaux groupes, les premières éditions des festivals...

Morgane rejoignit le groupe Lucie Baud, du nom d'une des premières syndicalistes qui en 1905-1906 avait mené deux grandes grèves dans les soieries près de Grenoble, à Vizille et Voiron. Elles étaient une vingtaine réunies aux Javottes, la librairie tenue par sa sœur Rosa où elles avaient l'habitude de se retrouver. Farida, Lucille, Leïla, Zoulé, Amina entouraient une nouvelle, Aziza, qui n'avait pas plus de dix-huit ans.

– Salut, les filles !

Morgane embrassa sa sœur.

– Les petites sont chez maman...

Rosa l'attendait pour commencer.

– Ça va être chaud, prévint-elle. Il n'y aura pas que les flics, vous pouvez être sûres que les crânes rasés seront là aussi. Il va falloir faire gaffe à nos miches !

– Tu veux qu'on mette des caleçons en zinc ?

Il y eut des rires qui firent râler Rosa :

– Je ne rigole pas. On n'y va pas les mains vides.

– Qu'est-ce que tu veux qu'on prenne ?

– Ce qu'on a sous la main : ciseaux, cutters, les barres qui servent à fermer les volets… De quoi se défendre.

La jeune Aziza lança un regard apeuré.

– On va se faire attaquer ?

Rosa se voulut rassurante :

– C'est juste par précaution. Entre les pro-gouvernement qui organisent leur propre manif, les flics, les tarés d'extrême droite, ils sont nombreux ceux qui rêvent de nous en mettre plein la gueule.

– Ou ailleurs ! s'exclama Jeanne, déclenchant des rires et des protestations accablées.

Morgane attendit que le calme revienne pour faire remarquer qu'il y aurait le service d'ordre du Syndicat.

– Charlie m'a dit…

– Je sais, coupa Rosa. Les gars du Syndicat seront là, je suis d'accord, mais ils ne pourront pas être partout. Et, si ça tourne mal, ce sera chacun pour soi et sauve qui peut pour tous. Alors, je préfère qu'on n'y aille pas toutes nues.

– T'aurais voulu qu'on y aille à poil ? s'alarma Zoulé.

– T'es bête, se moqua Lucille, c'est une image !

Farida agita une paire de gros ciseaux, assez haut pour que tout le monde les voie.

– Ok, dit-elle, s'il y en a un qui me cherche, il me trouvera : je lui couperai les couilles !

À nouveau, il y eut des blagues et des rires.

– Merde, s'énerva Rosa, vous ne pouvez pas être sérieuses deux minutes ?

Morgane lui prit le bras.

– T'emballe pas, sœurette, tout le monde a compris. On va faire ce que tu dis.

Elle s'adressa aux autres :

– Je suis d'accord avec ma petite sœur chérie : on ne sait pas ce qui peut arriver, autant envisager le pire.

– Moi aussi je suis d'accord, dit Leïla, soulagée d'entendre ce qu'elle venait d'entendre.

Et toutes firent chorus :

– Moi aussi ! Moi aussi ! Moi aussi !

Mamie Loulou

Morgane n'avait pas voulu que ses filles l'accompagnent à la manifestation. Trop dangereux – « On ne sait jamais ce qui peut arriver » –, trop fatigant – « Tu les vois marcher des kilomètres ? » Mamie Loulou ne comprenait pas les inquiétudes de sa fille. En observant la petite Chloé qui jouait à la dînette sur un tapis, elle se souvenait que son père se fichait bien du danger et de la fatigue. Même enfant, il l'emmenait toujours avec lui. Il voulait qu'elle défile dans les cortèges, qu'elle sente la colère des manifestants, qu'elle partage leurs cris, leurs slogans. C'était, disait-il, la seule bonne éducation qu'il lui devait. Une fois même il lui avait signé un mot d'excuse pour l'école, justifiant son absence par la « nécessaire solidarité avec les grévistes ». On n'en faisait plus des comme lui ! Né en colère, mort en colère, non réconcilié.

Quand elle pensait à lui, mamie Loulou se disait que son père était non seulement un type bien mais un homme bon qui aurait donné sa chemise à plus pauvre que lui. Son dernier combat, c'était contre la maladie qu'il l'avait mené. Mais à l'hôpital, au lieu de se plaindre, de gémir en maudissant son sort, il ne ratait jamais l'occasion d'interpeller les internes, les médecins sur les conditions de travail des aides-soignants et des infirmiers, sur leurs salaires ridicules au regard de leurs responsabilités et de leur dévouement. Il était mort avec le mot « grève » sur les lèvres.

Les yeux dans le vague devant la vitre du salon, mamie Loulou se souvenait : son père lui avait raconté dix fois que, jeune homme, défilant avec d'autres pour la défense de leurs salaires, ils avaient été chargés par la police. Grave erreur d'appréciation des forces de l'ordre : les rangs des manifestants masquaient la tranchée d'un chantier ouvert sur la voie publique. Les policiers avaient été repoussés à coups de bastaing, de ferrure et de pierre. Un triomphe pour les grévistes. Dans la bouche de son père, cet épisode c'était Bonaparte au pont d'Arcole, la prise du palais d'Hiver en 17, la victoire de Cassius Clay contre Sonny Liston…

Ce soir, qu'est-ce que Morgane pourrait bien raconter à ses enfants ?

– À quoi tu penses mamie Loulou ? demanda la petite Chloé, voyant sa grand-mère perdue dans ses pensées.

– À mon père.

– À papy Loulou ?

– Non, à mon papa à moi.

– Celui qu'est mort avant que je sois née ?

– Oui, à lui.

La fillette fronça le nez.

– Dommage.

La mère de Morgane se mordit les lèvres et ferma les yeux. Puis, refusant de se laisser envahir par la tristesse, elle souleva sa petite-fille dans ses bras.

– Oui, dommage…, dit-elle en l'embrassant.

Daisy

Daisy avait enfilé une tenue de combat. Un pantalon imitation treillis, un pull marin ras du cou, des baskets à semelles renforcées et des dessous cent pour cent coton dont elle avait coupé les étiquettes qui la grattaient. Elle posa une assiette, un verre et des couverts sur la table de la cuisine pour prendre des forces avant la manif. Elle s'efforçait de devenir végétarienne ; la viande la dégoûtait et le sacrifice des animaux lui était insupportable. Mais rien de ce qu'elle avait dans son frigo ne lui fit envie, ni le pâté végétal, ni le tofu, ni les carottes « agriculture propre » couvertes de terre et encore moins la salicorne. Elle renonça et, lourde de mauvaise conscience, décida de s'offrir un sandwich jambon ou une merguez sur le parcours.

Elle se désolait. Daisy enviait les femmes capables de retenir les hommes par la cuisine comme celles qui les retenaient par le sexe. Elle n'était douée ni pour l'un ni pour l'autre. Qu'est-ce qui clochait pour qu'elle ne parvienne jamais à aller jusqu'au bout avec ses amants ? Était-elle frigide ? Maladroite ? Crispée ? Aimait-elle les femmes sans oser se l'avouer ? Un soir sur le tournage de *Nue dans l'Allier*, au sortir de l'eau, son amie Marion l'avait enveloppée dans une grande serviette pour la frictionner. « Tu sais que je t'aime, toi...

– Tu m'aimes comment ?

– Je t'aime trop.

– Ce n'est pas assez », avait conclu Daisy, heureuse d'avoir le dernier mot.

Mais cela ne la consolait pas. Elle craignait de finir « vieille fille », une expression synonyme pour elle de désert, de terre sèche, stérile. Une horreur ! Il y avait de la midinette en Daisy, une fille toute simple qui rêvait d'un mariage d'amour, de vivre entourée d'enfants et de les voir grandir... « C'est ça que tu veux vraiment ? s'étonnait Marion.

– Je veux quelqu'un qui tienne à moi. »

On sonna.

– Police, dit l'homme en montrant son brassard orange. Mademoiselle Kollar ?

Il avait une tête de cadavre inquiet.

– Oui. C'est pourquoi ? répondit Daisy, peu amène.

– Vous êtes syndicaliste ?

– Je suis professeure des écoles, rectifia-t-elle, remontant ses lunettes sur son nez.

L'homme insista :

– Mais vous êtes syndiquée ?

– Et alors ?

– Nous recensons tous les syndiqués...

– Grand bien vous fasse !

Le policier l'empêcha de fermer la porte.

– Vous allez à la manif ?

– Et vous ?

Il répéta d'un ton froid en la dévisageant :

– Vous allez à la manif ?

Daisy soutint son regard.

– C'est un ordre ou une question ?

– Répondez.

– J'irai si j'ai envie, soupira-t-elle, sinon je n'irai pas.

Le policier cocha une case sur un drôle de portable.

– Je considère que vous irez...

– Pure spéculation.

Et, un sourire en coin :

– Vous savez ce que ça veut dire « spéculation » ?

À peine venait-elle d'entrer dans sa chambre – elle hésitait entre une veste et un blouson – qu'un nouveau coup de sonnette la fit sursauter. Daisy prit une grande inspiration, serra les poings, prête à fondre sur le policier s'il revenait lui demander si elle allait à la manif, si elle était syndiquée, si...

Ce n'était pas le brassard orange mais Mme Bernheim, sa voisine, qui partait faire ses courses. Petite femme frêle et hésitante, Mme Bernheim, correctrice dans l'édition, aurait pu cesser de travailler et vivre de sa retraite, mais elle ne voulait pas s'arrêter, par amour des mots.

– Vous avez vu ce qu'ils vous ont mis ? dit-elle en montrant un S tracé au feutre argenté en haut à gauche de la porte de Daisy. Qu'est-ce que ça veut dire ?

Dominant sa colère, Daisy grogna :

– Ça doit vouloir dire « syndiquée ».

Elle sortit un mouchoir en papier de sa poche, cracha dessus et tenta d'effacer l'inscription, en vain.

– Un flic vient de passer...

– Je sais, dit Mme Bernheim, il voulait savoir si j'allais à la manif !

La vieille dame soupira que cet imbécile avait fait peur à

Offenbach, un chat si vieux qu'il miaulait d'un ton très grave, un peu effrayant.

– Vous y allez ? demanda Daisy.

– J'aimerais bien, ma chérie, répondit Mme Bernheim, une loi qui justifie l'injustice, il faut la combattre. Mais je n'ai plus la santé ni les jambes qu'il faut pour ça. Et vous, vous irez ?

– Et comment ! Plutôt deux fois qu'une !

– Ma femme de ménage y va aussi. Elle m'a prévenue.

– Yamina ?

– Elle accompagne ses enfants. Vous les connaissez ?

– Sa petite est en moyenne section avec ma copine Rachel…

La grande passion de Mme Bernheim, c'était l'opérette. Feu son mari avait été chef d'orchestre et elle était capable de chanter des dizaines d'airs des œuvres qu'il avait dirigées. Mais elle n'avait plus le cœur à la musique.

– Vous irez pour moi…, sourit-elle tristement.

Elle ajouta :

– Dans l'Exode il est dit que lorsque Yahvé verra la marque sur le linteau, il ne laissera pas la mort entrer dans la maison pour frapper les justes. Ici, c'est le contraire, on vous marque pour vous frapper…

– Pour me frapper, grimaça Daisy, vous êtes sûre ?

La vieille dame hocha la tête. Ses yeux s'embuèrent comme chaque fois qu'elle se souvenait de sa grand-mère, une petite femme comme elle, tout en nerfs, tatouée d'un numéro par les nazis à l'âge de quinze ans, qui avait survécu à la marche de la mort au sortir d'Auschwitz.

– Ce n'est jamais bon signe quand on commence à trier et à marquer les hommes… et les femmes.

Yamina

Yamina avait trois enfants : Soraya (treize ans), Adal, son garçon (douze ans) et la petite Safia (quatre ans), en moyenne section dans l'école où enseignait Daisy. Depuis que son mari était mort accidentellement sur un chantier de construction, la vie était devenue très différente pour elle. Yamina faisait des ménages chez une vieille dame qui lui chantait des airs d'opérette, chez un couple dont le mari était député et chez maître Labat, un avocat qui ne faisait ni du pénal ni des affaires mais se consacrait tout entier au droit du travail, à la défense des salariés, des syndicalistes – Ernest en tête – et des sans-papiers.

Maître Labat adorait taquiner Yamina : « Je vous assure, Yamina, si vous buvez un café pendant le ramadan, Allah ne sera pas fâché ! Je le connais. Il n'en a rien à faire qu'on boive du café un jour plutôt qu'un autre, ni même qu'on boive du café ou de la limonade…

– Je n'ai pas envie de café, ronchonnait-elle.

– Oh la la le vilain mensonge ! Allah qui voit tout et sait tout va vous punir en vous faisant pousser du poil dans les oreilles et des gros boutons sur les fesses ! »

Yamina aimait bien travailler chez maître Labat, qu'elle appelait « monsieur Antoine ». Il la faisait rire. « Yamina, expliquait patiemment l'avocat, appelez-moi Antoine tout simplement. Je vous l'ai déjà dit, “monsieur Antoine” ça fait patron de bordel ! » Elle pouffait. « Haha ! Monsieur Antoine, il ne faut pas raconter des choses comme ça ! »

Maître Labat était toujours très prévenant avec Yamina. Il prenait le temps de lui parler, de lui demander des nouvelles de ses enfants, de sa famille, de la conseiller aussi comme il l'avait fait pour qu'elle obtienne des indemnités après la mort de son mari. Elle ne l'avouerait jamais, mais ce décès avait été une libération pour elle. Désormais, il n'y avait plus personne pour gouverner sa vie. Si elle était triste que ses enfants n'aient plus de père, elle était heureuse de ne plus avoir d'homme pour la régenter et lui imposer ses quatre volontés sans jamais lui demander son avis.

À trente ans, Yamina se considérait comme une vieille femme. Venue encore bébé d'Akbou, un village de Kabylie dans la vallée de la Soummam où avait opéré Amirouche le Terrible pendant la guerre d'Algérie, elle avait débarqué en France avec ses quatre sœurs et son frère. Mariée à seize ans à un homme plus âgé qu'elle, Yamina n'avait pas fait d'études. Enceinte dès la première année de son mariage et encore l'année suivante puis quelques années plus tard de sa dernière, elle vivait dans un rez-de-chaussée de vingt mètres carrés avec pour seul point d'eau l'évier et les toilettes dans la cour. Yamina n'avait connu que la tristesse des jours gris, la fatigue des courses, du ménage, la solitude au milieu de la lessive qui séchait, des pleurs des bébés, des cris de son mari, de la télévision branchée dès qu'il rentrait du travail et s'affalait sur le canapé sans dire un mot. Malgré cela restaient en elle un éclat de jeunesse, un grand rire et une malice qui ravissaient maître Labat.

Quand Yamina arriva chez lui, il l'embrassa comme du bon pain.

– Vous allez à la manif aujourd'hui ? demanda-t-il, tandis qu'il l'aidait à enlever son manteau.

– J'ai prévenu Mme Lombard que j'étais grippée et que je ne viendrais pas cet après-midi, répondit-elle. J'ai appelé aussi Mme Bernheim. Je fais ici et j'accompagne mes enfants. Je préfère être avec eux dans la rue plutôt que m'inquiéter toute la journée de ne pas savoir où ils sont.

– Je viendrai aussi, annonça l'avocat.

Et, riant d'avance de son ton déterminé :

– On ira en famille !

Yamina leva les yeux au ciel et soupira.

– On dirait mon fils ! Toujours prêt à dire n'importe quoi !

– Vous ne voulez pas que je manifeste avec vous ? demanda Labat d'une voix terrible.

Yamina rosit.

– Si, bien sûr, ça me rassurera que vous veniez…

Yamina trouvait que maître Labat n'était pas comme tous les Français qu'elle croisait en allant au travail. Son visage était toujours souriant et il parlait d'une voix douce, sans jamais hausser le ton. Pourquoi avait-il fallu que son père la marie de force à un homme qu'elle n'aimait pas ? Pourquoi n'avait-elle pas eu le temps de se choisir un mari comme l'avocat ? Elle savait cuisiner, tenir un ménage, s'occuper des siens. Si elle vivait avec maître Labat, elle le rendrait heureux. Ils ne se disputeraient jamais, il ne la battrait pas et il avait tant de choses à apprendre aux enfants !

En enfilant sa blouse, elle lui demanda tout à trac :

– Pourquoi vous ne croyez pas en Dieu ?

– Pourquoi y croirais-je ? répliqua l'avocat.

– Parce qu'il nous a faits.

Yamina arborait cette expression inquiète et concentrée qu'elle prenait dès qu'elle voulait parler de choses graves. Labat se tourna vers elle.

– Yamina, dites-moi, est-ce que vous croyez au Père Noël ? demanda-t-il posément.

– Vous me prenez pour une idiote ?

– Pourtant, vous avez toutes les raisons d'y croire. Tous les ans, à la même époque, il apporte des cadeaux à vous et à vos enfants…

– C'est vous qui donnez des cadeaux ! se défendit Yamina.

Labat sourit.

– Oui, c'est moi, un homme, un être humain. Eh bien, c'est la même chose pour Dieu. C'est une invention humaine. Les chrétiens – qui ne croient pas non plus au Père Noël – affirment sans rire qu'un mort est revenu à la vie pour les sauver et vous, les musulmans, on vous raconte que soixante-dix vierges fraîches et roses attendent les martyrs au paradis. Pour les juifs, les morts patientent au royaume des ombres jusqu'à la résurrection universelle. Tout ça ce ne sont que des rêves, des imaginations pour éloigner la peur de la mort. Beaucoup d'hommes très sages ont écrit là-dessus.

Il soupira.

– S'il y avait un Dieu, pourquoi sa seule idée serait-elle de nous détruire, d'exalter nos cruautés, la violence, le meurtre, l'asservissement des plus faibles par les plus forts…

Conscient de l'étrangeté d'une telle discussion pendant qu'il préparait son café, Labat ajouta :

– Et comment expliquez-vous que ce Dieu créateur de toutes choses, gouverneur des âmes et des consciences, ait créé un être comme moi qui ne crois pas en lui ?

Yamina ne répondit pas. Labat parlait trop bien. Elle ne voulait pas discuter avec lui. Peut-être avait-il raison mais elle refusait de se laisser convaincre. Déjà qu'elle n'avait rien, que lui resterait-il si elle n'avait plus Dieu ?

Daisy

Un petit vent froid poussait Daisy à marcher vite. Le point de rencontre pour toutes les classes était fixé devant l'école avant de partir manifester en groupe. Elle devait se hâter. Un SMS de Rachel la fit s'arrêter net sur le trottoir : « Ne m'attends pas. » Elle l'appela aussitôt.

– T'y vas direct ?

– Non, j'y vais pas.

– Hein ?

– Je n'y vais pas, s'obstina Rachel.

Daisy s'emporta, agitant son portable :

– Mais merde ! Tout le monde y va ! Il faut qu'on y aille !

– Je ne peux pas, s'excusa Rachel. Non, je ne peux pas…

Daisy se remit en marche.

– Qu'est-ce que t'as, t'es malade ? Nathan t'a encore fait chier ?

– C'est pas ça, non. Mais vraiment je ne peux pas.

– Tu ne sais pas quoi faire de tes gosses ? Tu veux que je demande à Mme Bernheim si…

– Sois gentille, Daisy, laisse tomber. Je n'irai pas à la manif, c'est tout.

Daisy fit halte de nouveau. Pourquoi Rachel, sa meilleure copine, sa collègue de maternelle, se dérobait-elle ?

– Tu te rends compte de ce qu'ils veulent faire aux musulmans ?

– Oui, je sais.

– Et tu ne trouves pas ça dégueulasse ?

– Je ne sais pas…

– Comment, tu ne sais pas ? s'étrangla Daisy.

Rachel prit un temps pour répondre.

– Je ne t'ai pas raconté, dit-elle, mais il y a deux jours, Malik, tu vois qui c'est ?

– Le petit frisé qu'est dans ta classe, oui et alors ?

– Alors, je lui ai demandé de ranger le livre qu'il avait pris dans le bac… Tu sais ce qu'il m'a répondu ?

Daisy ferma les yeux, s'attendant au pire.

– Vas-y, dis-moi…

Il y eut un long silence.

– Il m'a balancé le livre en disant : « J'encule ta race sale juive ! »

Rachel ajouta dans un souffle :

– Il a quatre ans…

Daisy fit quelques pas.

– Qu'est-ce que t'as fait ? demanda-t-elle avec gravité.

– Rien, admit Rachel. Je n'ai rien fait.

– Et c'est pour ça que tu ne veux plus aller à la manif ?

Rachel ne put retenir ses larmes.

– S'il dit ça, c'est que ses parents le disent. Il répète ce qu'il entend à la maison ! Pourquoi j'irais défendre des gens qui me haïssent ?

Il y avait déjà beaucoup de monde devant l'école, profs, parents, élèves. Andrée, la directrice, s'inquiéta de voir Daisy arriver seule.

– Rachel n'est pas avec toi ?

– Elle ne peut pas venir. Elle s'est fait mal à la jambe en se levant cette nuit, mentit-elle. Impossible de marcher.

– Elle a quoi, une entorse ?

– Quelque chose comme ça.

Daisy remarqua alors le petit Malik. Il était là avec ses

parents, ses deux sœurs et son grand frère. Elle fit demi-tour aussitôt.

– D'ailleurs, dit-elle, je retourne voir si elle n'a besoin de rien.

Andrée n'eut pas le temps de la retenir par le bras.

– Je vous rejoins sur le parcours ! lui cria Daisy.

Elle ne décolérait pas, créer des ghettos était monstrueux alors qu'il y avait urgence à briser ceux qui existaient déjà. Le casernement des musulmans ne ferait qu'exciter des pensées criminelles. Il fallait combattre l'inculture, l'ignorance, la pauvreté endémique, ces maux qui gangrenaient la société, qui la pourrissaient et ruinaient tout espoir de jours meilleurs. Mais, pas plus que Rachel, elle ne défilerait aux côtés de la famille de Malik et de ceux qui leur ressemblaient. Elle esquiva maître Labat qui arrivait avec Yamina et ses trois enfants et fila droit devant elle. Que Voltaire l'ait écrite ou pas, elle avait en tête la célèbre phrase : « Je ne suis pas d'accord avec ce que vous dites, mais je me battrai jusqu'à la mort pour que vous puissiez le dire. » Daisy se battrait non pas pour qu'un enfant de quatre ans puisse dire : « Sale juive » à son institutrice, mais pour qu'il ne puisse plus jamais dire une saloperie pareille ; pour qu'il comprenne que les mots peuvent être assassins. La guerre israélo-palestinienne, la théocratie raciste aux affaires en Israël, la lâcheté mortifère des pays arabes, l'abandon du peuple palestinien par la communauté internationale, rien ne justifiait l'antisémitisme ! Personne n'était plus conscient qu'elle de tout ce que subissaient les femmes, les hommes, les enfants de Palestine à qui on avait volé leur terre, persécutés, assassinés par un gouvernement d'extrême droite, mais elle savait distinguer la politique meurtrière d'un État et les juifs du reste du monde.

Daisy se foutait que Rachel soit juive. Elle était son amie. Aurait-elle été musulmane, chrétienne, animiste, adoratrice de Nanaboso le Grand Lapin ou des cultes tantriques, ça aurait été la même chose, personne n'avait le doit de l'insulter. L'antisémitisme lui faisait horreur, comme lui faisaient horreur la bêtise, l'ignorance, la stupidité religieuse qui gouvernaient les consciences. Elle irait seule à la manif défendre les principes républicains auxquels elle adhérait, mais rien d'autre.

Elle irait seule ? Peut-être pas. Daisy appela Mimi, la fille de l'homme avec qui sa mère vivait désormais, infirmière en chirurgie à l'Hôpital central. À deux ans près, Daisy et Mimi avaient quasiment le même âge. Elles n'étaient pas vraiment sœurs, mais dès leur première rencontre elles s'étaient bien aimées et senties joyeusement complices. Après tout, leurs parents allaient vivre ensemble.

– Tu vas à la manif ?

– J'aimerais bien mais on est tous réquisitionnés.

– Pourquoi ?

– On ne sait jamais, s'il y a de la bagarre.

Et, s'excusant de faire bref (elle était attendue au bloc, un foie…) :

– T'y vas, toi ?

– I'm on my way, répondit Daisy.

Mimi

Mimi (Mireille) vivait une relation compliquée avec son patron, le professeur Paul Sagol, chef de service en chirurgie, très croyant, père de quatre enfants et marié à Bérangère de la Nartelle. Pour Sagol, Mimi était la Tentatrice. Celle qui le conduisait à l'abîme. Il l'appelait « ma mégère » et essayait en vain de l'apprivoiser.

Mimi savait qu'elle n'était pas belle comme on le dit de certaines femmes. Mais ça ne comptait pas pour elle. Si elle n'avait ni le charme ni la grâce de Daisy, elle avait un cœur, un corps et un regard ardent qui compensaient largement les traits banals de son visage et son gros derrière. Mimi avait surtout une très belle voix, grave, légèrement voilée. Tous les mercredis soir, quand elle n'était pas de garde, elle rejoignait les Glottes rebelles, une chorale de filles dont le répertoire comptait uniquement des chants révolutionnaires. Les patients l'ignoraient mais, plus d'une fois, ils avaient été pansés au son des « Penn Sardin de Douarnenez » que Mimi chantait pour s'encourager :

Écoutez l' bruit d' leurs sabots
Voilà les ouvrières d'usine
Écoutez l' bruit d' leurs sabots
Voilà qu'arrivent les Penn Sardin.

– Je veux tout le monde au bloc dans dix minutes ! lança le professeur Sagol, apercevant Mimi qui prenait un café dans le bureau des infirmières.

Mimi s'essuya la bouche en vitesse.

– Attends-moi, j'arrive !

Ils se dirigèrent vers le bloc.

– Votre sœur va manifester ? dit-il, la vouvoyant comme il la vouvoyait toujours dans le service.

Mimi n'avait pas ses précautions.

– Pourquoi tu me demandes ça ?

– Téléphonez-lui et dites-lui de rester chez elle.

– Tu rigoles ? Elle va m'envoyer promener !

Sagol marqua le pas.

– Ça va être dangereux, dit-il en baissant la voix. Elle ferait mieux de s'abstenir.

Mimi fit la grimace.

– C'est une prophétie ou tu sais quelque chose que tu es le seul à savoir ?

Sagol repartit en hâte et lâcha, oubliant toute prudence :

– Tu es infernale !

– Oui, mais tu m'aimes..., minauda Mimi en lui courant après.

Sagol poussa la porte du bloc, jurant, théâtral :

– Je serai damné !

Mimi bifurqua vers le vestiaire des infirmières pour enfiler sa combinaison en papier stérile. Elle téléphonerait à Daisy après l'opération.

Bérangère

La contre-manifestation en faveur du gouvernement, c'était une idée de Bérangère, la femme du professeur Sagol. Bérangère était une belle femme, très classe, une mère exemplaire, une hôtesse capable d'organiser sans effort des dîners pour dix personnes comme de mettre sur pied une marche contre les musulmans et l'islam. Il n'y avait qu'une chose pour la desservir : sa profonde bêtise qu'aucun artifice n'arrivait à dissimuler totalement. Une bêtise qui se doublait d'une impatience d'enfant capricieuse à qui tout semblait dû.

Bérangère avait imposé à toutes celles et ceux qui la rejoignaient de défiler sous une seule bannière : NOUS VOULONS DIEU ! Ses deux aînés, Charlotte et Louis (vingt et un et dix-neuf ans), avaient été recrutés pour animer les réseaux sociaux. Quant aux deux petites, Delphine et Joséphine (treize et huit ans), elles feraient les demoiselles de la maison auprès des organisateurs qui se réunissaient chez eux pour un dernier point. En tant que puissance invitante, Bérangère s'exprima la première :

– D'abord je veux vous remercier de la confiance que vous m'accordez, de l'amitié que vous me témoignez et que vous témoignez à notre cause en rejoignant notre mouvement – je n'aime pas le mot « manifestation ». Un mouvement qui ambitionne de faire entendre notre volonté – la volonté des Français – et de soutenir les mesures que le gouvernement compte prendre pour éradiquer la menace terroriste qui pèse sur nous et sur nos enfants.

– Merci, Bérangère, répondit Côme Poupin, président de l'ACF (l'Action catholique française). Vous avez tout à fait raison de parler de « volonté » car notre société souffre affreusement d'un manque de volonté. Au nom de prétendus « droits de l'homme », c'est le règne du n'importe quoi et du laisser-faire. Il est urgent de purger le territoire de ceux qui, par passivité ou par adhésion, se tiennent prêts à nous submerger.

Charles Danglet, un haut fonctionnaire ayant ses entrées au ministère de la Sécurité intérieure, indiqua :

– Je peux dès maintenant vous assurer que leur « manif » sera solidement encadrée par les forces de l'ordre et cantonnée dans un périmètre dont nul ne pourra s'extraire. De notre côté, le commandant Haefliger le regrette mais il ne pourra pas nous affecter beaucoup de troupes, l'essentiel de ses hommes étant mobilisé ailleurs. Mais pas de panique, nous disposerons quand même d'importantes et discrètes protections policières dans le service d'ordre que nous mettrons en place. Le vrai danger serait de se faire infiltrer par des éléments perturbateurs, des gauchos ou des anarcho-je-ne-sais-quoi… Mais là encore pas d'inquiétude, certaines organisations, dont je préfère ne rien savoir, assureront une surveillance virile à l'intérieur de notre cortège.

Silencieux jusque-là, Patrice Lenchanteur, à la tête de la MCPC (Marche chrétienne dans la paix du Christ), intervint :

– J'approuve tout ce qui vient d'être exposé et j'approuve encore plus le slogan que Bérangère nous propose : « Nous voulons Dieu ! » Nous n'aurions rien à gagner à un affrontement. Je pense que tous ici, comme moi, vous avez fait passer la consigne. Notre défilé doit donner l'image de la volonté et de la dignité. C'est très important de remporter la bataille de l'image. Il ne doit pas y avoir de désordres ni d'ostracisation manifeste de telle ou telle religion. Notre nombre, notre calme, notre fierté affichée d'être ce que nous sommes seront notre plus grande force.

Il se tourna vers Danglet.

– J'espère que ces organisations dont vous ne voulez rien savoir ne vont pas, pardonnez-moi l'expression, foutre le bazar.

– Haefliger y veillera, soyez-en sûr. Il les a bien en main.

Brigitte Berthier-Conduit s'étonna auprès de leur hôtesse :

– Votre mari n'est pas là ?

– Tous les hôpitaux sont réquisitionnés…, répondit Bérangère, mais je puis vous assurer qu'il est de tout cœur avec nous.

– Je n'en doutais pas ! Simplement, j'aurais été heureuse de le saluer. C'est un grand médecin…

Bérangère la remercia d'un sourire.

– Au « n'importe quoi » et au « laisser-faire » de notre ami Poupin, reprit-elle, j'ajouterai volontiers les faiblesses des médias. Malgré les efforts du gouvernement pour mettre bon ordre à tout cela, il y a encore trop de journaux, de radios, de télévisions qui cherchent à excuser les envahisseurs ; qui nous font toute une tambouille de sociologie explicative, de psychologie antiraciste et de politique d'intégration… Mais, vous serez d'accord avec moi, comprendre c'est déjà excuser. Et dans l'islam il y a de l'inexcusable.

Elle vérifia d'un regard que tous suivaient avec attention et s'humecta les lèvres.

– Je n'ai rien contre les musulmans, dit-elle. Je suis certaine qu'il y a des gens très bien parmi eux.

Elle sourit.

– Jésus lui-même n'est-il pas un personnage considérable de leur Coran ? N'est-ce pas, Danglet ?

D'un geste, elle empêcha l'intéressé de l'approuver bruyamment.

– Simplement, nous ne pouvons plus les supporter…

Elle se reprit :

– … pardon, les accepter. Quand nous allons dans leurs pays, nous enlevons nos chaussures avant d'entrer dans les mosquées, nous nous couvrons la tête d'un voile et nous mangeons ce qu'ils nous servent. Ici, ils refusent de se plier à nos lois, prétextant qu'ils n'obéissent qu'à Dieu. Eh bien, nous aussi nous obéissons à Dieu mais nous y obéissons en France et ceux qui ne veulent pas s'y conformer doivent partir.

Marc-Edmée Choput, le rédacteur en chef du mensuel ultraconservateur *Montre-moi ton visage*, sauta sur l'occasion pour intervenir sur le même thème. Ils l'écoutèrent par politesse. Choput n'aimait qu'une chose, parler, parler, parler pour ne rien dire. Un seul sujet de conversation le mobilisait entièrement : lui-même, ses idées, ses mérites… Bérangère n'avait pas voulu écarter cet « imbécile satisfait » comme ils l'appelaient entre eux, il fallait que tout le monde soit là, même les pires. Surtout lorsqu'ils fédéraient près de quarante mille abonnés.

Brigitte Berthier-Conduit chuchota à Côme Poupin :

– Dans les familles arabes, tout le monde le sait mais personne ne veut le dire, on tète la haine des juifs avec le lait de sa mère…

– Et des chrétiens, ajouta Côme Poupin.

– Ça va sans dire…

Flocon

Près de l'autoroute, c'était la zone, le désert urbain. Des bâtiments vides, des déchets métalliques, une décharge et pas une habitation dans le secteur où Race supérieure occupait un hangar abandonné. Il faisait froid. Pour réchauffer ses troupes, Flocon, cheveux blancs peroxydés, fit reprendre en chœur la chanson qui leur servait d'hymne :

Nous sommes la force qui nettoie le pays
Virez ces saletés d'étrangers qui puent
Qui pètent, qui nous foutent la chierie !
Foutez-les à la benne ou on les tue !

Foutez-les fissa dans des camps !
Blancs ! Blancs ! Blancs !
Soyons fiers d'être blancs !

À l'exemple de Flocon, tous s'étaient teint cheveux, barbes et sourcils comme lui. Pour le reste, l'uniforme restait noir de chez noir, des chaussures au bomber cachant chez certains un gilet pare-balles. Il n'y avait qu'une fille parmi eux, Rita, pas la moins combative.

– Alors, on décide quoi ? s'impatienta-t-elle. On attend quoi pour monter à la baston ?

– Calme-toi, lui conseilla Flocon. On attend que leur manif de merde se mette bien en route, on entre un par un dans leur cortège et, à mon signal, on se regroupe et on tape dans le tas.

– On tape sur qui ? Les rebeus ou les cocos ?

– Ils seront mélangés. On tape sur tout ce qui bouge.

– On pourrait tirer dans le tas direct, proposa Boris. Leur foutre la panique.

Et, dans un grognement :

– Si ça tourne à la guerre civile, c'est bon pour nous, non ?

Sauvage, en conditionnelle, s'inquiétait des flics. Flocon le rassura :

– Ils ne bougeront pas le petit doigt. Ils sont avec nous. Ils ne peuvent pas le dire publiquement ni le montrer, mais ils sont des nôtres. J'ai vu dans un canard un de leurs chefs pleurnicher que je ne sais plus combien de pour cent défendaient nos idées !

Rita avala une gorgée de bière et, rotant, dégrafa son pantalon pour exhiber ses poils pubiens.

– Ralliez-vous à mon panache blanc ! proclama-t-elle, écrasant sa canette dans sa main.

Sous son tatouage « La Mort vous regarde », elle s'était teinte comme Flocon.

Des cris et des applaudissements la saluèrent. Ils reprirent en chœur :

– Blancs ! Blancs ! Blancs ! Soyons fiers d'être blancs !

Cassandre

La voiture stoppa en double file. Florian descendit sans claquer la portière. Il devait passer chez lui en vitesse pour prendre la chemise et la cravate qu'il porterait au journal de 20 heures.

– Pas de rayures ni de pois ! lui cria Jessica Gorne.

Cassandre relisait un article qu'elle avait donné à une revue littéraire dont c'était – hélas ! – le dernier numéro : « Le travail de l'écrivain peut-il se mesurer en dehors du commerce, autrement dit l'écriture peut-elle être une marchandise ? » Elle leva la tête, étonnée de voir son mari revenir si tôt.

– Ne te dérange pas ! Je passe en coup de vent ! lança-t-il. Faut que je me change !

Cassandre posa sa revue sur la table et suivit Florian jusqu'à leur chambre.

– Je veux divorcer, dit-elle, tandis qu'il passait ses chemises en revue dans le dressing.

– Qu'est-ce que tu racontes ?

– Tu m'as très bien entendue : je veux divorcer.

Florian sortit une chemise lavande.

– Je n'ai pas le temps !

Maintenant, il fallait qu'il trouve la bonne cravate.

– On en discutera plus tard, grogna-t-il avec un geste d'énervement.

– Pas la peine de discuter, dit Cassandre. J'ai appelé maître Labat pour l'informer de ma décision. Il va s'occuper de moi. Demande à ton conseil de prendre contact avec lui. Je ne veux pas que ça traîne.

– Tu lui donnes du « maître Labat » maintenant ? C'est nouveau…

– Si tu préfères que je dise Antoine, aucun problème, mais ça ne change rien. Donne son contact à ton conseil et qu'ils règlent ça rapidement.

– Antoine est un ami et il n'est pas question qu'il se mêle de nos affaires. D'abord, il n'y connaît rien.

– Il s'y connaît assez pour un divorce.

Florian s'emporta :

– Arrête avec ça ! Tu me gonfles. Ça te prend comme ça, d'un coup, de divorcer ? Une illumination ? Une inspiration soudaine ? Tu crois que c'est le moment ? Tu veux quoi ? Tu veux nuire à ma carrière ?

– Je veux divorcer, s'obstina Cassandre, dans le silence qui suivit les éclats de voix.

De la pitié se lisait dans ses yeux. Florian la bouscula pour se hâter vers la porte.

– Eh bien, moi je ne veux pas !

Ce fut comme une balle tirée dans son dos :

– Tu vas le dire à Anie ? demanda Cassandre.

Cassandre n'ignorait rien de la médiatique maîtresse de son mari, la célèbre Anie qui avait ses entrées à la télévision et partout dans les cercles influents… Mentalement elle lui souhaita même bon courage, pensant que Florian devrait prendre ses dispositions et s'installer chez elle le plus vite possible. S'il n'avait le loisir de faire lui-même le déménagement, son chef de cabinet, Jean-Charles Delamarre, pourrait s'en occuper. Il ne valait pas mieux que Florian, celui-là ! Lui aussi ex-socialiste, ex-progressiste, passé sans aucun état d'âme dans le camp des Conservateurs, il défendait désormais que « les vices privés font les vertus publiques », au contraire de ce qu'il soutenait encore cinq ans plus tôt. Il était devenu l'apôtre décervelé du « ruissellement », cette théorie imbécile selon laquelle la fortune des riches arrose et irrigue les pauvres. Quand Cassandre se souvenait de leurs discussions à la cafétéria de la fac sur la façon de transformer le monde, elle tremblait de colère devant sa soumission aux pensées les plus réactionnaires. Jean-Charles avait été son amant deux mois pendant leurs études. Plus tard, quand il s'était marié avec Marthe, les deux couples étaient inséparables, révolutionnaires jusqu'au bout des ongles, radicaux, prêts à en découdre avec l'ordre et la sécurité du monde. Une « bande des quatre » dont le cinquième mousquetaire était l'avocat Antoine Labat et en numéro six Milena, spécialiste des langues anciennes. Puis Florian et Jean-Charles s'étaient lancés dans la carrière politique. Le drapeau rouge et noir de leur jeunesse avait rosi jusqu'au blanc de blanc des Conservateurs. Cette histoire paraissait désormais appartenir à un autre siècle, un passé dont Cassandre ne voulait plus entendre parler.

Après la scène avec Florian, Cassandre avait besoin de prendre l'air, de voir du monde, de marcher le nez au vent pour le simple plaisir de se sentir prête à l'affrontement non seulement avec son mari mais avec tous ceux qui prétendaient diriger le pays d'une main de fer. Devant le lycée, les poubelles traînaient encore sur le trottoir et les services municipaux n'avaient pas été prévenus ou n'avaient pas eu le courage de venir nettoyer les traces des affrontements avec les Forces spéciales de la police. La rue avait un air sinistre. Un paysage de guerre civile. Cassandre croisa la petite Claire, Kadija et Moussa qui partaient en délégation pour convaincre ceux du lycée voisin de faire cause commune et de participer à la manif sous une seule bannière, un NON immense et noir que mille mains déploieraient. Trois autres délégations sortirent en même temps.

Il y avait urgence.

Cassandre slalomait entre les obstacles, indignée par ce qu'elle voyait autour d'elle. Partout des affiches annonçaient les Jeux : des petites sur des mâts, des lumineuses aux carrefours, des quatre par trois sur les murs. Les Jeux par-ci, les Jeux par-là, les Jeux qui devaient mobiliser toute la population, les Jeux qui étaient l'expression de la fierté nationale, les Jeux jusqu'à la Victoire ! Les Jeux ! Les Jeux ! Les Jeux ! À propos de ceux de 36 à Berlin, Heinrich, le frère aîné de Thomas Mann, avait écrit : « Le nazisme ne voit en l'homme qu'un matériau qu'il utilise pour des buts cruels. Comment un régime qui s'appuie sur les travaux forcés et l'esclavage de masse, un régime qui prépare la guerre et qui n'existe qu'à travers une propagande mensongère, comment un tel régime pourrait-il respecter le sport pacifique et les sportifs défendant les idéaux de liberté ? » Pouvait-elle faire preuve d'une lucidité aussi grande qu'Heinrich Mann à cette époque ? D'une si remarquable clairvoyance ? Pour Cassandre qui, sans le savoir, partageait la même analyse que Maxence, c'était évident qu'ils ne vivaient déjà plus dans une démocratie. La voix des citoyens était désormais quantité négligeable puisque, comme l'avait répété le porte-parole du gouvernement, « une certaine dose de dictature » s'avérait nécessaire. Ils n'étaient plus non plus dans une république à partir du moment où un homme ou une femme pouvait désormais gagner en dix minutes ce qu'un autre ne gagnerait jamais en une vie de travail, brisant ainsi l'égalité, ce principe républicain fondamental. Ce n'était pas non plus une théocratie… ou plutôt si ! C'était une théocratie économique qui faisait du marché son dieu à qui tous devaient rendre hommage et se prosterner devant sa puissance. There is no alternative ! Comment Florian, Jean-Charles et d'autres camarades de jeunesse avaient-ils pu se transformer en adorateurs de ce veau d'or ? Cela la dépassait. Heureusement qu'il y avait encore des femmes comme Milena pour résister !

Milena

Le bureau des Progressistes était réuni en petit comité autour d'Emmanuel Rosenberg ; du café était servi. Avec son stylo, Rosenberg fit tinter sa tasse en porcelaine pour réclamer le silence.

– Ne tournons pas autour du pot, dit-il. Ou nous allons à la manif sous nos couleurs ou nous y allons à titre individuel, chacun avec le groupe qui lui convient.

– Aucun de nous ne sera au premier rang de la manifestation ? demanda le vieux Porcheval, grosse tête et petit corps.

– Non. L'appel à manifester a été lancé par le Syndicat et il n'y aura en tête que des syndiqués.

Claude Legras intervint :

– Si nous y allons sous nos couleurs, nous risquons de nous faire prendre à partie. C'est rien de dire que Bayeux devenu ministre, ce n'est toujours pas passé. Vous l'avez entendu à la radio ?

– Et Lombard ? rappela Porcheval. Vous croyez que sa trahison est oubliée ? Tout le monde se moque de nous !

– Ne remuons pas le couteau dans la plaie, tempéra Rosenberg. En faisant ce qu'ils font, Bayeux et Lombard se condamnent eux-mêmes.

L'idée résonna dans toutes les têtes. Ils se turent, graves et pénétrés comme s'ils se constituaient déjà en jury d'assises. Milena Delubac, la seule femme de la réunion, prit la parole :

– Moi, je crois que nous devons défiler sous nos couleurs, montrer que nous sommes là, quitte à nous faire cracher dessus.

– Bon courage ! plaisanta Legras.

Milena le toisa.

– Je suis prête à me battre pour ce que je crois. Pas toi ?

Milena en imposait. Avant d'intervenir, tous guettaient plus ou moins consciemment son approbation. C'était une femme forte, droite, que le malheur n'avait pas épargnée. Son mari et ses deux enfants étaient morts dans un accident de voiture dont elle avait réchappé. Sortie de route ou attentat ? La question n'avait jamais été tranchée…

Milena s'était fait connaître en menant une bataille en faveur des travailleurs sans papiers. À la Chambre, elle avait – en vain – réclamé la régularisation de tous ceux présents sur le territoire : « Vous prétendez agir au cas par cas mais vous savez comme moi que c'est pure démagogie. Une hypocrisie criminelle. Un travailleur sans papiers régularisé est neuf fois sur dix immédiatement renvoyé par son patron. Les patrons français veulent une main-d'œuvre qui les dispense d'acquitter leurs cotisations sociales. Ne faites pas semblant de l'ignorer. Notre économie fonctionne aujourd'hui grâce à ces femmes et ces hommes auxquels vous refusez toute protection. Mais comment construiriez-vous vos immeubles s'ils devaient partir ? Comment fonctionneraient vos restaurants ? Qui nettoierait vos bureaux, vos gares, vos aéroports ? Qui garderait vos enfants ? »

L'affrontement avait été rude avec les ténors des Conservateurs qui la désignaient à l'opinion publique comme tête de pont d'une cinquième colonne d'étrangers agissant contre les intérêts du pays. Sans compter les injures racistes, misogynes, phallocratiques qui avaient fait d'elle une « suceuse de nègres », une « pute à bougnoules », une « youpine malade du cul »... Sur le Net, les courageux anonymes de Race supérieure menaçaient de la tondre, de la lapider, voire se vantaient de l'avoir ratée sur la route mais guettaient la première occasion pour lui faire avaler son bulletin de naissance. Ennemie désignée de la race blanche et des hommes, des vrais, elle était quotidiennement menacée.

Milena avait du cran mais, par prudence, elle changeait souvent de lieu d'hébergement, dormant chez l'un, chez l'une, chez l'autre, sans que personne sache jamais où elle était ni où elle serait le lendemain. Par exemple, qui aurait pu soupçonner que la veille de la réunion, elle avait dormi dans la chambre du fils de Cassandre ?

Maxence

Daisy récapitula : Rachel hors service, pas question qu'elle défile aux côtés de Malik et des siens ; Mimi, réquisitionnée, indisponible. Elle se décida à appeler Maxence.

– T'y vas quand ? demanda-t-elle dès qu'elle l'eut en ligne.

– Dans un quart d'heure.

– Je peux venir avec toi ?

– Tu n'accompagnes pas ceux de ton école ?

– Tu sais, les gosses, je les ai sur les bras toute l'année, prétexta Daisy. J'ai envie de prendre un peu d'air…

Maxence se racla la gorge.

– J'y vais avec des copains…

– Et vous ne voulez pas de femmes ? railla Daisy.

– Non, c'est pas ça…

Puis, embarrassé, après avoir réfléchi un instant, il céda.

– Ok, passe au magasin, je t'expliquerai… Mais dépêche !

Maxence n'avait pas fait socio pour rien ! Il avait la tête farcie de Mauss, Bourdieu, Lévi-Strauss, Derrida… Son grand sujet, c'était le don. Combien de fois l'avait-il bassinée avec ses théories alors qu'ils auraient pu aller au cinéma ou faire l'amour. Car, plus que tout, Maxence – qui se définissait comme un « intellectuel à la première génération » – adorait discuter. « Tu comprends, disait-il, s'il y a don, il y a contre-don, l'échange n'est jamais pur.

– Tu me l'as déjà dit.

– Oui, mais écoute bien, s'obstinait-il. Moi je crois que le contre-don n'est pas forcément nécessaire. Ou, plus exactement, que don et contre-don sont en réalité une seule et même figure.

– Non ?!

– Si, parce que celui qui donne se paie en retour en donnant. Dans le don, c'est au donateur que revient la valeur la plus immédiate, la plus forte. Il se gratifie en s'offrant à lui-même l'image valorisée de sa générosité. Plus il donne, plus il se montre "donnant", plus il se montre comme un homme de bien, moins il a besoin d'une contrepartie réelle. Il n'a besoin de rien ni de personne. Il est payé cash par lui-même. Cette dimension narcissique est fondamentale pour comprendre ce que le don signifie. C'est clair, non ? »

En approchant du magasin de farces et attrapes, Daisy songea avec amusement que, manif ou pas, Maxence ne la dispenserait pas d'un énième exposé sur le don, sur sa reconnaissance publique, morale, voire religieuse. Elle avait mis au point une défense imparable : ouvrir de grands yeux admiratifs et approuver tout ce que Maxence disait, sans discuter. Ça la réjouissait d'avance !

– Bonjour, tout le monde ! claironna-t-elle en entrant dans la boutique.

Ils étaient une quinzaine, peut-être plus, tous en train d'enfiler des costumes de carnaval : Spiderman, Superman, Hulk, Zorro et les autres…

Maxence ne lui laissa pas le temps de s'étonner.

– Je vous présente Daisy, dit-il en l'embrassant sur la joue, une ancienne de la fac. Elle va venir avec nous…

Il y eut un silence hostile.

– Tu la vois où ? demanda Tony après avoir consulté Laïdi et Malet du regard. Premier rideau, deuxième, troisième ?

Daisy fronça les sourcils : « Quel rideau ? »

Maxence sourit.

– Elle marchera en tête... Ce sera notre mascotte !

– Vous allez tous vous costumer ? demanda Daisy que cela intriguait.

Maxence la prit par l'épaule.

– Oui, avec des masques, des faux nez, des perruques. Et toi aussi. Qu'est-ce qui te ferait plaisir ?

Daisy hésitait.

– Je ne sais pas si j'ai envie de me déguiser.

Rachel traitée de « sale juive » continuait de la tourmenter.

– Il n'y a pas vraiment de quoi rire.

– Je sais, admit Maxence. Tous ici nous sommes d'accord avec toi, mais nous devons ruser.

– Ruser ?

– Ruser vis-à-vis des flics, ruser vis-à-vis des médias.

Il expliqua :

– On rentrera plus facilement dans le défilé si nous avons l'air de joyeux lurons, « en Picaros » comme dit ma petite sœur. Notre déguisement attirera les journaleux comme des mouches. T'as déjà regardé le résumé d'une manif à la télé ?

– Ben oui...

– Alors tu sais ce qu'on montre : des gens qui répètent les mêmes scies depuis trente ans, ceux qui jouent du tambour, ceux qui agitent des fumigènes et basta ! Là, on va leur offrir du spectacle et, au dernier moment, on tombera les masques pour dire ce qu'on a à dire.

Tony faillit ajouter : « Et pour faire ce qu'on a à faire » mais il préféra la fermer.

Maxence plaqua contre Daisy un déguisement d'Arlequin.

– Tu devais mettre ça. En robe de princesse tu serais super, mais je préfère que tu aies un pantalon…

Il pointa du doigt les baskets que Daisy portait aux pieds.

– Tu peux les garder. C'est plus prudent.

Il lui fit un clin d'œil.

– C'est pas exclu qu'il faille courir.

Et, presque en confidence, rigolard :

– Pas besoin des Jeux pour faire du sport…

Malgré sa sociologie, Daisy aimait beaucoup Maxence. Un soir, il lui avait expliqué : « Ne m'en veux pas mais je ne peux penser le monde que sociologiquement et politiquement. La psychologie ? Le caca-boudin de la chair souffrante, pardon mais ça m'est étranger… » Et cet étrange aveu : « Je ne suis moi-même que dans la poésie. Sinon, je suis dans le théâtre. Je joue mon rôle – le rôle que la société m'assigne – mais à distance de ce que je suis vraiment.

– C'est pour ça que tu écris ?

– Pas seulement.

– Je ne comprends pas.

– J'ai le sentiment depuis toujours que quelque chose doit être dit et ne l'est pas.

– Un secret ?

– Une vérité. » Maxence s'était excusé : « Vaut mieux éviter d'utiliser de grands mots. »

Il poussa Daisy dans l'escalier qui menait à son appartement.

– Va te changer là-haut, mais vite, on est presque tous prêts.

Daisy n'était jamais montée chez Maxence. Son attention fut tout de suite attirée par les affiches de cirque, les portraits de clowns qui décoraient les murs, les bibelots, les objets, les photos d'un vieil orchestre posant devant l'entrée du Barnum & Bailey Circus. C'était donc ça la fameuse collection de l'oncle Armand !

– Ça te plaît ?

Daisy sursauta. Elle n'avait pas entendu Maxence arriver.

– Oui, c'est magnifique…, bredouilla-t-elle face à une grande reproduction des *Saltimbanques* de Pelez.

Maxence portait le costume du Capitaine Crochet, la main droite armée d'un redoutable fer tordu.

– C'est pas dangereux, ce truc-là ?

– C'est factice…

Il mentait.

Daisy enleva son pantalon de treillis et passa le costume d'Arlequin en gardant dessous son pull marin pour ne pas avoir froid.

– Embrasse-moi, demanda-t-elle en tendant ses vêtements à Maxence.

– Hein ?

– Embrasse-moi. J'ai envie que tu m'embrasses.

– Pour te donner du courage ?

– Pour recevoir un don sans contrepartie…, ironisa-t-elle, masquant la peur sournoise qui grandissait en elle.

Elle se pendit au cou de Maxence et il l'embrassa en prenant garde de ne pas la blesser avec son crochet. Le brassard orange, le S sur sa porte, les souvenirs douloureux de Mme Bernheim, Rachel, Malik, les masques… tout cela s'agitait dans la tête de Daisy. Comment y voir clair ? Comment faire le bon choix au bon moment ? Comment être sûre d'agir comme il faut ? Cette histoire de déguisement lui déplaisait. Elle ne savait pas quoi mais elle était certaine que cela cachait quelque chose. Il y avait un secret, un danger tapi sous les costumes. Peut-être n'avait-elle pas eu raison de…

Maxence interrompit ses réflexions. Ils devaient se hâter.

– Allons-y, murmura-t-il à son oreille.

Maintenant tous étaient méconnaissables : costumés, grimés, prêts à passer à l'action. Ici chacun avait une histoire mais personne ne la posait sur la table pour en accabler les autres. La règle était de ne rien dire sur soi, que rien ne pèse sur les mémoires. Il y avait Shandor, un grand Hongrois en costume de Hulk (son marteau cachait une masse de maçon) ; Michel, fils de cheminot, ascensoriste, en Zeus (sous la peinture dorée ses flèches étaient en acier) ; Tony, mécanicien dans le garage de son père, en Batman (dont les gants couvraient deux coups de poing américains) ; et d'autres encore, convaincus qu'il n'y avait plus d'autre issue que le combat.

– Du côté politique, expliquait Maxence, à gauche comme à droite, les Progressistes comme les Conservateurs sont des morts-vivants, des zombies. Ils tiennent des discours interchangeables et ne défendent au fond que leurs privilèges…

Tony renchérissait :

– Leur putain d'égalité des chances, c'est de la poudre aux yeux. Des chances de quoi ? D'être aussi pourris qu'ils le sont ? Ceux qui n'ont rien et ceux qui ont tout ne parlent pas la même langue. Tout les sépare. Il n'y aura jamais d'égalité. Pas la peine de se la jouer, ce sera eux ou nous. Il n'y a pas de solution « sociale ». Il faut en finir avec les faux-semblants, les mensonges et l'hypocrisie d'une prétendue « société du vivre-ensemble », d'une prétendue « justice », d'une soi-disant « redistribution des richesses ».

– Si nous ne faisons rien, notre futur c'est la soumission

aux milices privées, aux compagnies spéciales de sécurité, aux contrôles quotidiens, aux délateurs et aux drones, compléta Maxence. Ce n'est pas être paranoïaque de se sentir surveillé vingt-quatre heures sur vingt-quatre ! Croyez-moi, ils auront bientôt les moyens de contrôler nos rêves...

Il s'interrompit soudain. Contrôlaient-ils déjà ses cauchemars ? Il était encore hanté par celui qui l'avait tiré du lit. Un homme dont il ne parvenait pas à voir le visage tentait d'entrer chez lui. De l'autre côté de la porte, Maxence résistait de toutes ses forces pour l'en empêcher. Cela durait, tantôt en faveur de l'un, tantôt en faveur de l'autre. Il y avait des cris, des injures, des menaces. Finalement, à l'instant même où l'autre allait prendre le dessus, Maxence parvenait à lui donner un coup de pied qui l'envoyait bouler dans l'escalier. Même en se creusant la tête, il ne trouvait pas de signification plausible à ce mauvais rêve. Qu'est-ce que ça voulait dire ? Voulait-on le voler ? Oui, mais voler quoi ? L'agresser ? Le chasser ? Et cette porte qu'il défendait, sur quel secret s'ouvrait-elle ? Sur quelle obscurité ? Voulait-il empêcher l'inconnu de gravir le grand escalier du pouvoir ? Mais qui était cet inconnu dont le visage se dérobait à sa mémoire ? Non, vraiment, Maxence ne trouvait aucune explication. Peut-être plus tard, dans la manif ?

Sans remarquer son trouble, Michel conclut pour encourager la troupe :

– C'est pour ça qu'on va se battre. Pas seulement pour les empêcher de créer des ghettos pour les musulmans, mais pour abattre ce Capitaland où le gouvernement veut tous nous enfermer. Un monde prison-coffre-fort où il n'y a que le fric, les flics, le fric, les flics, le fric et rien d'autre !

Ils s'échauffaient.

Shandor s'emporta comme s'il avait été contredit :

– Il n'y a rien à espérer des organisations, des humanitaires, des écolos, des partis en peau de zob, des hiérarchies ! Regardez les chômeurs forcés de travailler pour que dalle, tout le monde tourne la tête pour ne pas voir ce qui se passe ! Tout le monde s'en fout !

Degiorgi (Zorro) ajouta sur le même ton :

– La manifestation ne doit pas être un moyen de se compter, mais un moyen d'agir !

Rianaldi (Pirate des Caraïbes) ne pouvait que l'approuver :

– L'anesthésie démocratique a endormi tout le monde au nom de leur putain de Jeux olympiques. À nous de les réveiller !

C'était à celui qui parlerait le plus fort.

– Il faut arrêter d'attendre la Révolution, le grand mouvement social ou l'apocalypse nucléaire, il faut que nous *soyons* le mouvement ! Le mouvement lui-même ! déclara Maxence, sorti de sa rêverie. Il faut que nous soyons un cataclysme, un tsunami insurrectionnel qui balaiera l'arrogance des puissants, la vulgarité des nantis, l'exploitation de tous par quelques-uns !

Michel lui fit écho :

– Il faut mettre à nu tous les programmes de neutralisation des conflits et abattre l'indifférence qui gouverne aujourd'hui les consciences.

Et tous de proclamer :

– Vive la Commune perpétuelle !

Une inquiétude diffuse envahissait Daisy. Elle avait beau écouter, elle ne parvenait pas à saisir où menaient toutes ces discussions. C'était entendre une langue étrangère ; proche, mais étrangère. Les mots tombaient sur elle comme un rideau de pluie qui lui interdisait de voir l'horizon. Quand elle n'était pas seule, elle n'était plus elle-même. Les autres l'absorbaient.

Marion

Nue dans l'Allier, que Marion avait tourné avec Daisy dans le rôle principal (et unique), cachait un secret : Marion aimait Daisy. Elle n'avait jamais osé le lui dire ou alors sur le ton de la plaisanterie pour masquer la vérité. Elle avait tant rêvé d'elle qu'elle se réveillait parfois effrayée de ne pas retrouver son visage, comme si dans son rêve une foule d'anonymes s'était liguée pour le cacher. C'était une douleur affreuse et elle devait faire un gros effort pour ranimer en elle ce visage qu'elle préférait à tous les autres. Combien aurait-elle donné pour entendre Daisy lui dire : « Je t'aime » ?

Beaucoup. Sans doute tout…

Des dizaines de fois, elle s'était passé et repassé son court-métrage où Daisy nageait dans l'Allier, roulant nue dans l'eau, montrant ses fesses, la transparence de son sexe, laissant ses seins flotter au ras du courant, plongeant pour disparaître entre les herbes… C'était une sirène, c'était Ophélie, c'était Vénus portée par une musique de Stockhausen. Il lui suffisait de fermer les yeux pour revoir tous les plans, dans l'ordre du montage, dans le désordre qu'ils provoquaient en elle. Marion se taisait de peur qu'un geste maladroit, un mot trop explicite éloigne Daisy à tout jamais. Le jour où Daisy avait annoncé : « Je veux quelqu'un qui tienne à moi », elle avait baissé les yeux et s'était tue en regardant ses chaussures. Pourquoi ne lui avait-elle pas crié en se jetant dans ses bras : « Personne ne peut tenir à toi plus que moi » ? Pourquoi ne lui avait-elle pas chuchoté à l'oreille : « Si tu veux, nous nous aimerons avec les lèvres sans le dire. » Elle était restée muette, repliée sur cet amour qui l'étouffait. Elle souffrait, le visage crispé d'une drôle de grimace. C'était une tumeur qu'aucune radiothérapie ne saurait éradiquer. « Qu'est-ce qu'aimer ? se demandait-elle, le cœur lourd. Comment aimer ? Comment ne pas être celle qui souffre et qui aime ? Celle qui est aimée ne souffre pas de voir l'autre souffrir d'amour. Elle l'ignore. Quand peut-on se dire aimée ? » Lucrèce, qu'elle lisait et relisait, décrétait radicalement qu'il ne fallait pas aimer. Que le plaisir suffisait et que pour échapper aux tourments de l'amour, « il vaut mieux jeter dans n'importe quel corps la liqueur amassée que de la conserver pour un unique amour qui nous prend tout entier en gardant pour nous seuls la peine et la douleur ».

Peine, douleur…

« Aimer, pensait lugubrement Marion, ce serait donc souffrir de chaînes que rien ne saurait briser ? »

Ils roulaient.

Depuis qu'elle était revenue habiter au Havre, chez ses parents, Marion vivait chastement, préférant se satisfaire d'elle-même en rêvant à Daisy plutôt que de s'abandonner à n'importe qui, n'importe où. Mais elle payait ces instants de félicité d'une tristesse qui la conduisait trop souvent aux larmes. Elle se sentait abattue sans savoir réellement pourquoi. Ou plutôt pour tant de raisons qu'elle ne savait laquelle incriminer en premier : le ciel plombé et pesant, la solitude dans cette ville où deux magasins sur trois étaient fermés, la paupérisation des habitants, l'ennui, la colère devant la situation du monde, les guerres, l'indifférence… Lentement Marion se consumait de chagrin en chagrin. Elle se sentait mal partout, vide, impuissante. Sa confiance en elle s'était abîmée. Aucun de ses projets cinématographiques n'aboutissait. Ni en fiction ni en documentaire. Les télés ne juraient plus que par des magazines vite tournés sans art ni réflexion, vite vus et oubliés, ou des séries policières, encore des séries policières, toujours des séries policières. Quant au cinéma… Marion espérait beaucoup d'un projet qu'elle développait sur l'histoire de l'impôt à travers les âges : de « Rendez à César ce qui est à César » jusqu'aux paradis fiscaux contemporains contre lesquels aucun gouvernement n'agissait. C'était sa dernière cartouche avant de renoncer définitivement au cinéma, rentrer dans le rang et attendre la mort face à un mur d'écrans comme Edward G. Robinson dans *Soleil vert*.

Convaincue que la joie comme le malheur ne se partageaient pas, pour ne pas ruminer devant son ordinateur, Marion s'était décidée à venir filmer la manifestation. Ses parents, bien sûr, auraient préféré qu'elle reste près d'eux et manifeste sur place si elle tenait vraiment à manifester. « Tu sais, si les dockers descendent, ça va être spectaculaire… » Marion n'en doutait pas mais ce n'était pas au Havre qu'elle avait une chance de croiser Daisy… Son père avait tenu à la conduire en voiture, au moins jusqu'à une porte. Après, Marion se débrouillerait.

– Ça va ? demanda-t-il, se tournant vers elle.

– Très bien, sourit Marion, étonnée de la question. Pourquoi ?

– Je ne sais pas : tu es toute rouge et tu souffles comme une baleine…

Marion ouvrit la fenêtre de la voiture et pencha la tête. Le ciel se chargeait de nuages lourds, menaçants.

– C'est rien, j'ai trop chaud.

Et, prenant une grande inspiration :

– Ça tourne à l'orage. Il va pleuvoir…

Jacques Nantel

Son père parti, Marion repéra rapidement un petit attroupement autour d'un homme qui parlait fort en faisant de grands gestes. Elle brancha sa caméra, son enregistreur, se mit à l'œilleton et s'approcha en s'efforçant de maintenir la stabilité du plan.

– Je n'ai plus de mère ! Je n'ai plus de femme ! Je n'ai plus d'enfants ! D'ailleurs, ai-je jamais eu des enfants, une femme, une mère ? proclamait théâtralement Jacques Nantel. On m'a tout pris ! Je n'ai plus rien mais je ne veux pas d'aumône. Je ne tends pas la main. Je veux juste vous rappeler que nous sommes dans une longue nuit où les promesses se noient, où le jour ne porte ni consolation ni tendresse ! Jusqu'à quand ?

Après un court silence, les mains tendues vers le public, il répéta :

– Jusqu'à quand ?!

Depuis le décès de sa mère, Jacques Nantel passait ses journées sans but à hanter les parcs, les centres commerciaux, à déambuler sur les boulevards. Sa mère était morte pour lui laisser place libre ; pour ne pas lui demander un peu du peu qu'il avait. Il l'avait trouvée un soir allongée sans vie dans la salle à manger. Elle avait griffonné sur une enveloppe : « Angoisse, angoisse, angoisse » comme un enfant qui fait des lignes pour apprendre à écrire. Elle était tombée et elle était morte. Morte pour que l'appartement lui revienne, à lui seul, parce que depuis des mois qu'il ne tournait plus ou ne jouait plus au théâtre, Jacques Nantel n'avait plus rien. C'était un acteur sans rôles, sans revenus, sans femme, sans logement. Sa vie s'était transformée en une longue attente. Mais qu'attendait-il ? Il ne le savait pas vraiment : un rôle ? une place ? quelque chose ? « Tu dois prendre ton mal en patience », disait sa mère quand elle était encore là. Son mal, c'était cette expectative qui le rongeait, qui le torturait. Comment patienter ? Pourquoi ?

Son but était rapidement devenu de tuer le temps. Pas de l'occuper, pas de le meubler, non, de le tuer une fois pour toutes. Nantel partait tous les jours chercher du travail alors qu'il savait que sa chance de se faire engager dans une pièce ou sur un film était quasiment nulle.

Toutes les portes se fermaient devant lui.

Une circulaire du ministère de la Culture avait défini très précisément les nouvelles conditions d'attribution des subventions et des aides accordées au cinéma et au théâtre. Un certain nombre de critères était impérativement requis : s'adresser au public populaire, respecter la tradition culturelle nationale, exclure tout propos partisan ou offensant la morale publique, mettre en valeur le patrimoine et les valeurs familiales, célébrer les victoires, l'héroïsme et le travail. De fait, la production théâtrale et cinématographique ne dépendait plus que de quelques investisseurs choisis par le gouvernement. Nantel, membre de l'ancien syndicat des acteurs, ne faisait pas partie des élus devant qui le tapis rouge était déroulé. Il ne pouvait continuer d'exercer son métier sur les planches ou dans les studios, ni même à la radio. Dès lors, à la manière des chevaliers errants en quête du Graal, il vivait chaque moment de la journée comme une épreuve à surmonter. Cela pouvait consister à aller d'un point à un autre avec une ponctualité d'horloger ou à se présenter à un casting ne serait-ce que pour s'entendre dire qu'il n'y avait rien pour lui, voire à faire interminablement la queue dans un organisme de charité, quémander un petit colis de nourriture qu'il rapportait comme le plus précieux des trésors.

Il ne survivait que de petits boulots de manutention, de ménages quand il parvenait à en trouver et de poèmes qu'il récitait dans des cafés où il se faisait payer au chapeau. Son grand succès, c'était « Le crapaud », de Victor Hugo :

Près d'une ornière, au bord d'une flaque de pluie,
Un crapaud regardait le ciel, bête éblouie ;
Grave, il songeait ; l'horreur contemplait la splendeur.
(Oh ! pourquoi la souffrance et pourquoi la laideur ?
Hélas ! le bas-empire est couvert d'Augustules,
Les Césars de forfaits, les crapauds de pustules,
Comme le pré de fleurs et le ciel de soleils !)

Nantel rentrait dormir chez sa mère le plus tard possible. « Je rejoins mon temps », pensait-il rituellement avant de s'allonger sur le fauteuil pliable ouvert à côté de la télé. Une expression dont il ne s'expliquait pas le sens mais qui montait du plus profond de sa conscience. Chez sa mère, Nantel rejoignait son temps, un présent délivré de l'angoisse du lendemain, mais l'appartement était vraiment trop petit pour eux deux. Dans la chambre à côté, il entendait sa mère parler dans son sommeil, parfois même ronfler. Un fils de cinquante ans n'est pas fait pour vivre avec sa mère. Alors, pour ne plus le déranger, sa mère s'était effacée.

C'était une honte.

Une honte pour lui, une honte pour ceux qui ne voyaient pas à quel point c'était honteux que la vie de sa mère soit réduite à ce qu'elle lui laissait dans le frigo, quelques livres, un dictionnaire et les maigres économies qu'elle avait réussi à constituer au fil des années. Une vie passée par pertes et profits dans un monde où tout se mesurait à l'aune de la finance. Ça le mettait hors de lui que cette société considère que la vie d'une femme comme sa mère ne valait que ce pauvre héritage, c'est-à-dire rien ou pas grand-chose.

Pendant longtemps, Nantel s'était parlé à lui-même avec sa voix d'enfant. Un enfant qui jouait, qui parlait en lui. L'enfant qu'il n'avait pas eu et qu'il faisait vivre chaque fois qu'il était sur scène ou devant une caméra. Cet enfant-là – l'enfant de sa mère – avait disparu en même temps qu'elle. Sa voix s'était perdue et sa langue était morte, il ne pouvait plus jouer. Comment jouer quand on n'a plus de voix, quand on n'a plus personne à qui donner la réplique ? Qu'avaient-ils tous dans les yeux pour ne rien voir ? Tout semblait clair et pourtant tout était faux. Les immeubles n'étaient pas des immeubles, c'étaient des masses financières, des livres de comptes, des bilans bancaires. Pareil pour les rues, les voitures qu'il voyait comme des liasses de billets neufs ou usagés. Même les passants n'étaient pour lui que des figurants égarés dans le film à grand spectacle du profit pour quelques-uns et de la misère pour tous. Faux, tout était faux ! Il n'y avait que des masques, que des leurres. Nantel s'agitait devant un immense rideau de scène qui un jour se déchirerait, découvrant un désastre, des ruines à feu et à sang.

Il se hissa sur un muret et clama de plus belle :

– Ne voyez-vous pas que rien de tout cela n'existe ? Nous sommes prisonniers d'images qui nous cachent la réalité ! Nous croyons voir et nous sommes aveugles !

Personne ne s'arrêtait, personne ne l'écoutait.

– Je ne demande pas la charité ! reprit-il du plus fort qu'il le pouvait. Je vous demande d'ouvrir les yeux !

– Et toi on te demande de fermer ta gueule ! cria un passant pour faire rire ceux qui l'entouraient.

Jacques Nantel ne baissa pas les bras.

– Quand comprendrez-vous que vous êtes pris au piège d'une illusion ? Vous regardez la télé et vous croyez voir la réalité du monde alors qu'il n'y a qu'images menteuses et propagande ! Vous lisez les journaux où tous les mots sont minés de bobards et d'affirmations sans fondement qui vous éclatent au visage comme des vérités révélées ! La radio ne débite que des torrents d'inepties ! Et tout cela vous cerne, vous emprisonne dans une nasse ! Ne le comprenez-vous pas ? Ne le voyez-vous pas ? Ne l'entendez-vous pas ?

Lorsqu'il vit que Marion le filmait, Nantel s'interrompit.

– Arrêtez ! Arrêtez ça ! Je ne veux pas qu'on me filme !

Sans éteindre sa caméra, Marion sortit une carte de visite de sa poche et la lui tendit.

– Je suis cinéaste. Je fais un film sur la manifestation…

Des badauds se tournèrent, curieux d'observer cette femme à la caméra. Nantel, les traits tirés, le teint gris, tenta de ramener l'attention vers lui :

– Qu'attendons-nous pour nous révolter contre nos vies indignes ? Qu'attendons-nous ?

Tout le monde se dispersa.

– Jacques Nantel, dit-il à Marion en lui tendant la main quand elle baissa sa caméra.

Il sentit sa gorge se nouer dans le silence qui soudain le cernait.

– Je suis comédien…

Ils s'installèrent dans un bar désert au coin de la rue et commandèrent deux cafés.

– Que faites-vous de vos journées ? demanda Marion après qu'une ado obèse en jogging les eut servis.

Nantel haussa les épaules.

– Je marche… Je parle tout seul ou je parle tout fort. Parfois je me crois sur une scène, libre comme on l'est dans un grand monologue où le ton et le temps vous appartiennent. D'autres fois je sens qu'une caméra me précède, je dois jouer pour elle, sans hausser la voix, sans la regarder, juste en lui exprimant mon amour pour que le sien me porte à chaque pas. Voilà ce que je fais…

– Il y a longtemps que vous n'avez pas travaillé ?

– Depuis la circulaire du ministère de la Culture limitant les subventions, le théâtre et le cinéma ont basculé vers le privé. Uniquement le privé…

– Cela change quoi ?

– Cela change tout. Ou vous acceptez l'inacceptable tant sur le plan artistique que financier ou vous n'êtes rien. En tant que membre de l'ancien syndicat des acteurs, j'ai refusé une fois, deux fois, trois fois les inepties qu'on me proposait… en espérant que tous feraient comme moi. Mais non, très peu ont eu ce courage. Très vite j'ai été mis sur la liste « À ne pas employer ». C'est aussi bête que ça.

Nantel avala son café d'un trait.

– Nous sommes devant une faille. Il faut voir l'histoire comme une coupe géologique et descendre toujours plus bas. Ce qui est étrange, c'est que le passé affleure et qu'il faut creuser très profond pour trouver le présent. Vous comprenez ?

– Pas vraiment, admit Marion. Mais vous allez m'expliquer…

– Le passé, nous le connaissons, il est là devant nous comme une montagne que l'on peut gravir ou pas, mais demain, pour connaître ce que demain sera, il faut s'enfoncer dans l'obscurité de la terre…

Marion ne demandait qu'à être convaincue.

– Ah…, fit-elle, bouche ouverte, yeux brillants.

– Vous travaillez pour une télé ? demanda Nantel en baissant la voix.

Marion sourit.

– Non, je travaille pour moi, ricana-t-elle. Je suis en eau libre, comme vous. Je suis indépendante, c'est-à-dire que je suis seule…

– Pourquoi faire un film sur la manif ?

– Ce n'est pas vraiment sur la manif. Ça n'a pas de sens pour moi de filmer une foule. Ce qui m'intéresse, ce sont les individus, leur destin. Je veux incarner la manifestation en filmant les manifestants, filmer leur colère, leur désespoir, leurs peurs mais aussi leurs convictions, leurs envies, leurs désirs. Je veux réaliser au moins dix portraits, des femmes, des hommes, peut-être un ado ou un enfant. Je veux trouver des visages en face de moi, des corps. Vous êtes le premier à qui je demande… Vous voulez bien répondre à mes questions ?

– Ici ?

– Oui, c'est très bien ici. Nous sommes seuls, c'est calme.

– Vous voulez que je vous récite « Le crapaud » d'Hugo ?

– Non, je veux juste vous interviewer…

Nantel dodelina de la tête, il hésitait, est-ce qu'il voulait bien ?

– Marion, dit-il en regardant sa carte, vous permettez que je vous appelle Marion ?

Elle sortit sa caméra.

– Je vous en prie.

– Si je tourne pour vous, s'excusa-t-il, vous pourrez me donner un peu d'argent ?

Aissatou

– Aissatou ! Aissatou ! appela Bérangère Sagol, vérifiant son maquillage dans la glace de l'entrée.

Le temps n'avait pas de prise sur elle. Elle ne vieillissait pas. Son visage restait intact, lisse et rose comme celui d'une communiante. Elle portait un tailleur gris anthracite sur un très joli chemisier blanc au col haut et s'était noué autour du cou un foulard tricolore. Chaussures plates et collant gainant, elle n'aurait pas froid tout en étant d'une élégance discrète et de bon goût.

Aissatou arriva en trottinant, resserrant son tablier autour de sa taille. Elle avait du mal à marcher, ses hanches la faisaient souffrir, elle fatiguait. Au service des Sagol six jours sur sept depuis plus de vingt ans, elle avait en charge non seulement le ménage, les courses, la cuisine mais aussi la garde et le soin des enfants, de 6 h 30 à 22 heures, sauf quand monsieur et madame recevaient ; ces soirs-là elle devait dormir sur place après avoir fait la vaisselle et tout rangé.

– Aissatou, j'y vais, dit Bérangère. Je compte sur vous : Joséphine et Delphine ont des devoirs et du violon – surtout ne les laissez pas regarder la télé ! – et j'ai consigné les grands dans leur chambre pour tout suivre sur le Net et alimenter les réseaux sociaux…

Elle soupira :

– Je ne sais pas pourquoi je vous raconte ça ! Ça doit être du chinois pour vous…

D'un geste énervé, elle lissa la jupe de son tailleur.

– Vous me trouvez comment ?

– Très bien, madame. Très élégante…

– Un jour comme aujourd'hui, il faut ce qu'il faut !

Bérangère Sagol attrapa un chapeau pendu à la patère.

– Pourvu qu'il ne pleuve pas !

Par prudence, elle glissa un petit parapluie (compact) dans son sac à main. Elle allait sortir quand Aissatou la retint :

– Je vais être expulsée, madame ?

– Qu'est-ce que vous me racontez là ?

– Je suis musulmane, madame. Ils vont me renvoyer au Sénégal ?

Bérangère fit claquer ses mains.

– C'est pas Dieu possible d'être aussi cruche !

Et, se penchant vers sa bonne, elle la prit par les épaules.

– Vous travaillez pour nous, Aissatou, pour M. et Mme le professeur Sagol. Vous ne risquez rien.

Elle détacha ses mots un à un :

– Rien du tout…

– Ils disent à la télé qu'ils vont regrouper tous les musulmans dans des quartiers…

– Vous n'êtes pas « tous les musulmans », Aissatou ! Vous faites quasiment partie de la famille. Je vous assure que vous n'avez rien à craindre.

– Et mon mari et mes enfants ?

Bérangère s'exaspéra. Elle n'avait pas le temps de discuter chaque paragraphe de la loi en préparation ! On l'attendait. Elles en reparleraient un jour, plus tard... Pour l'instant, qu'Aissatou fasse bien ce qu'elle lui avait demandé et surtout veille à ce que les enfants, les petits comme les grands, ne sortent pas de l'appartement.

– Je ne sais pas à quelle heure je rentrerai, ni monsieur d'ailleurs...

La main sur la poignée de la porte, elle cria :

– Charlotte ! Louis ! Delphine ! Joséphine ! Maman s'en va !

Et elle disparut.

Kahane

Comme Charlotte et Louis Sagol et déjà plus de vingt mille autres, le capitaine Kahane de la 3e section des Forces spéciales venait de visionner la vidéo de Moussa sur le Net. Ses deux enfants, une fille de seize ans et un garçon de quatorze, auraient pu être tabassés comme les élèves passés à tabac dans le film. L'occupation de l'établissement, les banderoles, le mur de poubelles, rien ne menaçait la sécurité des citoyens ou l'ordre public ; rien ne justifiait qu'on matraque des adolescents, qu'on les traite comme des criminels. Cette brutalité était incompréhensible, inacceptable. Les Forces spéciales auraient-elles cherché à se venger de quelque malaise ou de quelque injustice qui les travaillait en secret ? À qui obéissaient ces brutes ? D'où venaient leurs ordres ? En avaient-elles seulement ? Si les Forces spéciales devaient se transformer en milices d'une faction gouvernementale ou patronale, Kahane présenterait sa démission. Ce corps d'élite devait s'interdire d'agir comme les nervis de quelque parti ou organisation que ce soit. Il en allait de leur légitimité et du respect qui leur était dû.

Marié à une violoncelliste professeure de musique au conservatoire municipal, Kahane était un homme d'une probité et d'une rectitude exemplaires. Le couple vivait petitement dans un logement social mais, comparés à bien d'autres, ils n'avaient pas à se plaindre. Ils avaient un toit, deux salaires et pas d'autres désirs que d'élever au mieux leurs enfants, aller au concert, voir des films, lire des livres et profiter d'un mois de vacances annuel au bord de la mer. Leur maison était une vraie bibliothèque. Une vraie discothèque aussi…

Aux yeux et aux oreilles de sa hiérarchie, Kahane avait un grave défaut : il réfléchissait et n'hésitait pas à faire partager ses réflexions à voix haute à ses collègues comme à la presse. Une sincérité qui, année après année, avait bridé son avancement. À près de cinquante ans, il n'avait pas pu glaner d'autres galons que ceux de capitaine. Une fois déjà, il avait failli être révoqué pour manquement au devoir de réserve. Il avait accepté une interview dans un journal où il s'inquiétait du nombre de sympathisants d'extrême droite dans la police. « Qu'est-ce que vous avez eu besoin d'aller raconter ça ? lui avait reproché le général Marquet, son supérieur d'alors.

– Je n'ai fait qu'énoncer un fait facilement vérifiable, s'était-il défendu.

– Eh bien, maintenant vous allez fermer votre gueule, compris ? »

Les cars étaient alignés dans la cour de la caserne, moteurs en marche, prêts à partir. Avant d'embarquer, Kahane réunit ses hommes pour les prévenir que les risques de débordements dans la manifestation étaient élevés. Il n'était pas question d'agir n'importe comment, sans réfléchir. Sang-froid et discipline devaient être les maîtres-mots de l'action publique. Il commença d'une voix forte :

– La nuit, toutes les femmes sont les mêmes. Une chatte est une chatte, d'accord ?

Un grognement général lui répondit :

– Oui, d'accord.

– Bon, maintenant regardez vos armes.

Ils les regardèrent sans comprendre où Kahane voulait en venir.

– Elles sont toutes différentes, comme vos bites, non ?

– Oui, répondirent quelques-uns.

– Si elles sont toutes différentes, enchaîna le capitaine, ça veut dire qu'elles ne sont pas pareilles, alors je veux que vous ne les utilisiez qu'à bon escient.

Et, craignant de ne pas être compris :

– Je veux dire qu'il faut que vous ayez de la jugeote. Pas la peine de sortir l'artillerie si un coup de tonfa calme aussitôt le premier excité qui s'approche. Compris ?

Ils répondirent tous : « Compris ! » même ceux qui n'avaient rien écouté et étaient décidés à faire ce qu'il fallait si ça devait chauffer. Et le grand Steve Gadouard, dont la devise était : « Pas de zone de non-droit », en était sûr : ça allait chauffer…

PENDANT

Kahane

La 3ᵉ section des Forces spéciales sous les ordres du capitaine Kahane prit position au point 7 de la manifestation, une place stratégique entre deux boulevards parallèles, l'un où devaient défiler les opposants au projet gouvernemental, l'autre où manifesteraient les partisans de la loi contre les musulmans. Entre eux, sur trois cents mètres environ, une rue perpendiculaire où tous les rideaux de fer des magasins avaient été baissés sur ordre de la police ; une rue vidée de ses voitures en stationnement et interdite aux piétons. Les hommes se disposèrent en quinconce, sur trois rangs. Immédiatement, Kahane rendit compte au PC mobile du commandant Haefliger :

– Section 3 à poste point 7, mon commandant.

– Faites votre rapport.

– RAS, mon commandant.

– Je veux un point précis de demi-heure en demi-heure.

Kahane demanda s'il pouvait poser une question.

– Allez-y, répondit Haefliger.

– Qui doit se positionner à l'autre bout de la rue ? Je ne vois personne derrière nous…

– Je ne peux mobiliser personne pour ça mais je ne m'inquiète pas. Les pro-gouvernement assurent eux-mêmes leur sécurité avec des anciens de chez nous. Et si des petits malins voulaient leur chercher noise, je vous fais confiance pour les en empêcher. Pas d'autre question ?

– Non, mon commandant.

Haefliger déclara avant de raccrocher :

– Une seule consigne : tenez la position. Aucune faiblesse ne sera tolérée.

Il se tourna vers le colonel Serna, assis à ses côtés dans le PC mobile.

– Je veux que vous fassiez passer le message à nos hommes d'être agressifs. Il nous faut des arrestations, surtout des meneurs, vous voyez qui je veux dire ?

– Très bien, mon commandant.

– Ceux qui organisent cette manifestation doivent être considérés comme des fauteurs de troubles. Au fait, qui s'occupe de la presse ? C'est très important la presse…

– Nous avons confié toute la communication à l'agence Force média conseil.

– Il y a quelqu'un de chez nous avec eux ?

– Jeauland a été détaché pour qu'ils le briefent.

– Que Jeauland me maile un topo complet. Et dites-lui que je ne parlerai à personne avant ce soir !

Le colonel était confiant.

– Les journaux, à part quelques feuilles de chou gauchistes ou communistes, sont de notre côté, les radios et les télés aussi.

Steve Gadouard reprenait du service après sa deuxième cure de désintoxication dans un établissement spécialisé de la police. À cause de son alcoolisme, sa famille avait explosé : il avait divorcé et ne voyait plus ni sa femme ni ses filles. Surmontant son chagrin et sa honte, il avait accepté de se soigner. Deux mois en province dans un domaine arboré autour d'un étang. La journée commençait à 7 h 45. Après l'appel, les activités et les entretiens individuels se succédaient : groupes de parole, ré-athlétisation, jardinage, balnéothérapie, équithérapie, atelier de création et surtout rencontre quotidienne avec un policier responsable de la lutte contre les addictions. Steve était parvenu à surmonter la sienne et venait de réintégrer les Forces spéciales.

– Ça me fait plaisir de vous revoir, dit Kahane en s'arrêtant devant lui.

– Merci, mon capitaine !

– Vous vous sentez comment ?

– Au top. Il faut que je le sois si je veux récupérer ma femme et mes gosses.

– Je vous fais confiance.

Gadouard rectifia sa position.

– Pas de zone de non-droit ! proclama-t-il, regardant droit devant lui.

Kahane s'éloigna en souriant. Steve Gadouard n'avait rien perdu de sa détermination, un homme qui faisait son métier avec passion, qui répondait toujours présent, même quand la situation était risquée. S'il ne s'était pas perdu dans l'alcool, il aurait vite grimpé dans la hiérarchie. Mais peut-être ne le souhaitait-il pas ?

Ernest

La préfecture avait autorisé douze entrées, espacées chacune de plus de huit cents mètres. Le dispositif était le même partout : sur deux rangs les Forces spéciales encadraient les manifestants, apparemment sans chercher ni à les compter ni à les identifier, mais Maurier et Stéphane, partis en éclaireurs, repérèrent aussitôt les caméras placées en hauteur, dans l'axe de l'entrée sur le boulevard.

– C'est le couloir de la mort qui tue ! ironisa Stéphane, passant entre deux haies de policiers. Souris, nous sommes filmés…

Il fit une horrible grimace.

– Je n'aime pas ça, grogna Maurier que cela n'amusait pas.

– T'as peur qu'ils ratent ton bon profil ?

– C'est pas normal qu'ils nous laissent passer comme si on faisait la promenade du dimanche.

– T'espérais quoi ? Un toucher rectal ?

– Tu ne te demandes pas pourquoi ils ne bougent pas ?

Stéphane fit la moue.

– Ils ne veulent pas chercher des crosses…

– Ou ils s'apprêtent à en chercher.

– T'es vraiment un parano de première ! Ils préfèrent que ça se passe bien pour eux comme pour nous, c'est tout.

– Réfléchis un peu, crâne de piaf ! Une fois que la manif sera partie, il n'y aura plus moyen de quitter le cortège. Tu auras quatre rangs de flics à chaque entrée. T'as entendu les copains ? Toutes les rues perpendiculaires sont déjà bouclées par les canons à eau, les bulls… interdites à la circulation.

Maurier se tourna vers Stéphane.

– Et il y en aura forcément qui voudront sortir ou entrer.

– On a notre service d'ordre. S'il faut ouvrir des brèches, il ouvrira des brèches.

– Et il y aura de la bagarre.

– Tu crois que c'est ce qu'ils veulent ?

– Je déteste cette fausse tranquillité, répéta Maurier. Ça pue le piège.

La place était encore quasiment déserte. Il ne faisait pas froid malgré quelques rafales de vent. Seuls des impatients y traînaient, scrutant la foule qui arrivait, observant les policiers qui contrôlaient les accès. D'autres interrogeaient le ciel, moins par crainte de l'orage que pour tenter de repérer les drones qui, à coup sûr, les survolaient. Ernest et les autres responsables du bureau s'étaient mis d'accord : pas de communications téléphoniques entre eux, black-out complet. En cas de gros problème, Maurier et Stéphane allumeraient des fumigènes rouges visibles de très loin. Sans cela – à l'heure convenue – Ernest saurait que la voie était libre : il pourrait y aller.

Contrairement aux piétons, les camionnettes du Syndicat ne disposaient que d'un unique accès et étaient systématiquement fouillées par des équipes cynophiles. Au cas où, Ernest s'était fait la tête d'un camarade dont il avait aussi les papiers d'identité : fausse moustache, lunettes de myope aux reflets verdâtres, casquette écossaise. Il ouvrit le hayon de sa camionnette et les deux portières du bas.

– Qu'est-ce qu'il y a là-dedans ? demanda un policier.

– Des tracts, des drapeaux, des pancartes et une banderole…

– Une banderole de quoi ?

– Une banderole pour la manifestation, expliqua patiemment Ernest, se demandant s'il avait affaire à un idiot ou si l'homme faisait semblant.

– Il n'y a que ça ?

– Rien d'autre, assura catégoriquement Ernest.

L'homme se hissa dans la camionnette avec son chien.

– Ça pue là-dedans !

Il alluma sa lampe torche et regarda avec circonspection la banderole roulée contre la paroi. Ça avait l'air lourd, crasseux et ça dégageait une odeur désagréable. Le flic la déplaça un peu pour vérifier qu'il n'y avait rien de caché derrière tandis que son chien furetait tout autour. Il éternua et redescendit rapidement. Son chien le suivit, n'ayant reniflé que l'ammoniaque dont l'envers de la banderole avait été badigeonné.

– C'est bon, vous pouvez y aller, dit-il en notant sur un petit carnet le numéro de la plaque d'immatriculation

Ernest se remit au volant et démarra en douceur. Il souriait intérieurement. Le policier ne serait pas déçu ! La camionnette appartenait à la congrégation Saint-Dominique où Ernest entraînait des jeunes qui jouaient au ping-pong. Qui pouvait se souvenir qu'Ernest avait été un très bon joueur de ping-pong, un espoir national chez les cadets ? Quant aux tracts, dans une cache creusée à l'intérieur des colis, ils dissimulaient deux fusils à pompe et deux pistolets destinés à Stéphane et Maurier, affectés à la protection rapprochée de leur chef.

La foule commençait à arriver, à se rassembler en masse. Ernest rejoignit ses camarades en roulant au pas.

– Pas de problème ? s'inquiéta Maurier.

– L'ammoniaque, c'était une bonne idée.

Stéphane ouvrit la portière.

– Dis pas ça. Maurier flippe parce que tout se passe trop bien.

Ernest descendit, arrachant son postiche et abandonnant sa casquette sur le siège passager.

– Explique, demanda-t-il à Maurier, glissant ses lunettes dans sa poche.

Ils se dirigèrent vers l'arrière de la camionnette.

– Je ne flippe pas, corrigea Maurier, je m'interroge : comment comprendre qu'il n'y ait pas de contrôles au sol, juste des caméras de surveillance ? qu'ils laissent tout le monde passer sans demander quoi que ce soit ni fouiller les sacs et les poches ? que les flics semblent postés là juste pour la décoration… ?

Ses arguments méritaient réflexion.

– Ce serait un traquenard ? demanda Ernest, soudain perplexe.

Maurier se gratta le crâne.

– Des lycéens ont posté des images où on les voit se faire massacrer par les voltigeurs des Forces spéciales, nos camarades sont bloqués en rase campagne sur les autoroutes, photographiés et fichés, on recense les syndiqués dans les immeubles, les flics sont venus t'arrêter au siège et soudain, ici, les voilà tout beaux tout gentils… Je ne marche pas. Je n'ai plus l'âge des contes de fées.

Ils ne furent pas trop de trois pour déplacer les palettes de tracts, prendre les armes, les cacher sur eux et aérer la banderole qui marcherait en tête de la manifestation. Le flic avait du flair : elle puait vraiment !

Roby

Tous les bataillons des Forces spéciales n'étaient pas mobilisés par la manifestation. Plusieurs d'entre eux avaient été envoyés cité Mallarmé où leurs véhicules cernaient les quatre immeubles. Les policiers se déployaient dans toutes les directions, certains prenant rapidement position au pied de chaque tour tandis que les autres, accompagnés de chiens d'intervention, ratissaient les étages et les caves pour s'assurer que tous les habitants de la cité obéissaient aux ordres.

– Allez, on me fait sortir tous les rats qui se planquent en dessous et toutes les putes qui crèchent dans les hauteurs ! cria un adjudant.

Roby et Nadia sortaient de chez eux quand des haut-parleurs ordonnèrent à tous les habitants de la cité Mallarmé de se regrouper sur le terre-plein avec leurs pièces d'identité pour un contrôle. Ils se hâtèrent.

– Qu'est-ce que c'est que cette connerie ? Une rafle ? demanda Roby à un policier des Forces spéciales en faction devant l'inscription LA RUE, NOTRE USINE.

– Vous êtes musulman ?

– Et vous ?

Le policier, visière baissée, bouclier, tonfa à la main, ne releva pas l'insolence.

– Vous avez entendu ? aboya-t-il. Si vous n'êtes pas musulman, à droite, dans le carré français. Avec vos papiers.

Il stoppa Nadia qui voulait suivre Roby.

– Vous, sur la gauche !

– Je ne suis pas musulmane ! protesta-t-elle. Je suis française.

– Vous êtes née où ?

– En Algérie, et alors ?

– Vous êtes musulmane. À gauche !

Roby s'interposa.

– Puisqu'elle vous dit qu'elle n'est pas musulmane !

Sans hésiter, le policier lui assena un coup de tonfa dans les genoux. Roby s'écroula en hurlant de douleur. Quand Nadia se précipita pour le protéger, un grand costaud des Forces spéciales la ceintura et l'enleva tandis qu'elle se débattait.

– Ordure ! Salaud ! Lâche-moi ! Je suis française !

Roby se releva péniblement et, le souffle court, fit face au policier, serrant les poings. L'homme fit sonner son bouclier d'un coup de tonfa.

– T'en veux une autre ?

Et, comme Roby le dévisageait, il leva son arme.

– À droite ! ordonna-t-il.

Nadia

Des policiers en uniforme quadrillaient le terre-plein pour créer des enclos entre des barrières. Le commissaire Bonhomme, en charge de l'opération, s'adressa aux musulmans regroupés devant lui :

– Votre cité a été choisie à titre expérimental ainsi que cinq autres sites dans le cadre de la mise en œuvre du programme France territoire initié par le gouvernement. Je vous le répète, c'est ex-pé-ri-men-tal. Vous n'avez rien à craindre. C'est un travail scientifique. Pour nous faciliter la tâche, je vais demander à ceux qui sont français de se mettre à gauche, à ceux qui ont une double nationalité de venir sur la droite.

Et, avec un sourire dans la voix :

– N'oubliez pas que plus vite on a fini, plus vite on s'en va !

Ils obéirent sans comprendre, pressés par les hommes des forces de l'ordre et leurs chiens.

Face aux deux groupes, Bonhomme ordonna :

– Maintenant, s'il vous plaît, les Algériens à gauche, les autres à droite.

De nouveau, ils se séparèrent.

Puis ce fut au tour des Tunisiens, des Marocains, des Sénégalais, des Maliens…

Chaque groupe fut dirigé dans un enclos et entouré de policiers en armes et d'autres qui relevaient les identités et photographiaient tout le monde un à un. La foule bruissait de protestations – mais c'était un grondement sourd, anxieux – quand la voix d'un Algérien d'une quarantaine d'années s'éleva :

– Ils nous prennent pour des bouffons ou quoi ? On n'a rien à foutre ici ! Allez, on sort de là fissa !

Il essaya de repousser une barrière mais aussitôt deux policiers en tenue le matraquèrent.

– Faites pas chier ! cria un sergent des Forces spéciales à ceux qui tentèrent de lui porter secours. Faites ce qu'on vous dit et tout ira bien. Vous avez entendu le commissaire ? C'est scientifique.

À leur tour, les femmes donnèrent de la voix :

– On veut sortir ! Laissez-nous sortir ! On n'est pas des bêtes !

– Vos gueules ! fut la seule réponse qu'elles obtinrent.

Parquée avec les musulmans de nationalité française, Nadia ne décolérait pas. Tout semblait se liguer contre elle : Roby qui l'obligeait à aller à la manif alors que, pour une fois, ils avaient un après-midi rien que pour eux ; les flics qui ne voulaient voir en elle qu'une Arabe, c'est-à-dire de la viande sur pied bonne à mettre dans un enclos ; le temps qui menaçait ; les musulmans qui obéissaient aux ordres de la police et se conduisaient comme des moutons.

Devant un car médicalisé, un lieutenant des Forces spéciales ordonna :

– Mettez-vous en colonne par un et dégagez votre avant-bras !

Elle lui tint tête.

– Vous voulez nous tatouer comme les nazis ?

– Continuez comme ça et je vous fais arrêter pour outrage.

– Pourquoi on doit vous montrer notre bras ?

– Nous allons vous inoculer une puce d'identité. Après ça, vous pourrez rentrer chez vous…

Il répéta son ordre :

– On se dépêche. Tout le monde en colonne par un !

Nadia ne le lâchait pas.

– Vous allez nous inoculer quoi ?

– Une puce RFID*, répondit le lieutenant tandis que la colonne commençait à se former.

– Qu'est-ce que c'est que ça ?

– Mettez-vous avec les autres et arrêtez de m'emmerder, compris ?

– C'est illégal ! Je refuse que vous m'inoculiez quoi que ce soit !

---

* Radio Frequency Identification.

Le lieutenant sourit à Nadia, la chieuse était jolie.

– C'est sans danger, dit-il d'un ton paternel, ça permet votre géolocalisation par satellite. C'est expérimental.

– Expérimental mon cul ! protesta Nadia. Vous me prenez pour une conne ? Avec votre truc, vous pouvez tout savoir sur nous, notre adresse, nos coordonnées bancaires, médicales…

– Si vous êtes en règle, vous n'avez rien à craindre.

Nadia cria à ceux qui obéissaient :

– Ne vous laissez pas faire ! Ils n'ont pas le droit de faire ça !

Et plus fort encore :

– C'est haram ! Haram !

Le lieutenant fit signe à deux de ses hommes.

– Embarquez-la !

Yazid

Mouloud et Yazid, le frère aîné de Nadia, revenaient poser leur sac de sport avant de rejoindre la manif. De loin, ils entendirent des cris, des alarmes, des chiens qui aboyaient, des sirènes de police.

– Putain, qu'est-ce c'est ce bordel ? s'étonna Yazid.

Mouloud l'arrêta net, l'empêchant d'aller plus loin.

– Ça pue le keuf. Viens, faut pas rester là…

Les cars des Forces spéciales de sécurité encerclaient la cité Mallarmé.

– T'es sûr ? Il y a ma sœur qui…

Mouloud le dévisagea.

– Tu veux te faire serrer ? Non. Alors, viens…

Ils firent demi-tour et s'éloignèrent à grands pas, sans courir, mais le plus vite possible. Mouloud connaissait une planque, un poste d'aiguillage abandonné derrière la gare.

– Comment tu sais ça ?

Mouloud ne voulait pas en parler.

– Je connais, c'est tout.

Mouloud n'était qu'une boule de haine, aveuglé par elle, irrigué par elle. Il avait grandi dans la haine des juifs, indignes de confiance, menteurs, profiteurs, voleurs de terre et gouvernant le monde avec leur fric. Cette haine s'était élargie aux chrétiens – les croisés –, complices des juifs, et à toutes les communautés religieuses autres que les musulmans. Tous des mécréants ! Surtout ceux qui se disaient sans religion, les pires…

Ils arrivèrent à la planque. C'était une construction en briques rouges noircies par la crasse dont toutes les fenêtres étaient murées. Après s'être assurés que personne ne pouvait les voir, ils entrèrent par une porte arrière.

– Salam aleykum ! lança Mouloud, refermant derrière eux.

Il y avait trois hommes et deux femmes voilées assis sur des caisses, buvant du thé. Yazid reconnut Ahmed, un des dealers de la cité, Charline, une jeune convertie qui habitait dans son immeuble, et Djamila, la copine de Mouloud, qui lui adressa un discret signe de tête.

– Aleykum salam !

Mouloud désigna Yazid.

– L'Intello travaille avec moi, il est clean, dit-il aux hommes.

– Les keufs raflent tous les musulmans, annonça Youssouf, le plus âgé d'entre eux.

– Faut que j'appelle ma sœur ! s'inquiéta Yazid. Elle est là-bas…

– Avec ton beauf ?

– Sûrement.

Youssouf conseilla de l'appeler lui plutôt qu'elle.

– Pourquoi ?

– Vaut mieux parler à un séfranc quand il y a des keufs.

Yazid obéit. Roby répondit à la première sonnerie.

– Nadia s'est fait embarquer, dit-il précipitamment à voix basse.

– Elle est où ?

– J'en sais rien, ils l'ont arrêtée… Et toi, où t'es ?

Yazid, regardant autour de lui, répondit d'un souffle :

– Loin.

Pouvaient-ils être écoutés ? Il y eut un bruit de bousculade.

– Retrouve Nadia ! cria Roby avant que la communication soit brutalement interrompue.

– Allô ? Allô ?

Yazid secoua son téléphone en vain. Ahmed se leva.

– Donne, dit-il.

– Tu veux le rappeler ?

Amhed prit le portable et enleva la puce. Puis, sans hésiter, il l'écrasa sous son talon avant que Yazid puisse l'en empêcher.

– T'es dingue, merde ! Qu'est-ce que tu fais ? Faut que je…

– Tu veux qu'on se fasse repérer ?

– Mais ma sœur…

– Ta sœur ! Ta sœur ! Qu'est-ce que tu nous fais chier

avec ta sœur ? Tu vois ce qu'ils sont en train de faire ? Tu comprends ce que ça veut dire ?

Tout s'accélérait.

Yazid ne savait plus quoi penser. Il avait la tête qui tournait, le vertige, la nausée. Il répéta qu'il souhaitait retrouver Nadia et rien d'autre parce que… Mouloud le coupa.

– Cette fois-ci on y est, annonça-t-il d'une voix rauque. Plus question de reculer. Vous êtes d'accord ?

Tous approuvèrent en silence.

– Si vous êtes d'accord, on monte à la manif des croisés, poursuivit Mouloud. Le Prophète, que son nom soit béni, a dit : « Combattez dans le chemin d'Allah ceux qui luttent contre vous* ! » Alors on va combattre ces chiens…

Yazid vit soudain les femmes ouvrir les caisses sur lesquelles elles étaient assises et sortir des armes.

Roby

Roby fut poussé brutalement à l'intérieur d'un car des Forces spéciales de sécurité. Un flic l'accueillit d'une gifle, un autre lui retourna le bras et le plaqua contre la paroi grillagée.

– C'était qui ce Yazid qui t'appelait ?

Celui qui tenait Roby le retourna.

– Tu réponds ou je t'en remets une ? dit son collègue.

Roby cracha un peu de sang.

– Un copain, dit-il en fixant le flic qui l'avait giflé.

– Tu te fous de ma gueule ?

* Coran 2, 190.

Le troisième flic s'en mêla.

– T'as compris ce qu'on te demande ? C'était qui ton Yazid ?

– Un copain, répéta sombrement Roby.

Le gifleur ricana.

– Ah bon, un copain ! Bien sûr, un copain… Et qu'est-ce qu'il te voulait ton copain ?

Roby prit le temps de répondre.

– Il s'inquiétait de la météo. Il voulait savoir s'il devait prendre un parapluie ou un K-way.

À nouveau le flic le gifla du revers de la main.

– Ça t'amuse de faire le mariole ?

– Qu'est-ce que vous voulez que je vous dise ?

– T'es sourd ou t'es con ? C'est qui Yazid ?

– Un copain.

– Un dealer ?

– Un copain, s'obstina Roby.

Un quatrième flic sortit de la cabine.

– J'ai le renseignement, triompha-t-il, agitant une fiche.

Il s'approcha de Roby pour lui faire la lecture.

– « Robinson Marchal, tourneur-fraiseur chez Avionex, syndicaliste, marié à Nadia Ben Aych, hôtesse de l'air… »

Et, souriant :

– « Sœur de… Yazid Ben Aych, un cariste avec un casier ! »

– Yazid, ben voilà ! s'émerveilla le gifleur. C'était pourtant pas dur de dire que c'était ton beau-frère, un taulard…

Le coup partit sans avertissement.

– Qu'est-ce qu'il trafique ton beau-frère ?

Roby renifla. Il saignait du nez.

– Il ne trafique pas, répondit-il.

– C'est bien vrai ce mensonge ?
– Il ne trafique pas, répéta Roby. Il travaille.
Le flic lui planta son tonfa sous le menton.
– Je suis sûr qu'on va finir par se comprendre. Alors autant se comprendre tout de suite…
Et, ricanant :
– C'est comment de coucher avec une Arabe ?
– Je vous emmerde.
Le flic recula d'un pas.
– Pourquoi tu me forces à te frapper ?

Ernest

Un par un, quatre par quatre, dix par dix, par vingt… sous la surveillance des drones des Forces spéciales de sécurité, tous convergeaient vers le point de ralliement du Syndicat. Charlie quitta précipitamment ceux de sa section.
– Je reviens !
Il joua des coudes pour rejoindre Ernest qui hésitait encore à donner le départ de la manifestation.
– Ton portable ne répond pas !
– Pas de portable aujourd'hui…
Charlie haletait.
– Ils font une rafle dans la cité où habite mon frangin ! Ma belle-sœur a été embarquée avec tous les musulmans…
– Les enfoirés ! jura Ernest entre ses dents. Ils n'attendent même pas que la loi soit votée ! Pourquoi ils font ça ?
– Alors, je suis parano ? persifla Maurier en se tournant vers Stéphane.
– Ok, un point pour toi.

Il demanda à Ernest :

– Qu'est-ce qu'on décide maintenant ?

Ernest se massa le front. Il était clair que le gouvernement se lançait dans des grandes manœuvres, une opération d'envergure pour imposer sa loi en contournant les élus. Mais ce pouvait être aussi une opération de diversion, un fantastique écran de fumée pour masquer son véritable projet jusqu'au dernier moment. Ils devaient riposter mais sans se tromper sur l'objectif ni sur la façon de l'atteindre.

– Bon, dit-il après un temps de réflexion, on va manifester comme prévu, comme si nous ne savions pas ce qui se passe, comme s'il n'y avait rien que de l'habituel…

– C'est pas sans risque. Tu ne penses pas qu'ils peuvent encore essayer de te serrer en cours de route ? fit remarquer Maurier.

– Ou de rafler tous les musulmans ici, ajouta Stéphane.

Ernest n'y croyait pas.

– S'ils faisaient ça, ce serait la guerre.

– C'est peut-être ce qu'ils veulent…

Ernest reconnut que le pire était toujours possible.

– Il est toujours certain, corrigea Maurier.

Ernest hocha la tête : possible ou certain, le pire leur était promis mais ce n'était pas le moment de discuter. Il s'adressa à Charlie :

– Tu crois que t'arriverais à sortir ?

– De la manif ?

– Oui.

– A priori, c'est interdit par les flics, répondit Charlie, mais je sais par où passer pour leur baiser la gueule.

Charlie était démerde. Il leur fausserait compagnie.

– Je voudrais que tu fonces au siège, dit Ernest, Simon garde la boutique. Tu vois qui c'est ?

– Celui qui est en fauteuil ?

– Oui. Là-bas, vous allez appeler les camarades qui sont bloqués sur les autoroutes pour qu'ils forcent les barrages et nous rejoignent. Il faut mobiliser tous ceux qui peuvent l'être et activer tous nos réseaux pour savoir où sont ceux qui ont été raflés ; s'ils ont été conduits quelque part ou seulement recensés avant d'être relâchés.

– Et après ? demanda Maurier.

– Après ? À la moitié de la manif, on quitte le parcours prévu, on déborde les flics et on marche droit sur l'Assemblée pour aller s'expliquer avec les députés qui sont en séance aujourd'hui.

– T'es sûr ?

– On n'a pas le choix. Ils veulent l'affrontement, ils l'auront. Mais à nous de choisir le terrain. Ici, ils ont tout prévu. On va choisir l'imprévu…

Charlie dansait d'un pied sur l'autre.

– Alors, j'y vais ?

– Magne, dit Ernest en lui donnant une petite bourrade sur l'épaule.

Charlie

Charlie remit à plus tard d'appeler Morgane, Faustine et Roby – s'il parvenait à les joindre. L'urgence, c'était de quitter la place où les Forces spéciales interdisaient toute sortie. Il se faufila à travers une foule déjà énorme pour rejoindre le grand café-restaurant ouvert à l'extrémité nord. Il connaissait l'endroit pour y avoir souvent donné rendez-vous à des amis ou à des connaissances. Aussi pour avoir fréquenté la fille des propriétaires…

Il y avait beaucoup de monde à l'intérieur. Les uns assis aux tables, les autres cramponnés au bar avant le départ de la manifestation. Charlie zigzagua dans la cohue jusqu'aux toilettes. Tout au bout de la salle, à côté des portes marquées « Ladies » et « Gentlemen », il y en avait une autre peinte en jaune : « Privé ». Charlie la poussa sans hésiter. Son entrée fit sursauter la grosse Mme Paussac, la femme du gérant, qui regardait un feuilleton à la télévision.

– Excusez-moi, dit Charlie, je suis le fils de Mme Marchal…

Sa mère avait travaillé un an en cuisine pour préparer les hors-d'œuvre.

– Qu'est-ce que vous voulez ? s'affola Mme Paussac, installée dans un profond fauteuil au tissu imprimé d'oiseaux des îles.

– Rien, rassurez-vous. Je veux juste sortir par-derrière…

– Sortir par où ?

– Par la cuisine. La police fait barrage mais il faut absolument que je sorte. Maman a besoin de moi…, mentit-il.

Mme Paussac se leva. Agitée, tremblante, elle tendit péniblement le bras vers le fond.

– Foutez le camp ! dit-elle. Foutez le camp en vitesse, je ne veux pas avoir d'ennuis !

Charlie la remercia hypocritement.

– Et mes amitiés à votre fille…

Les Paussac savaient-ils que leur Marlène était une luronne à qui il ne fallait pas en promettre ?

Charlie quitta le salon, entra dans la cuisine, passa dans la cour intérieure et après l'avoir traversée poussa la porte qui s'ouvrait sur l'escalier B de l'immeuble voisin. Il fila vite fait jusqu'au vestibule du bâtiment A, ouvrit la porte cochère et se retrouva dans une rue tranquille, à bonne distance derrière les forces de police.

Vingt minutes plus tard, lorsque Charlie arriva devant le siège du Syndicat, impossible d'approcher.

– Ah non, merde !

Les Forces spéciales bloquaient l'immeuble. Au rez-de-chaussée, Simon était embarqué en fauteuil dans un fourgon tandis que de loin Charlie pouvait voir des ombres s'agiter dans les étages. Les flics perquisitionnaient et saccageaient tout…

Mme Marchal

Charlie se hâtait, tête baissée, mains dans les poches, « coudes au corps » comme aurait dit le père de Morgane. Il était investi d'une mission importante. Il allait donner l'alarme, sonner le rappel des troupes. Ses pensées couraient aussi vite que ses jambes. Ernest lui faisait confiance et chaque jour Charlie sentait que sa place à l'intérieur de l'organisation devenait plus importante. Un jour, il serait secrétaire général du Syndicat. C'était écrit. Mais d'abord, il fallait réussir cette manif, montrer leur force, faire reculer ce gouvernement.

Quand il entra chez sa mère, une puissante rafale de vent fit s'ouvrir la fenêtre du salon.

– C'est moi !

– Tu n'es pas à la manif ? s'étonna Mme Marchal.

En refermant, elle soupira.

– Qu'est-ce que ça souffle !

Charlie l'embrassa rapidement et se dirigea vers la chambre de Faustine.

– Où tu vas ? Elle n'est pas là !

– Il faut que j'utilise son ordi…

– Je croyais qu'elle était avec toi !

– Ne t'inquiète pas, tout va bien.

Charlie s'installa au bureau de sa sœur et ouvrit l'ordinateur. Son regard s'attarda un instant sur les photos de Faustine et Julia qui tapissaient le mur de sa chambre au milieu de cœurs découpés et de dessins de mode. Il y avait des portraits d'elles en vacances, à la foire, au musée, partout où elles avaient mis les pieds, comme si leur seul but dans la vie était de poser l'une à côté de l'autre en faisant des grimaces.

– Merde, c'est quoi son mot de passe ?

– J'en sais rien, bougonna sa mère. Comment veux-tu que je le sache ?

Charlie devait l'éloigner.

– S'il te plaît, m'man, tu me ferais un café ? demanda-t-il d'une voix geignarde.

– T'as mangé ?

– J'ai pas faim mais j'ai besoin d'un bon café.

Dès que sa mère eut quitté la chambre, Charlie appela Faustine.

– Bébé, je suis à la maison, dit-il très vite, j'ai besoin du mot de passe de ton ordi. Je t'expliquerai…

– C'est Julialove.

Charlie ne releva pas et s'empressa d'ouvrir une session.

– Ça va, toi ?
– On attend les résultats de la radio pour Julia.
– Surtout ne bouge pas de l'hosto. Laisse tomber la manif, ça craint un max dehors…
Il raccrocha. Sa mère revenait avec une grande tasse de café, deux tartines de pain et un morceau de fromage.
– T'as réussi à l'ouvrir ?
– En fait, il n'y avait pas de code, assura-t-il.
– Qu'est-ce qui se passe ?
Charlie avala une gorgée de café avant de répondre.
– C'est la bagarre. Nadia a été raflée avec d'autres musulmans et ils coffrent tous les syndicalistes…
– Oh mon Dieu ! s'effraya Mme Marchal, plaquant sa main sur sa bouche. Et Roby ?
– J'en sais rien.
– Et Maxence ?
– Maxence ? Il mène sa carrière comme il veut ! s'esclaffa Charlie. Je ne sais pas ce qu'il fait mais c'est un grand garçon, non ?
Ce que faisait son cadet était le cadet de ses soucis pensa-t-il en s'amusant de ses propres mots.

Marguerite

L'aide de camp du général Dutuit vint lui porter le relevé du message de Charlie qui venait d'apparaître sur le Net : « Urgence absolue ! Alerte à tous : les Forces spéciales raflent les musulmans dans les quartiers et arrêtent les syndicalistes. Le siège a été investi par la police. Prévenir et mobiliser tout le monde ! »

Le général grimaça.

– Bon, ils savent…, soupira-t-il.

– Je transmets à Haefliger ? demanda Marguerite.

– Ce n'est pas déjà fait ?

Il relut le message.

– On sait d'où ça vient ?

– De l'ordi d'une ado…

– Qui ça ?

– La sœur d'un permanent du Syndicat.

Dutuit hocha la tête, il n'y avait pas à tergiverser.

– Bloquons les réseaux sociaux, dit-il, approuvant sa propre décision d'une petite moue.

– Tout de suite ?

– Évitons que ça se propage. Déjà qu'il y a cette saloperie de film de collégiens sur nos forces…

– Ça va foutre le binz, s'inquiéta Marguerite.

– Et alors ?

Le général Dutuit était un partisan de la manière forte. S'il n'avait tenu qu'à lui, il y a longtemps que tous les syndicalistes auraient été sous les verrous et les musulmans renvoyés dans les pays dont ils partageaient les convictions religieuses et politiques. Dutuit avait étudié le Coran et les hadiths ; il connaissait bien le monde musulman pour avoir travaillé longtemps au Maghreb, notamment en Algérie. Il n'avait jamais oublié la déclaration d'Ali Belhadj, le cofondateur du Front islamique du salut : « "Démocratie" est un mot grec importé du monde des infidèles qui dissimule des croyances corrompues et des pratiques licencieuses. Il n'y a pas de démocratie parce que la seule source du pouvoir est Allah à travers le Coran et non le peuple. Quand le peuple vote contre la loi d'Allah, il blasphème et dans ce cas il faut tous les tuer. » Selon le général, seuls les Progressistes et quelques esprits faibles ou égarés pouvaient imaginer vivre en paix avec des gens porteurs d'une idéologie aussi mortifère. Dutuit était l'inspirateur du projet de loi contre les musulmans. Pour lui, c'était clair : l'islam en tant que monothéisme absolu ramenait tout à l'unité. En haut il y avait Allah, en dessous Mahomet, puis le calife, le vizir et tout en bas le père de famille qui était pour les siens ce qu'Allah était pour l'ensemble des croyants. Il n'y avait pas d'Autre comme chez les juifs, où Moïse ne rédige pas les six derniers versets du Pentateuque, laissant le travail à Josué, parce qu'aucun homme ne peut avoir seul la connaissance universelle, ou comme chez les chrétiens, reprenant un principe de la Torah, où l'on doit « aimer son prochain comme soi-même ». Dans l'islam, on était suzerain ou vassal, mais on ne pouvait jamais être l'égal de qui que ce soit. Il n'y avait aucune place pour l'infidèle, qu'il fallait supprimer, ni pour la femme, qu'il fallait dissimuler sous un cache-pot. Dutuit s'en félicitait volontiers en public puisque, expliquait-il, la structure pyramidale de l'islam assurait paradoxalement une certaine sécurité dans le monde… À cause d'elle (ou grâce à elle !), les musulmans se montraient incapables de conclure des alliances. L'unité arabe ne pouvait exister et n'existerait jamais. Il n'y avait que la guerre qui soudait ponctuellement les croyants, avant que leurs chefs s'entre-tuent pour savoir lequel d'entre eux exercerait le pouvoir sur l'autre. Les mesures qu'il avait suggérées au gouvernement n'avaient, selon lui, rien à voir avec la religion. Elles relevaient de l'analyse critique des textes, de l'histoire et de la légitime défense.

Ernest

Les hélicoptères de la police survolaient le cortège prêt à démarrer. Ils firent plusieurs passages assez bas. La banderole du Syndicat NOUS SOMMES TOUS DES MUSULMANS occupait toute la largeur de la chaussée. Ernest tenait le centre, encadré par des hommes et des femmes d'origine maghrébine, africaine et des camarades des différentes sections. Les caméras s'approchèrent de lui, les micros se tendirent pour enregistrer sa déclaration juste avant qu'il donne le signal du départ de la manif.

– Le projet de loi du gouvernement est non seulement une honte pour notre pays mais une ignominie qui rappelle les heures les plus sombres de notre histoire…

Un journaliste l'interrompit :

– Pensez-vous que votre manifestation puisse faire revenir le gouvernement sur ses ordonnances ?

– Nous assistons à une dérive autoritaire du pouvoir, répondit Ernest, s'efforçant de rester mesuré. Nos concitoyens doivent savoir qu'à l'heure où je vous parle, des musulmans sont raflés dans les quartiers, fichés, photographiés, des syndicalistes arrêtés, les médias muselés. Internet vient d'être coupé…

– Les forces de police sont fortement mobilisées, il risque d'y avoir des exactions de la part de certains éléments incontrôlés. N'aurait-il pas été plus prudent d'annuler ?

– Annuler ? Pourquoi devrions-nous annuler ? Le peuple est dans la rue, et tant qu'il sera dans la rue, personne, aucune force, aucun parti, aucune faction ne pourra lui imposer sa volonté. Nous répondrons par le nombre et par notre volonté de combattre toute forme contemporaine de nazisme ou de fascisme.

– N'exagérez-vous pas un peu ?

– N'est-ce pas plutôt vous qui exagérez en pensant que j'exagère ? Soyons sérieux. Qui exagère ? Moi ou ceux qui veulent trier les hommes et les femmes en fonction de leur origine familiale, de leur religion supposée, les parquer dans des ghettos, les immatriculer comme des bêtes sous prétexte de les protéger d'eux-mêmes ?

Ils se mirent en marche.

– Et si vous regardez l'Europe, ajouta Ernest, la peste nationaliste gagne l'Autriche, l'Allemagne, l'Italie, la Hongrie, la Pologne, la Tchéquie, le Danemark… N'y a-t-il pas là de quoi être terriblement inquiet ? J'exagère ?

Maurier et Stéphane se placèrent discrètement de part et d'autre d'Ernest. Les premiers slogans fusèrent :

– Blacks, blancs, beurs, nous n'avons pas peur !

– Gouvernement fasciste, raciste, as-sas-sin !

– Enfants, parents, papas, mamans, nous sommes tous des musulmans !…

Mais soudain d'autres cris jaillirent de la foule :

– Ahoo ! Ahoo ! Tout le monde déteste la police ! Ahoo ! Ahoo ! À bas le capitalisme !

Se dégageant du cortège, protégés par des casques de moto ou cagoulés, les membres du black bloc se portèrent au-devant de la manifestation. L'un d'eux lança en direction d'Ernest :

– Pour l'unité, faut des ennemis communs ! Luttons contre le poison de la division !

Ils se déchaînèrent.

Armés d'un marteau brise-vitre, ils firent voler en éclats

les pubs d'un abribus puis s'en prirent à la devanture d'une banque qu'ils couvrirent d'inscriptions : « La vie n'est pas une start-up », « Patronat assassinat », « Police partout, justice nulle part » avant de se précipiter au-devant des Forces spéciales qui s'apprêtaient à les repousser.

Bérangère

Bérangère Sagol et les sympathisants chargés d'apporter la banderole tardaient. Côme Poupin, président de l'ACF, brancha son mégaphone pour faire patienter ses adhérents.

– Nous te demandons, Seigneur, de préserver l'avenir de notre pays, l'héritage de la foi catholique et le respect de sa sainte loi, sous la protection maternelle de la Vierge Marie et l'intercession des bienheureux martyrs dont le sacrifice nous protège pour des siècles et des siècles !

Tous répondirent :

– Seigneur, nous te prions !

Bérangère arriva enfin, toutes voiles dehors, poussée par le vent qui s'engouffrait sur le boulevard.

– Je m'inquiétais, dit Poupin. Les autres viennent de démarrer…

Bérangère aussi s'inquiétait.

– Tout le monde est là ?

– Pas encore. Danglet est arrivé, Mme Berthier-Conduit aussi, nous attendons Lenchanteur…

– Il ne va pas tarder, le rassura Bérangère. Il était derrière nous avec le service d'ordre.

Elle ordonna :

– Mettons-nous en place, ça le fera arriver plus vite !

Ils déployèrent la banderole NOUS VOULONS DIEU ! et s'alignèrent derrière. La femme d'Amiel se retrouva en première ligne, juste à côté de Bérangère.

– Madame Lombard ?

– Oui, répondit Clotilde. Et vous êtes… madame Sagol, n'est-ce pas ?

– Bérangère, dit-elle en lui offrant sa main à serrer. C'est un plaisir de vous voir à nos côtés.

– Un plaisir partagé, sourit Clotilde.

Bérangère apprécia d'un petit mouvement de tête.

– Vous êtes venue avec vos enfants ?

– J'y tenais, répondit Clotilde. Mon mari n'était pas d'accord mais pas question que je manifeste sans eux. Il n'est jamais trop tôt pour qu'ils comprennent. Si mon mari préfère rester à la maison, tant pis pour lui…

Le mari de Bérangère n'était pas là non plus. Mais le professeur Sagol avait une bonne excuse :

– Il est consigné à l'hôpital.

– Vous pensez que ça peut être dangereux ?

– Non, rassurez-vous, il y a la police pour contrôler les excités et bien sûr nous avons notre propre service d'ordre. Il n'y a rien à craindre.

Elles restèrent un instant silencieuses. C'était bizarre, tantôt un ciel de plomb semblait descendre inexorablement sur elles, tantôt le boulevard tout entier s'illuminait d'une étrange clarté. Lenchanteur vint les saluer rapidement avant de s'assurer que le service d'ordre se mettait en place selon ses directives. Un véritable bataillon de policiers en civil, certains encore en activité, d'autres à la retraite ou faisant carrière dans le privé.

– Vous avez combien d'enfants ? demanda Clotilde.

– Quatre : deux grands qui s'occupent depuis notre base arrière de la surveillance des réseaux et deux petites que j'ai aussi laissées à la maison pour qu'elles travaillent leur violon. Et vous ?

– Ces deux-là…

Elle désigna Briac et Victoire qui couraient autour d'elles.

– Vous travaillez où ?

– Je ne travaille plus. Avec des enfants, c'est difficile de se consacrer à autre chose.

– À qui le dites-vous ! Moi non plus, je ne travaille pas. Enfin, si l'on peut dire… Si vous saviez le temps que j'ai passé à organiser cette protestation !

– Je veux bien le croire. Ça a dû être un sacré boulot !

Clotilde lui plaisait.

– Vous avez fait quoi comme études ? demanda Bérangère.

– Du droit. Mais je ne suis pas allée jusqu'au bout. Et je ne vais pas reprendre de sitôt.

Elle se pencha vers Bérangère.

– Je peux vous confier un secret ?

– Considérez-moi comme une amie.

– J'attends mon troisième, chuchota-t-elle. Mon mari ne le sait pas encore. Il m'a promis une surprise pour ce soir, eh bien moi je lui en réserve une aussi !

– Félicitations…

Clotilde rosit de plaisir. Oui, elle méritait des félicitations : trois enfants, ce n'était pas rien ! Et elle en voulait quatre, peut-être cinq. Elle aimait sentir la vie pousser en elle, avoir un gros ventre, les seins gonflés, accoucher…

– C'est étrange, non, que ce soit nous qui nous retrouvions à manifester, dit-elle, observant qu'elles étaient majoritairement entourées de femmes.

– Il serait temps que nous prenions le pouvoir, décréta Bérangère. Le gouvernement des hommes n'apporte que malheurs et catastrophes.

– Vous êtes féministe ?

– Dieu m'en garde ! Mais je suis lucide, répondit Mme Sagol en riant.

Amiel Lombard

Clotilde et les enfants étaient partis à la manif comme s'ils allaient en randonnée, sac sur le dos, gourde à la ceinture. La femme de ménage, soi-disant grippée, ne viendrait pas. Lombard n'était pas dupe. Yamina irait à l'autre manif. Mais, au fond, ça l'arrangeait de n'être dérangé par personne. Il termina le salers avec son pain – l'attente le creusait – et bouillant d'impatience, appela Bayeux.

– Tu as des informations ? À la télé, c'est bla-bla et compagnie…

Bayeux ne se tracassait pas.

– Je crois que tout se passe comme prévu, dit-il sobrement. Mais c'est trop tôt pour savoir vraiment.

– On sera fixés à quelle heure ?

– Pas avant ce soir.

Lombard ricana.

– Ma femme est partie à la manifestation avec les gosses.

Il ajouta avec un rien de cynisme :

– Celle de soutien au gouvernement…

– La mienne aussi, mais de l'autre côté ! Finalement, il est très bien ce projet de loi : il crée de l'animation dans les familles !

La remarque de Bayeux les détendit.

– Tu n'as pas molli à la radio, le félicita Lombard.

– Faut ce qu'il faut…

– Tu n'as pas peur de pousser le bouchon trop loin sur les chômeurs ?

– Aucun danger : les chômeurs ne votent plus et ceux qui nous soutiennent attendent que nous tenions ce que nous avons promis et jamais tenu.

– C'est dingue quand on y pense.

– Oui, c'est dingue, mais c'est le monde où nous sommes. Pas celui rêvé par ceux qui n'ont rien compris… Bon, il faut que je te quitte. Je suis en voiture. Parlons-nous plus tard.

– Ok, à plus tard…

Lombard raccrocha avec un sentiment mitigé. Il se dirigea vers la cuisine. Il avait encore faim. Sa carrière dépendait de Bayeux. Il devait lui faire confiance, c'était crispant mais il n'avait pas le choix. Il hésita à finir le fromage et finalement lui fit un sort renonçant au pain et au beurre pour ne pas grossir, déjà que… Il regrettait de n'avoir aucun moyen d'en savoir plus sur ce qui se tramait dans les hautes sphères. Et il soupçonnait Bayeux et ses amis de mijoter quelque chose. Mais quoi ?

Anie

Encore énervé par l'appel de ce casse-pieds de Lombard (qu'entre eux ils appelaient la Chèvre), Florian se fit déposer devant les bureaux de maître Labat.

– J'en ai au moins pour deux heures avec mon avocat, dit-il à son officier de sécurité. Si vous avez des courses à faire, profitez-en. Je vous appellerai dès que je sentirai qu'on se dirige vers la fin de la réunion. On se retrouve ici, ok ?

– Bien, monsieur le ministre.

Florian regarda sa voiture de fonction démarrer lentement, certain que son officier de sécurité le surveillait dans le rétro. Il entra sans tarder dans l'immeuble de maître Labat. Mais il ne monta pas dans son bureau. Il ne tenait pas à se trouver nez à nez avec Antoine. Sûrement pas après ce que Cassandre lui avait dit ! Il traversa la cour et sortit par la petite porte du local poubelles qui donnait sur la rue parallèle à l'avenue. Jean-Charles, le fidèle chef de cabinet, avait bien fait les choses. Un taxi l'attendait cent mètres plus loin. Dans vingt minutes, ni vu ni connu, il serait chez Anie ! Seul Jean-Charles savait où il allait, ce qu'il faisait. Ils avaient un Hop-hop, un vieux truc de gosses pour se biper en cas d'urgence sans être repérables par qui que ce soit.

Beaucoup de gens convergeaient vers le point de départ de la manifestation. Des jeunes, des vieux, des femmes et des enfants, à pied ou dans des poussettes. Florian ne voulait pas voir cette foule ni se montrer à elle. Les rues n'en firent plus qu'une, grise et plate. Du vent, comme en bord de mer, faisait voler des papiers sales et des sacs plastique abandonnés. Tout lui semblait à la fois agité d'un tumulte profond et baigné d'un calme tout aussi étrange. Traverser la ville vers l'ouest, c'était rouler dans le brouillard. Il se tassa à l'intérieur du taxi, dissimulant son visage derrière un dossier qu'il fit mine de consulter attentivement. À la radio, les commentateurs décrivaient les exactions commises par le black bloc, vitrines brisées, jets de pierres et de cocktails Molotov sur les forces de l'ordre, façades taguées :

« Guerre sociale ! », « La vie est une manif et je suis un pavé », « La terre n'est pas une marchandise », « Non au capitalisme ! »...

Un expert affirmait :

– Contrairement à une opinion largement répandue – et aux affirmations de certains services de renseignements – le black bloc n'est ni une structure, ni une organisation, ni un réseau, ni une idéologie. Il représente une fonctionnalité au sein d'une manifestation, associée à une stratégie d'action de nature asymétrique.

Florian soupira en songeant que ce type aurait mieux fait de se taire. Le black bloc était largement infiltré par les Forces spéciales de sécurité et si l'ultragauche y était représentée, l'ultradroite ne l'était pas moins. Quoi qu'il en soit, les « débordements » du black bloc étaient un moyen très efficace de casser les cortèges de protestation, de faire passer les revendications des manifestants au second plan derrière quelques bris de vitrines et de mobilier urbain. Un prix très raisonnable pour l'État au regard de l'efficacité des images de violence fournies aux télévisions qui se feraient un plaisir de les diffuser en boucle... C'était une « stratégie gagnant-gagnant » comme aurait dit Haefliger.

La porte n'était pas fermée. Florian entra sans allumer et referma sans faire de bruit. Anie l'attendait. Une grande robe de chambre noire était posée sur le petit canapé du vestibule – un cadeau venu directement du Japon. Il lut les instructions trouvées sur un papier imitant le parchemin. Florian devait se déshabiller, se vêtir du kimono de cérémonie, rejoindre Anie dans la chambre, agir en maître, l'aimer en samouraï.

C'était leur jeu. Chaque fois un scénario différent, différents costumes, différentes postures.

Il s'observa un instant dans un petit miroir comme auréolé de ténèbres. Devait-il annoncer à Anie que Cassandre voulait divorcer ? Florian hésitait. Était-ce le bon moment non seulement de le dire mais de le faire ? Un divorcé pouvait-il aspirer aux plus hautes fonctions ? Les plus radicaux des Conservateurs accepteraient-ils son choix ? Francis Croix-Serpin – très croyant, très attaché aux liens du mariage – le soutiendrait-il financièrement jusqu'au bout et dans les médias qu'il contrôlait ? Il devait chasser de son esprit les mots de Cassandre : « Je veux divorcer. » Les oublier, ne plus y penser. En tout cas pas maintenant, pas tout de suite. Ce n'était pas le moment de se disputer avec sa femme et de s'offrir en spectacle. Après son intervention matinale à la radio, son apparition au journal télévisé de 20 heures scellerait son destin national. Il décida donc de ne rien décider, d'attendre que tout soit assuré pour lui avant d'agir à découvert. Anie pouvait être son talon d'Achille et Florian se voulait inattaquable.

Il faisait chaud.

La chambre baignait dans la lumière rosâtre de deux angelots fessus posés en appliques au-dessus du lit. Anie s'était poudré le corps. Son odeur flottait dans l'air, légère et capiteuse. Les bras posés sur le drap, les mains gantées de dentelle noire, elle avait le visage masqué d'un loup et sur elle rien d'autre qu'une chaînette en or qui brillait à sa cheville droite. Un bijou gravé au nom de Florian. Un léger frisson fit trembler Anie, ses cheveux coulaient sur l'oreiller. Pas un mot ne fut échangé, cela faisait partie du jeu. Anie observait Florian, les yeux brillants, moins pour le voir que pour l'envelopper de son regard. Il était à elle, à personne d'autre. Elle était à la fois sa prisonnière et sa gardienne. Ses lèvres laissèrent échapper un profond soupir, une vague l'emportait. Elle se vit couverte de poussière d'or comme Léda, jaillir de la mer comme Vénus, brûler comme Jeanne. Florian dénoua la ceinture de sa robe de chambre, la fit claquer à la manière d'un dompteur de cirque. Anie roula sur le lit, elle fit la chatte, la tigresse, la lionne. Elle se montra par-devant, par-derrière, offrit ses seins, ses lèvres tandis que Florian d'une main se masturbait et de l'autre jouait de sa ceinture de coton comme d'un fouet.

– Au pied ! ordonna-t-il soudain.

Anie s'approcha d'un bond et, à genoux, emprisonna le sexe de Florian dans sa bouche. Elle entendit un cri étouffé :

– Ah oui !

Florian agrippa ses cheveux. Ses mains se crispèrent. La chambre s'alluma d'une flamme rose. Florian s'embrasait. C'était une envolée d'oiseaux, un orage, un plongeon dans le néant. Son rêve se déployait. De l'autre côté du lit, dans le miroir qui courait le long du mur, il pouvait voir le dos cambré d'Anie qui s'agitait, ses fesses épanouies et sa fente délicate au carrefour de ses cuisses. Quelle beauté ! Quel amour ! Tout ce qui pesait sur lui s'effaça soudain, la manif, Cassandre, Lombard, la télé, Francis Croix-Serpin, les promesses d'un destin national… Il éjacula sans pouvoir se retenir, gémissant : « Anie ! » comme le tintement d'un ongle sur un verre en cristal.

Cassandre

Cassandre traversa le cortège en biais pour retrouver son amie Milena. Rosenberg, Porcheval, Claude Legras, les Progressistes s'étaient décidés à venir sous le slogan républicain « Liberté, Égalité, Fraternité » et, pour l'instant, ils n'étaient ni moqués ni injuriés.

– Alors ? demanda Milena en l'embrassant.

– Il ne veut pas divorcer.

– Tu m'étonnes !

– Je m'en fous, dit Cassandre. J'ai pris Antoine comme avocat, il va s'occuper de tout. Demain j'emballe les affaires de Florian et je les fais livrer chez sa maîtresse.

– La journaliste ?

– Oui, Anie je-ne-sais-plus-quoi…

Cassandre ricana.

– À sa manière, Florian est un homme fidèle.

Pour Milena, c'était du traitement de choc.

– Ou je ne m'y connais pas ! s'exclama-t-elle.

Cassandre en convint.

– S'il m'avait dit : « Ok, discutons pour faire ça le plus proprement possible », j'aurais accepté de patienter. Mais là, il m'a envoyée promener comme si j'étais folle, que c'était un coup de tête, de l'hystérie. Il gueulait que je ne pensais qu'à lui nuire, qu'il devait protéger sa carrière…

Et, d'une voix dure :

– Il faut qu'il comprenne que j'en ai rien à foutre de sa carrière.

– Qu'est-ce qu'il manigance ?

– J'en sais rien mais c'est du lourd. Je le connais, il était sous tension puissance dix !

La foule marchait du même pas que Cassandre. Portée par une mer vaste qui l'emportait, elle n'entendait ni les slogans ni les clameurs des affrontements de la police et du black bloc. Toute cette agitation semblait loin d'elle et ne la concernait plus vraiment. Pour la première fois depuis longtemps, elle se sentait comme une prisonnière libérée de ses chaînes. Il fallait fêter ça.

– Tu seras là ce soir ? demanda-t-elle à Milena.

– On verra...

Milena ne révélait jamais à l'avance où elle passerait la nuit, même à une amie. Une rafale de vent les dépeigna. Milena prit Cassandre par le cou.

– Et ton fils ? demanda-t-elle pour chasser le silence qui s'installait entre elles.

– Dix-neuf ans dans deux mois, il vit sa vie...

Cassandre aimait son fils mais la voie que Tobias s'était choisie dans le commerce international lui déplaisait, la heurtait et petit à petit l'éloignait loin, très loin d'elle. Beaucoup plus loin même que le pays où il s'était expatrié. Milena craignait que son amie s'enferme dans l'amertume. Elle la titilla gentiment :

– Tu vas faire quoi toute seule ? Regarder la télé ? Tricoter ? Faire des confitures ? Prendre un amant ?

– Je vais écrire..., répondit Cassandre.

Elle plissa les yeux.

– On ne devrait jamais arrêter d'écrire, dit-elle, surtout de la poésie. On perd les mots, le rythme, l'élan qui doit soutenir les vers. On perd tout...

– Tu as tout perdu ?

– D'une certaine façon, oui, reconnut Cassandre. J'ai tout lâché pour l'enseignement...

– Arrête ! Tu écris des papiers qui sont appréciés. À commencer par moi...

– J'écris dans ces revues pour me maintenir la tête hors de l'eau, pour rien d'autre.

Et, souriante :

– D'ailleurs, toi aussi tu écris.

– Ce n'est pas pareil, répliqua Milena. Au mieux je donne un article tous les ans sur le syriaque ou l'araméen pour le bulletin *Averroès*. Ce n'est pas vraiment écrire.

Elles firent quelques pas sans rien dire.

– Une de mes collègues de la fac m'a passé le recueil de poèmes d'un de ses anciens élèves, Maxence Marchal. C'est très saisissant.

Elle récita :

Ce ciel qui nous déteste
Nous le détestons en retour
À juste titre…

– Ça te plaît ?

– Ça m'encourage à m'y remettre.

– À la poésie ?

– Au roman…

– Whao ! Grande nouvelle ! s'enthousiasma Milena. Tu vas parler de quoi ?

– De « l'infini servage de la femme », comme disait Rimbaud.

Le vent était tombé mais le ciel demeurait d'une noirceur de plaque d'égout. Il y eut un ou deux coups de tonnerre sans aucun éclair. Puis le silence revint, plus inquiétant peut-être. À tous les carrefours – mais aussi sur les façades des immeubles –, de grands panneaux publicitaires se dressaient à l'effigie du chef de l'État photographié sur fond d'anneaux olympiques et signés de sa devise de campagne : « En avant ! »

– Les Jeux ont bon dos ! À ton avis, pourquoi cet abruti de Saint-Raymond a besoin de coller sa bobine partout ? demanda Milena.

– Il nous regarde, répondit Cassandre.

– Tu crois qu'il y a des caméras planquées ?

– Pas besoin. Il suffit qu'on soit convaincus que le général a les yeux sur nous pour nous faire baisser la tête comme des enfants fautifs…

Elle cita Hugo de mémoire :

– « Un galérien avec un collier de fer autour du cou est le despote de tous les regards qu'il contraint de se tourner vers lui. »

– L'enfoiré de Saint-Raymond. Hugo a raison ! Je n'y avais jamais pensé, reconnut Milena.

– Ça t'arrive de penser quelquefois ?

Elles éclatèrent de rire.

Daisy

Daisy en costume d'Arlequin, Maxence en Capitaine Crochet et les superhéros avaient quitté le magasin de farces et attrapes et s'étaient enfin mis en route. Une troupe bariolée, bruyante, joyeuse qui tambourinait et trompetait dans la grisaille des rues. Daisy s'interrogeait toujours sur la nécessité de ces déguisements carnavalesques.

– On a vraiment l'air con, dit-elle à Maxence qui marchait à côté d'elle, affublé d'un énorme faux nez.

– Oui, mais souviens-toi que les cons gouvernent le monde, plaisanta-t-il.

Elle haussa les épaules.

– Au lieu de dire n'importe quoi, parle-moi du don…

– Plus tard.

Il lui glissa à l'oreille :

– Après la manif, si je te faisais don de ma personne, tu me ferais don de la tienne ?

Daisy laissa échapper un petit rire.

– T'es trop con !

– Tu vois, on y revient…

Ils ne se pressaient pas. L'idée était de rejoindre la manif en cours de route. Il ne s'agissait pas de cavaler devant tout le monde comme le black bloc. Au contraire, Maxence pensait que les anars feraient diversion en s'en prenant aux banques, aux assurances et à tout ce qui représentait l'État. Eux, ils se contenteraient de faire les zouaves jusqu'au moment où…

– Je croyais que tu étais contre les slogans, les scies, les vuvuzelas et tout le folklore des manifs, fit remarquer Daisy.

– Je fais de l'aïkido…, confessa Maxence.

– Tu ne fais plus de la boxe ? Je pensais que…

– Je fais de l'aïkido politique, précisa-t-il, je me sers de la force de l'adversaire pour la faire mienne.

Daisy poussa un grand soupir.

– Si t'arrêtais de parler par énigmes ?

– Ok, dit Maxence, en la prenant par la main, c'est très simple : tant qu'on nous prendra pour des guignols, pour des charlots, personne ne viendra nous emmerder et nous attirerons les caméras comme des mouches…

– Pour passer à la télé, c'est ça ?

– Oui, et si je dois me déguiser pour qu'on entende ce

que j'ai à dire et qu'on voie ce que je veux montrer, je suis prêt à faire toutes les grimaces du monde. Tu comprends ? Les médias fournissent quotidiennement une drogue qui abrutit la population. Ils appellent ça les « infos » ; ce serait plus juste de parler de mensonges, de bourrage de crâne, de propagande gouvernementale. Le pire, c'est qu'ils arrivent à rendre la population accro à cette drogue. Alors, drogue pour drogue, nous allons leur en fournir une nouvelle, une qui fracasse, qui réveille les plus endormis : la vérité.

Il s'excusa, il venait encore d'utiliser un grand mot.

– Pardon mais il n'y en a pas d'autre...

Maxence se sentait comme une pierre qui réclame une fronde.

Maxence

Dix équipes de télévision étaient mobilisées. La moitié pour couvrir la manifestation hostile au gouvernement, l'autre pour suivre les antimusulmans. Olivier Gouverneur et Juliette Claudon, les présentateurs vedettes du 20 heures, resteraient en plateau afin de pouvoir intervenir à tout moment.

Claude Henner (cameraman) et Patrick Mongin (journaliste) étaient prêts. Une seule consigne : suivre les casseurs. Le rédacteur en chef avait insisté : « Pas de baratin ! Je veux des images qui cognent ! De l'action, de la bagarre, des coups et du sang ! »

Ils enfilèrent leurs brassards « Presse » et se hâtèrent vers le cortège. Claude Henner s'offusquait :

– Ta femme a couché avec Octavio et tu ne fais rien ?

– Qu'est-ce que tu voudrais que je fasse ? répondit Mongin.

Il sourit.

– Elle s'est offert un après-midi de plaisir avec un latino tout bronzé, la belle affaire ! Tant mieux pour elle et tant mieux pour moi si ça la rend heureuse. Je ne suis pas jaloux. Pourquoi le serais-je d'ailleurs ? Et jaloux de quoi ? Pour moi, toutes ces histoires de fidélité absolue, d'exclusivité sexuelle, de possession de l'autre, c'est à mettre en rapport avec la notion de propriété privée. Or, comme je te l'ai déjà dit, je n'ai aucun sens de la propriété donc je ne suis pas jaloux. Je dis « ma femme » par habitude mais elle ne m'appartient pas, tu comprends ? Je ne considère pas qu'elle soit à moi. « Mes enfants » c'est pareil. Ils ne sont pas non plus ma propriété. Si ma femme, la femme que j'aime, a des aventures ici ou là, ça ne me fait ni chaud ni froid.

– C'est une perversion, trancha sombrement Henner.

– Si je lui demandais de raconter et si je lui racontais moi aussi qu'il m'arrive parfois de m'aventurer dans les bras d'une autre, peut-être y aurait-il alors quelque chose de pervers, admit Mongin. Et encore, ce pourrait être un libertinage pas très différent d'autres jeux amoureux entre nous.

– Et tu dis que tu aimes ta femme ?!

– Et elle m'aime ! Ça j'en suis sûr.

Henner ne pouvait pas le croire.

– Alors pourquoi a-t-elle besoin de cavaler ?

Mongin sourit.

– Anouck ne cavale pas ! expliqua-t-il avec douceur. Ce n'est ni un besoin ni une perversion. Pour elle comme pour moi, chacun doit se sentir libre de répondre au désir si le désir se manifeste. Il n'y a rien de chronique, de compulsif ni d'obligatoire. Si ça arrive, c'est que ça devait arriver et la Terre ne va pas s'arrêter de tourner pour si peu !

À mi-parcours, Henner et Mongin repérèrent rapidement Maxence et sa bande qui menaient leur cirque entre la queue des troupes syndicales et devant les autres formations, les associations, les politiques, les indépendants et les jeunes portant un immense NON qui couvrait la moitié de leur troupe…

– C'est pour nous ça, coco ! plaisanta Mongin en se précipitant vers les déguisés.

Il tendit son micro.

– La manif, c'est une fête pour vous ? demanda-t-il, en reprenant son souffle.

Maxence fut le plus prompt à répondre.

– Et comment ! s'enthousiasma-t-il. Nous allons faire danser le gouvernement avec chant du départ et feux d'artifice !

– Vous aussi, mademoiselle ?

Daisy fit une petite grimace.

– Moi, je suis leur mascotte…

Maxence lui donna un baiser sur le front.

– C'est notre ange tutélaire.

Il posa sa main sur le micro de Mongin.

– Vous aimez le spectacle ?

– Pourquoi ?

– Parce que si vous ne nous lâchez pas d'un pouce, vous ne serez pas déçus…

Maxence sortit de la poche de son déguisement de Capitaine Crochet une paire de lunettes de piscine.

– Enlève tes lunettes et mets celles-là, dit-il à Daisy, je ne voudrais pas te voir pleurer…

– Qu'est-ce que vous allez faire ?

– Le charivari, répondit Maxence avec un grand sourire.

Il ôta son faux nez, noua un foulard sur son visage et ajusta lui aussi des lunettes sur ses yeux. Tous l'imitèrent.

Mongin et Henner échangèrent un clin d'œil : c'était top, ils avaient trouvé les bons clients !

Maxence cria : « Kiwi caillou ! », un slogan qui ne voulait rien dire mais qui avait été adopté d'un rire unanime. Spiderman, Superman, Batman, Hulk, Zorro et les autres déguisés répondirent :

– Kiwi caillou !

Daisy les regardait comme s'ils avaient perdu la raison quand soudain cette bande d'hurluberlus se précipita sur les trois rangs des Forces spéciales, entraînant Henner et Mongin dans leur course.

Le choc fut énorme.

Maxence heurta Steve Gadouard en premier et, avant même qu'il puisse se servir de son tonfa, lui assena une gifle si violente avec son crochet de docker qu'il arracha le casque du policier. Gadouard tomba à genoux, sonné. Maxence redoubla aussitôt d'un puissant coup de genou en pleine face, allongeant le policier pour le compte. K.O.

– Tu l'as eu ? cria Mongin dans la mêlée.

– J'ai le plan ! répondit le cameraman. J'ai tout !

Shandor (Hulk) réussit à assommer un autre policier avec son propre bouclier et Michel en désarma un troisième avec ses flèches de Zeus, mais Coquert (Spiderman) fut blessé à la tête et, le visage en sang, dut se replier comme Handache, un bras cassé, et Lahousse, touché au foie.

– Serrez les rangs ! commanda Kahane.

Et aux manifestants :

– Reculez ! Merde, reculez !

Daisy, tétanisée, n'avait pas bougé, incapable de s'échapper en courant ou de faire le moindre geste. Pâle, le visage contracté par l'étonnement, elle assistait à la bataille comme si celle-ci n'avait aucune réalité pour elle. C'était un mauvais rêve, une hallucination peuplée de faces grimaçantes, hantée du fracas des armes. Daisy ne pouvait plus parler, pas même crier. Les mots la désertaient. Elle tremblait comme une feuille, claquait des dents.

Les Forces spéciales ripostèrent avec les bombes lacrymogènes et les matraques télescopiques. Mais la deuxième vague d'assaillants – avec Tony (Batman), Malet, Laïdi et une dizaine d'autres – vint très rapidement soutenir ceux du premier assaut, bousculant Henner et Mongin au milieu des fumées de lacrymos. Armés de bombes de peinture, ils arrosèrent les policiers, les aveuglant, les obligeant à relever leurs visières. Les coups pleuvaient de part et d'autre. Coups de poing, coups de casque, coups de bâton, coups de bouclier…

Mongin s'étranglait au milieu du chaos.

– Filme ! hurlait-il à Henner. Filme !

C'était Bouvines ! C'était Austerlitz ! C'était Omaha Beach ! Ils tenaient quelque chose d'unique, d'extraordinaire. À eux les prix, les félicitations, la jalousie des collègues !

L'atmosphère devint irrespirable, enflammant les poumons, brûlant les yeux. Quand la troisième vague d'assaillants, menée par Degiorgi (Zorro) et Rianaldi (Pirate des Caraïbes), rejoignit les deux premières, Kahane ordonna le repli mais c'était trop tard. Les trois rangs des Forces spéciales n'étaient plus qu'une troupe informe, totalement désorganisée. Certains fuyaient, poursuivis par les plus véloces de la bande à Maxence. D'autres, intoxiqués par les vapeurs de leurs propres bombes lacrymogènes ou le visage noir de peinture, semblaient égarés. Ils titubaient en se tenant aux murs ou vomissaient sur la chaussée. Beaucoup saignaient du nez, de la bouche, des mains. Une douzaine d'entre eux gisaient à terre, blessés ou assommés. Il y avait des plaintes, des râles, des gémissements.

Maxence ordonna :

– Aux armes !

Aussitôt ceux de la première vague, protégés par les deux autres, plongèrent sur les hommes des Forces spéciales étendus au sol pour les dépouiller de leurs pistolets, tasers, grenades de désencerclement et même d'un lanceur de cartouches de quarante millimètres PGL 65 que Maxence récupéra près de Steve Gadouard toujours évanoui. Kahane n'avait plus d'autre solution. Il ne voulait pas le faire, non, Dieu était témoin qu'il ne voulait pas le faire mais il sortit son arme, releva le cran de sécurité et visa Maxence.

– Lâchez ça ou je tire !

Daisy ne réfléchit pas. Dans un éclair, elle se lança contre Kahane tête baissée et le percuta de plein fouet.

Ce fut le premier coup de feu qu'on entendit.

Haefliger

Penché au-dessus de l'épaule de l'opérateur qui contrôlait le drone TB3 (Toxic Bee n°3), le général Dutuit surveillait l'affrontement sur l'écran.

– Il y en a qui s'échappent mais je ne peux pas les identifier tout de suite, dit-il, en contact avec Haefliger. Ils sont déguisés.

– Déguisés ?

– Oui, et masqués.

– Bande de connards ! ragea Haefliger. Envoyez-moi quand même les clichés ! Et que la biométrie se mette au boulot !

– Ils nous ont volé des armes, précisa Dutuit.

Il ajouta sombrement :

– Je vois plusieurs de nos hommes à terre.

– Je sais, je n'arrive pas à joindre Kahane ! s'emporta Haefliger.

L'opérateur attira l'attention de Dutuit. Il poussa une manette pour zoomer sur l'écran où les durs du black bloc, revenus sur leurs pas, trouvant l'occasion trop belle, chargeaient les hommes de Kahane déjà mal en point. La lutte s'engageait au corps à corps entre les policiers blessés, dispersés et les manifestants armés de tout ce qui leur tombait sous la main, pancartes, bannières…

– Bon Dieu de merde ! jura Dutuit. Il en vient de partout.

Il cria à Haefliger :

– Il faut dégager les nôtres ! Qu'est-ce que vous attendez pour envoyer des renforts ?

C'est alors que d'autres coups de feu éclatèrent.

Daisy

Suivis par Mongin et Henner caméra à l'épaule, Maxence, Daisy, Tony, Shandor, Degiorgi, Rianaldi et Michel filaient dans la rue perpendiculaire vidée de tout véhicule. Ils fonçaient droit vers la contre-manifestation dont les troupes défilaient dans l'avenue en contrebas. Daisy tenait la main de

Maxence, se cramponnait à elle. Ils détalaient sans se regarder, sans se parler, sans se lâcher, plus unis que s'ils venaient de passer devant M. le maire. Ils ne faisaient qu'un. Qu'un corps, qu'une volonté, qu'une course qui les entraînait comme si Belzébuth en personne les poursuivait. Il y avait de la peur dans leurs yeux mais aussi de l'impatience. Désormais Daisy n'avait rien à réfléchir, à regretter, à revoir. Impossible de reculer, de s'arrêter, de se rendre.

Une ambulance jaillie brusquement d'un garage privé leur coupa la route. Deux infirmiers en tenue blanche ouvrirent les portes latérales.

– Magnez-vous, merde !

Ils embarquèrent en hâte.

L'ambulance redémarra aussitôt, sirène hurlante, gyrophare en action. Au volant, Enzo et son complice Louis-René se tapèrent dans les mains.

– Just professional !

Pensée il y avait plus d'une semaine, l'opération avait été parfaitement menée et exécutée sans coup férir.

– Merci, les gars !

Dès qu'ils furent à l'intérieur, Maxence et les autres ôtèrent leurs déguisements, leurs faux nez, leurs postiches pour enfiler les vêtements civils qui les attendaient. Tous portaient des coudières, des genouillères, des protège-tibias et des coquilles.

– Vous avez tout prévu ! s'émerveilla Mongin.

Degiorgi s'approcha d'eux.

– Vous avez des portables ?

– Oui, pourquoi ?

– Donnez.

Henner et Mongin tendirent leurs téléphones et sans

hésiter Degiorgi ouvrit la petite fenêtre à glissière et les jeta dans la rue.

– Vous avez raison, mieux vaut toujours tout prévoir.

Daisy se sentait sans forces, vidée de tout courage, épuisée de colère. Maxence l'aida à enlever son costume d'Arlequin. Elle se laissa habiller d'un pantalon et un sweat gris un peu trop grands pour elle. Elle ôta ses lunettes de piscine pour remettre les siennes et s'affaissa sur la banquette en gémissant :

– Il l'a tué… Il l'a tué…

– Personne n'a tué personne, la rassura Maxence, s'asseyant à côté d'elle. C'était une bagarre, juste une bagarre. C'est tout. Il n'y a pas mort d'homme.

– Si, persista Daisy.

Elle pleurait comme un enfant chagrin.

– Quand je suis tombée avec le flic, le coup est parti, j'ai vu qu'il touchait un des siens.

– Un flic ?

– Oui, un qui était par terre…

Dans le chaos personne n'avait remarqué que la balle de Kahane avait fracassé la tête de Steve Gadouard.

Pleins phares, pimponnant au maximum, l'ambulance traversa le défilé de la contre-manifestation où Bérangère faisait reprendre en chœur à ses troupes :

– Résistance aux envahisseurs ! Résistance ! France ! France ! France !

Mongin se tourna face à la caméra.

– Ça tourne ?

– Vas-y !

– Nous sommes actuellement en route avec le groupe qui a

percé les défenses des Forces spéciales de sécurité, commença Mongin d'un ton grave.

Il tendit son micro à Maxence.

– Où allons-nous maintenant ?

Maxence l'observa, une lueur d'amusement dans le regard.

– Vous connaissez le poème de Tardieu ?

– Lequel ?

Maxence récita :

– « Où allez-vous ? Je ne sais pas mais j'y cours ! »

Yamina

La foule se mouvait sur plusieurs kilomètres, portée par le murmure confus des voix. Ils marchaient maintenant au milieu d'un cortège dense et résolu même si l'opiniâtreté mais aussi l'inquiétude se lisaient sur les visages des manifestants. Quoi qu'on craigne en secret, il fallait avancer, ne pas se retourner, à l'instar des Hébreux fuyant la servitude. Le plus étonnant était le peu de slogans repris en chœur, l'absence quasi totale des scies habituelles. Il n'y avait que le marmonnement d'un peuple animé de colère froide. En tête d'un groupe d'écoliers, à côté de Malik et sa famille, maître Labat accompagnait Yamina et ses enfants. Il portait sur ses épaules la petite Safia qui somnolait ; d'une main il tenait Adal et de l'autre Soraya qui donnait aussi le bras à sa mère. Avant qu'il parte, l'appel d'Ernest l'avait inquiété même s'il s'était voulu rassurant. Quel prétexte pouvait trouver un juge pour convoquer le secrétaire général du Syndicat un jour de manifestation ? Cela ne lui disait rien de bon. Labat sentait la manœuvre, le piège. Et, comme disait un comique, « les emmerdes volent en escadrille » : il y avait eu cet autre appel de Cassandre le chargeant de régler son divorce… Peut-être aurait-il dû joindre Florian pour savoir ce qui se tramait au niveau gouvernemental et le sonder sur la procédure que sa femme voulait engager ?

Marion interrompit ses réflexions. Toujours suivie comme son ombre par Nantel, elle s'approcha d'eux, caméra au poing.

– Ce sont les vôtres ? demanda-t-elle en filmant les petits.

L'avocat se pencha vers Yamina.

– Ce sont ceux de madame, répondit-il.

Et, malicieux :

– Mais tous les enfants sont nos enfants, n'est-ce pas ?

Marion raconta très vite qu'elle faisait un film sur la manifestation, plus précisément qu'elle voulait faire dix portraits de manifestants et de manifestantes.

– Est-ce que vous acceptez que je vous interviewe ?

– Demandez plutôt à Mme Choukri, répondit Labat. Elle a plus de choses à dire que moi…

Marion se tourna vers Yamina.

– Que représente cette manifestation pour vous ?

Yamina sursauta.

– Tu me filmes là, ma fille ?

– Oui, si vous êtes d'accord, je vous filme.

– Répondez, conseilla maître Labat. À vous de prendre la parole. Personne ne peut la prendre à votre place…

– Vas-y, maman, l'encouragea Adal, tu vas passer à la télé !

Yamina chercha son aînée du regard. Soraya lui adressa un petit signe de tête, elle pouvait y aller.

Yamina s'inquiéta :

– Qu'est-ce que vous voulez savoir ?

– Qui êtes-vous ? commença tout simplement Marion. Dites-moi qui vous êtes…

Yamina parut ne pas comprendre.

– Je suis veuve, j'élève trois enfants toute seule, expliqua-t-elle en s'excusant. On me dit que je suis musulmane. Mais qu'est-ce que ça veut dire être musulmane ? C'est avoir la peste ou quoi ? Je travaille, je paie mes impôts et tout le reste. Jamais un jour de vacances, jamais un jour de congé…

Et, rieuse, vers l'avocat :

– Sauf quand monsieur Antoine – qu'Allah le protège ! – m'envoie prendre l'air dans sa maison de campagne…

Elle reprit avec gravité :

– Mes enfants sont français et moi aussi j'ai mes papiers. Alors quoi ? Je n'ai plus le droit de vivre ici parce que je suis née ailleurs ? Qu'est-ce que c'est que ce monde ? Est-ce que je n'aurais pas de cœur parce que je suis musulmane ? Est-ce que je serais aveugle au malheur des autres parce que Mahomet – que son nom soit béni – est mon prophète ? Est-ce que la misère ne me fait rien parce que je suis kabyle ? Est-ce que je ne pleure pas comme vous pleurez quand il y a des morts ? Est-ce que je ne connais pas la joie comme vous quand un bébé naît ? Qu'Allah bénisse ce qui t'est accordé ! Est-ce que je n'ai pas mal quand je me brûle ? Est-ce que je ne saigne pas…

Maître Labat laissa échapper un grand rire qui secoua la petite Safia, la faisant rire elle aussi.

– Qu'est-ce qu'il y a ? demanda Yamina sur la défensive. J'ai dit une connerie ?

– Vous parlez comme Shylock dans *Le Marchand de Venise* !

– C'est qui ce marchand ? Je le connais ?

– C'est une pièce de Shakespeare, dit Labat. Du théâtre...

Yamina haussa les épaules, il se foutait d'elle.

– Je parle comme votre... Shy...

– Shylock. Oui, vous parlez comme lui dans sa plus célèbre tirade.

Maître Labat glissa :

– C'est un juif qui défend sa vie contre des chrétiens.

– Tu parles comme un juif, t'es maboule, maman ! s'emporta Adal.

Labat le tira par le bras pour le forcer à l'écouter.

– T'as quel âge ?

Adal se débattit.

– Tu le sais l'âge que j'ai ! Arrête, tu me fais mal !

– T'as douze ans, dit Labat, le relâchant. Eh bien, à douze ans, tu es assez grand pour comprendre qu'on n'en a rien à battre d'être juif, musulman, chrétien ou athée comme moi. Shylock et ta mère nous disent que la souffrance, la douleur, les joies sont les mêmes pour tous les êtres humains. C'est uni-ver-sel. Tu sais ce que ça veut dire « universel » ?

– J'suis pas gogol !

Soraya pouffa.

– Si, t'es gogol !

Labat empêcha Aral de taper sa sœur.

– Je sais très bien ce que ça veut dire « universel » !

– Alors si tu le sais, dit l'avocat, tu devrais applaudir ta mère ! Elle n'est pas maboule de dire ce qu'elle dit, au contraire. Elle trouve les mots les plus justes pour expliquer les raisons de notre manifestation. Tu captes ?

Nantel ne laissa pas Adal répondre. Se plantant devant lui, il déclama de sa belle voix :

– « Je suis un juif. Un juif n'a-t-il pas des yeux ? Un juif n'a-t-il pas, comme un chrétien, des mains, des organes, des proportions, des sens, des affections, des passions ? N'est-il pas nourri de la même nourriture, blessé par les mêmes armes, sujet aux mêmes maladies, guéri par les mêmes remèdes, réchauffé et glacé par le même été et le même hiver ? Si vous nous piquez, ne saignons-nous pas ? Si vous nous chatouillez, ne rions-nous pas ? Si vous nous empoisonnez, ne mourons-nous pas ? »

Jacques Nantel

Flocon s'excitait à l'idée de mener la bataille contre les rebeus et les cocos, d'être le nouveau Charles Martel à la tête de ses troupes ou un Henri de la Rochejaquelein menant les chouans contre les républicains. Il allait entrer dans l'histoire, la marquer de son empreinte. Ceux de son groupe le rejoignirent en ordre dispersé. Afin de ne pas faire repérer leurs tignasses peroxydées, les uns portaient des casquettes, les autres des capuches ou des bonnets de ski ; Rita s'était enfoncé sur le crâne un chapeau de sa mère, une cloche informe imperméabilisée. Leur contact dans les Forces spéciales avait clairement défini l'objectif : foutre le bordel, casser du syndicaliste, du gaucho et du bougnoule avant de laisser la police rétablir l'ordre. Le plus efficace serait qu'ils se portent en tête de la manifestation, pour être sûrs que les télévisions ne ratent rien, et au signal qu'ils tombent ensemble sur les premiers rangs.

L'assaut devrait être immédiat, ravageur.

– Soyez agressifs et pas de quartier !

Flocon et les autres s'entraînaient une fois par semaine en forêt. Tous étaient armés. Peu de revolvers, beaucoup de barres de fer et de battes de base-ball, plusieurs poignards militaires. Il y avait aussi ceux qui cachaient dans leurs poches des coups de poing américains prêts à l'usage et ceux qui préféraient utiliser des nunchakus. Sans parler des bombes lacrymos et des tasers…

Sans rien contrôler, les forces de police leur avaient facilité l'entrée dans le défilé.

Flocon se retrouva derrière Cassandre et Milena. Il ne pouvait les dévisager ni les entendre mais, même de dos, elles incarnaient tout ce qu'il vomissait. D'abord c'étaient des femmes – des êtres inférieurs que l'homme devait dominer –, ensuite c'étaient des bourgeoises – et la bourgeoisie puait le fric, l'intello et la pornographie –, enfin c'étaient des putes qui donnaient leur cul aux rebeus et aux négros. Leurs vies insultaient la pureté de la race blanche. S'il n'avait été en opération, Flocon serait tombé sur elles pour leur faire regretter d'être nées. Il les dépassa sans un regard alors qu'elles entonnaient en choeur « La Semaine sanglante » :

Oui mais
Ça branle dans le manche
Les mauvais jours finiront
Et gare à la revanche
Quand tous les pauvres s'y mettront !

Flocon cracha par terre. Il s'éloignait à grands pas quand il tomba nez à nez avec Marion qui remontait le défilé à contre-courant.

– Je fais un film sur les manifes…, commença-t-elle.

– Barre-toi, salope ! Va faire ta pute ailleurs ! aboya Flocon en lui faisant signe de s'écarter.

Marion ne renonça pas.

– C'est un film, tenta-t-elle d'expliquer, pas une télévision, je veux…

Flocon fit volte-face.

– Tu veux quoi ? Tu veux me sucer la bite ? Tu veux que je t'encule ?

Et lui faisant un doigt d'honneur il s'élança dans le flot des manifestants. Il venait d'apercevoir Rita et Boris, cent mètres devant lui.

– Vous avez tourné ? demanda Nantel qui s'accrochait à Marion.

– Oui, bredouilla-t-elle, encore choquée par ce qu'elle venait d'entendre.

– Eh bien, qu'est-ce que vous attendez pour lui courir après ?

– Après ce connard ?

– Vous êtes cinéaste oui ou merde ?

Nantel lui prit le bras pour la forcer à avancer.

– Ce connard sera la perle de votre film ! la pressa-t-il. Un vrai diamant. Vous avez vu sa gueule ? Venez, il ne faut pas le perdre de vue !

Pourvu qu'elles aient beau visage, Nantel aimait les femmes. Qu'elles soient grandes, petites, blondes, brunes, maigres ou replètes, toutes trouvaient grâce à ses yeux. Sans exclusive. Avec son air d'ange contrarié, son nez à la retrousse et une fossette au coin des lèvres, Marion lui plaisait. C'était la première fois depuis que le cinéma et le théâtre se refusaient à lui qu'il éprouvait une telle émotion. Il n'avait jamais été un don Juan mais beaucoup d'amies comédiennes avaient partagé son lit. C'était un compagnon agréable, cultivé, capable d'extravagances réjouissantes. Sur le tournage d'un film où il jouait le rôle du marié, à peine le dernier plan tourné, il avait enlevé sa partenaire. Lui en frac, elle en robe blanche, ils avaient fait la noce à leurs frais dans un petit hôtel du bord de mer. Trois jours inoubliables ! Sa mariée de cinéma était une fille délicieuse aux grands yeux bleus un peu tristes, à la poitrine attendrissante, douce, palpitante. Elle riait en faisant l'amour. Elle s'appelait… Elle s'appelait… Ah non ! C'était impossible qu'il ait oublié son nom !

Marion

Marion avait tourné le portrait de Nantel, celui de Yamina, mais elle n'avait toujours pas croisé Daisy dont elle cherchait en vain le visage parmi la foule. Elle pensait avec fatalisme que si leur rencontre devait se faire, ça se ferait, mais elle ne voulait pas provoquer leurs retrouvailles en l'appelant sur son portable. Daisy devait être une apparition, une fée qui illuminerait sa vie. Elle avait souvent imaginé que par un jour ensoleillé elles se retrouveraient face à l'océan dans une grande chambre – sans doute une chambre d'hôtel avec du papier à fleurs –, alors, sans qu'un mot soit nécessaire, tout en tendresse, elles s'inventeraient l'une à l'autre, s'offriraient comme on cueille des fleurs et s'évanouiraient dans un baiser. Nantel l'arracha à son rêve.

– Dépêchez-vous !

Il avançait à grands pas vers la tête de la manifestation,

obsédé par l'idée que se jouait devant leurs yeux une pièce d'ombres et de mystères.

– Vous faites du cinéma, lui reprochait-il, mais vous ne voyez rien ! Le monde ne se réduit pas aux quelques centimètres que vous visez dans votre caméra. Ouvrez les yeux pour le voir tout entier plutôt que de vous aveugler d'images !

Marion ne l'écoutait pas.

Elle avait Flocon en point de mire et venait de remarquer qu'un groupe se formait autour de lui. Les encapuchonnés préparaient quelque chose, d'autant que sur le trottoir opposé deux équipes de télévision se hâtaient elles aussi vers Ernest et les premiers rangs. Une clameur venue de l'arrière leur fit tourner la tête. On se battait là-bas, mais trop loin pour distinguer qui contre qui. Le black bloc ? Des provocateurs ? La foule ralentit, comme balancée par une mer indécise. Certains s'arrêtèrent, cherchant à comprendre ce qui se passait, et n'osèrent plus bouger quand ils entendirent des coups de feu. D'autres firent demi-tour pour se rapprocher du combat au cas où…

Une grande confusion s'installa dans le cortège.

Flocon y vit le signe qu'il attendait. Il ôta sa capuche et scanda en faisant le salut hitlérien :

– Ni islam ! Ni athées ! Oui, oui, oui à la chrétienté ! Europe blanche ! Sang pur ! Dehors tous les bronzés !

Ils attaquèrent à coups de batte de base-ball, de matraque et de barre de fer, frappant les hommes, les femmes, tous ceux qui ne parvenaient pas à s'enfuir assez vite. On entendit des os craquer, on vit des crânes se fendre, du sang gicler. Ce fut la panique, des hurlements et des pleurs. Flocon sortit un pistolet de son blouson et arme au poing avança au milieu de la débandade générale. Il allait décimer les chefs du

Syndicat. C'était son destin, ce serait sa gloire. Comme il l'avait toujours pressenti, l'histoire l'attendait. Une présence sur sa gauche lui fit tourner la tête. Marion le filmait. Il braqua aussitôt son arme contre elle.

– Pauvre conne !

Nantel s'interposa au moment où le coup partit.

– Non !

La balle le toucha en pleine poitrine. Il s'effondra. Marion, bouche ouverte de stupeur, filmait toujours. C'était fini, Flocon allait la tuer. Elle ferma les yeux. Mais le nouveau Charles Martel n'eut pas le temps d'utiliser son arme. Une puissante décharge de fusil à pompe lui emporta la gorge, le décapitant. Ernest avait été mis à l'abri, Stéphane et Maurier faisaient le ménage, pourchassant les nervis de Race supérieure. Trois déjà étaient morts. Sauvage avait été lynché par les manifestants revenus de leur surprise. Deux de la bande protégeaient leur fuite, menaçant la foule de leurs pistolets d'alarme. Rita avec son chapeau ridicule gisait les bras en croix, bavant du sang, mais vivante. Boris agonisait un peu plus loin au milieu de syndicalistes et de musulmans, les membres rompus, le visage ensanglanté.

La poitrine de Nantel s'auréolait d'une grande tache brune. Marion s'accroupit près de lui.

– Je vais chercher des secours !

– Non, restez. Je vous en prie, restez, supplia-t-il. Ne partez pas. Filmez… Filmez… N'arrêtez pas de me filmer.

Marion mit un genou à terre et braqua sa caméra sur lui.

– Vous filmez ?

– Oui, je filme, souffla-t-elle, sans plus pouvoir retenir ses larmes.

Nantel lui sourit.

– Sans me vanter, j'étais un bon acteur.
Il murmura :

Je meurs, Marion !
La force du poison l'emporte sur ma vie,
Je ne puis vivre pour entendre les nouvelles,
Mais je te donne ma voix mourante.
Le reste est silence.

Juliette Claudon

Olivier Gouverneur et Juliette Claudon prirent l'antenne en direct sur TPCV (Télé près de chez vous), la télévision en continu du gouvernement.

– Nous interrompons la diffusion de notre série *L'Amour en Italie* car un incident très grave vient d'avoir lieu en tête de la manifestation contre le projet de loi du gouvernement. Des éléments incontrôlés et des membres du Syndicat se sont violemment affrontés…, annonça Juliette Claudon.

Gouverneur enchaîna :

– Il semble que certains syndicalistes étaient armés. Il y a eu des échanges de coups de feu avant que les Forces spéciales interviennent pour rétablir l'ordre…

– Excusez-moi de vous interrompre, le coupa Juliette, nous avons en direct le lieutenant Jeauland, le porte-parole des Forces spéciales. Merci d'être avec nous, lieutenant. Pouvez-vous nous faire un point sur la situation ?

– L'ordre est rétabli mais nous restons vigilants, répondit brièvement Jeauland.

– Peut-on déjà tirer un bilan de ce qui s'est passé ?

– Il y a plusieurs morts à déplorer et de nombreux blessés, mais je n'ai pas encore le chiffre exact.

– Avez-vous identifié les auteurs de l'agression ?

– L'enquête est en cours. Vous comprendrez que je ne peux vous en dire plus.

– Merci, mon lieutenant, conclut Gouverneur.

Il reprit :

– Nous continuerons de vous tenir informés dès que nous en saurons plus. En attendant, une pause de publicité et nous revenons vers vous en direct sur TPCV après la reprise de votre feuilleton…

Il envoya l'écran publicitaire.

– Il nous prend vraiment pour des cons, râla Juliette Claudon. On a des appels au standard qui disent tous la même chose : ce sont les fachos qui ont attaqué les syndicalistes.

– On s'en fout, rigola Gouverneur en se servant un verre d'eau.

Il haussa les épaules.

– Ce n'est pas notre problème. Des fachos, des gauchos, des prolos, des aristos… qu'est-ce que ça peut faire ?

Juliette Claudon grinça :

– Nous sommes là pour informer ou pour retransmettre les conneries de l'agence de com des Forces spéciales ?

– Informer ?! Qui a pu te mettre dans la tête une idée pareille ? répondit Gouverneur, levant les yeux au ciel.

Anie

Dehors on manifestait, dehors on se battait, dehors il y avait des morts, des blessés, mais rien de tout cela n'existait pour Florian et Anie. Le café allongé avait tenu toutes ses promesses. Ils avaient fait ci et ça, et ça encore par tous les points qui servent aux êtres à jouir. Ils somnolaient enveloppés dans leur chaleur. Lui sur le côté droit, elle sur le côté gauche. Leurs pieds, leurs cuisses se touchaient, leurs mains, leurs épaules aussi, comme si désormais tout passait entre eux par ce contact et lui seul. Florian posa sa tête sur la poitrine d'Anie. Elle frémit mais n'ouvrit pas les yeux. Florian lui caressa un sein pour éprouver encore le velouté de sa peau, laissa sa main glisser sur son ventre, toucha le pli de l'aine…

– Je suis gueudée, murmura Anie, utilisant un mot qui n'appartenait qu'à elle.

Le Hop-hop se mit à vibrer sur la table de nuit.

Il y avait urgence.

Aussitôt, Florian ralluma son téléphone pour appeler Jean-Charles.

– C'est la merde, annonça précipitamment son chef de cabinet. Conseil de crise, il faut que tu rappliques dare-dare. On t'attend.

– Merde, j'ai pas mon chauffeur !

– Débrouille-toi !

– Tu ne peux pas m'envoyer de taxi ?

– Écoute la radio, ça pète de partout, c'est l'émeute !

Florian se leva d'un bond.

– J'arrive.

Et, se penchant pour embrasser Anie :

– Je peux prendre ta voiture ?

– Si tu es très gentil…

Il lui donna un baiser sur les lèvres.

– Les clefs sont dans mon sac.

Elle attrapa Florian par le sexe pour le retenir.

– Ce soir, à la télé, je veux que tu dises…

Elle réfléchit.

– Glockenspiel ! triompha-t-elle, les yeux brillants.

– Glockenspiel ? répéta Florian avec un cri à déchirer le cœur.

Anie, une main posée sur l'origine du monde, confirma tandis qu'il s'habillait.

– Glockenspiel… mon amour.

Florian parti, Anie, les yeux pleins d'étoiles, décida de rester au lit. Elle se lova contre un oreiller comme si son amant la tenait encore contre lui pour écouter les dernières nouvelles à la radio. Le journaliste parlait en direct de la manifestation. Il y avait énormément de bruits autour de lui, des cris, des tirs, un tumulte.

– C'est épouvantable ! haletait l'homme. Il y a des morts. Un commando non identifié a assailli la tête du cortège. Il y a eu échanges de coups de feu. C'est la panique tout autour de moi. Les Forces de sécurité et le service d'ordre du Syndicat tentent de calmer tout le monde mais c'est très difficile. Très très difficile. J'apprends par ailleurs qu'en queue de cortège des manifestants auraient volé des armes, tué un policier et fait de nombreux blessés…

Anie s'endormit en écoutant la radio.

Elle rêvait.

Elle était enfant, mais c'était elle aujourd'hui. Ses pieds s'enfonçaient dans la terre grasse d'un pré. C'était doux, spongieux, ça la chatouillait. Le soleil était haut dans le ciel bleu azur. Il faisait très lourd. Un soleil de plomb. Elle n'avait sur elle qu'une petite robe en coton imprimé sans rien dessous. Elle pensait : « Je n'ai rien sur mon cucul ! » Ça la réjouissait, ça l'excitait de sentir l'odeur de son sexe à nu. Elle grimpait sur une colline d'une rondeur de sein. Elle transpirait. D'abord par petites gouttes sur le front puis une longue traînée dans son dos et enfin comme si de l'eau lui sortait par tous les pores de la peau. Elle explosait de transpiration ! Arrivée au sommet de la butte, elle reprenait son souffle. Hou qu'il faisait chaud ! Hou que c'était bon ! Les rayons du soleil la faisaient cuire. Elle sentait sa peau rougir. Elle était un volcan avec de la lave dans les veines. Elle pleurait, envahie de chaleur. Elle faisait pipi debout, jambes écartées, les yeux au ciel. Des larmes ruisselaient sur ses joues. Elle bavait de plaisir, ça coulait. Elle voulait s'essuyer mais son geste emportait un bout de son nez et d'une lèvre. Elle fondait comme une motte de beurre. Elle dégoulinait, se répandait petit à petit sur l'herbe, devenait flaque, écume, devenait boue. Elle pataugeait dans son jus, s'inondait. À la fin, il n'y avait plus que sa robe en coton et dans le pré sa mère qui criait : « Viens donc mettre une culotte ! »

Florian Bayeux

Florian s'énervait au volant de la petite voiture d'Anie. Il klaxonnait contre ceux qui occupaient la chaussée, pestait contre les piétons imprudents, rageait contre tous, fenêtre ouverte.

– Poussez-vous ! Poussez-vous ! Laissez-moi passer !

Les rues étaient envahies tantôt par les manifestants cherchant à rejoindre le défilé, tantôt par ceux qui avaient réussi à le fuir, profitant d'une brèche ouverte par le service d'ordre du Syndicat. Une basse-cour affolée.

Florian savait qu'il y aurait des débordements, que des provocateurs inciteraient les syndicalistes à en venir aux mains, voire à briser un peu de mobilier urbain. C'était attendu, c'était prévu, organisé. Mais il ne devait pas y avoir de morts ! D'où sortaient les armes des uns et des autres ? La radio recensait au moins une dizaine de tués et une cinquantaine de blessés, dont certains très graves. Il fallait d'urgence empêcher que ça dégénère davantage, rétablir l'ordre, ramener la paix. Contre Haefliger, Florian avait plaidé pour que la manifestation en faveur du gouvernement ait lieu plus tard, le lendemain, en réponse à celle qui lui était hostile. Mais il n'avait pas été écouté. Il craignait maintenant qu'une grande bataille ait lieu : un conflit dont seuls des cadavres sortiraient vainqueurs. Il essuya une goutte de sueur. L'angoisse lui travaillait le foie. Une rage froide l'emportait. D'ici que son passage au 20 heures soit compromis…

Au même moment 1

La ville avait sorti tous ses gris et dans cette grisaille une tache blanche se détachait, l'ambulance dans laquelle Maxence expliquait à Daisy les principes fondamentaux de la bagarre de rue.

– Il faut toujours attaquer le premier, insistait-il, ne jamais laisser l'initiative à son adversaire. Celui qui attaque le premier a l'avantage de la surprise et c'est un avantage décisif. Le flic que j'ai sonné n'a pas eu le temps de dire ouf qu'il était déjà par terre. Et une fois par terre, je n'avais plus qu'à finir le boulot d'un coup de genou bien placé. Ensuite, s'ils sont plusieurs contre toi – et avec les flics, c'est souvent le cas –, il faut que tu saches que tu ne peux pas contrôler plus de trois adversaires. S'ils sont quatre, tu es foutu, parce que tu en as toujours un dans le dos.

– Dans les films, on en voit se battre contre dix !

– Dans les films, c'est du cinéma.

2

Bérangère triomphait. Combien étaient-ils ? Cinquante mille, cent mille ? Qu'importe le chiffre. La presse y verrait un énorme succès et leur accorderait haut la main la victoire dans la bataille de l'image ! Son mouvement de soutien au gouvernement exprimait magnifiquement la dignité et la rigueur morale de celles et ceux qui l'avaient rejointe. Il ne manquait que le *Requiem* de Mozart pour accompagner leur marche. Ah, si elle avait su chanter !

– Moi, je suis fasciste, affirmait-elle à Clotilde, je n'ai pas peur de le dire. On peut raconter ce qu'on voudra, mais les fascistes, au moins, ils ont le sens de l'ordre.

Elle s'attendrit.

– J'ai de qui tenir ! Ma mère était comme moi. Je me souviens, un après-midi – c'était en automne –, je suis revenue à la maison avec un devoir sur les punitions corporelles ou quelque chose dans ce genre. C'était, paraît-il, une « nouvelle pédagogie ». Vous savez ce qu'elle a fait ?

– Votre mère ?
– Oui, ma mère.
– Non, avoua timidement Clotilde.
– Elle m'a mis une paire de claques en me disant : « Comme ça, tu sauras quoi répondre ! »

3

Les ambulances du Samu arrivaient sur le boulevard où l'affrontement avec Race supérieure avait eu lieu. Les équipes de secours se précipitaient pour trier les vivants des morts gisant sur la chaussée.

– C'est votre mari ? demanda un urgentiste, fouillant le cadavre de Nantel.

Et, sans laisser Marion répondre, il lui tendit son trousseau et son portefeuille.

– Je garde sa carte d'identité et je vous rends ça, dit-il avant de refermer le sac mortuaire.

Il n'avait pas le temps de s'occuper d'elle. Il lui indiqua l'ambulance stationnée à quelques pas d'eux.

– Vous devriez voir notre psychologue.

Marion fit trois pas en arrière et s'éloigna, égarée.

Flocon ne l'avait pas tuée, mais elle était incapable de reprendre pied de l'autre côté du miroir, chez les vivants. Elle se traînait, tenant machinalement sa caméra à bout de bras, comme un fruit trop mûr prêt à tomber et à disparaître dans un égout. « J'ai vu la mort », songeait-elle et cette pensée la désespérait ; c'était si pauvre, si banal de penser ça !

Marion contourna la cellule de soutien psychologique.

Elle zigzagua entre ceux noyés dans leur sang, les chairs

déchirées et les corps agités de tremblements incontrôlables. Les questions se bousculaient dans sa tête. Qu'est-ce qu'elle avait filmé ? L'affrontement, la désolation, le champ de bataille après la bataille... Mais elle ne trouvait aucune beauté dans la souffrance ou dans la mort ; elle n'éprouvait aucun plaisir à magnifier la violence. Exposer les agonisants, les têtes fracassées, les corps criblés de balles transformait le spectateur en voyeur atterré ou en esthète malsain. C'était lamentable, indécent. Elle entendait encore Nantel la houspiller : « Vous filmez, mais vous ne voyez rien ! » Il avait raison. Elle était aveugle. Qu'est-ce que montraient ses images ? Elle était incapable de le dire. Elles lui échappaient.

– Daisy ! cria-t-elle dans le vide.

Il faisait un froid de fer autour d'elle.

Pourquoi Daisy n'était-elle pas là pour lui tenir la main ?

4

La manifestation continuait d'avancer, lente, inexorable, animée d'une force souterraine, tantôt en groupes organisés sous des bannières, des pancartes, des drapeaux, tantôt en colonne de citoyens mus par leur seule colère. Marche de l'espoir ou marche vers l'abîme ? Ils l'ignoraient mais une puissance secrète les poussait et chaque pas supplémentaire était un pas gagné sur le temps.

– Parents, enfants ! Nous sommes tous des musulmans !

Milena et Cassandre défilaient bras dessus bras dessous sur le bord extérieur de la ligne formée par les Progressistes. La plupart du temps, les trottoirs se montraient indifférents ou moqueurs :

– Liberté, Égalité, Rentabilité ! Progressistes, capitalistes, même combat !

Mais il y avait aussi des cris hostiles, des sifflets, des injures :

– Bayeux, Lombard, vieux politicards ! Bayeux, Lombard, foutons-les au placard ! scandait tout un groupe de jeunes grimpés sur un transformateur électrique.

Plus loin, un homme cracha par terre à leur passage.

– Pourris ! Vendus ! La loi de contrôle généralisé, on n'oublie pas !

Milena se pencha vers Cassandre.

– C'est dur, mais je ne leur donne pas tort. Ton mari nous fait un mal considérable, non seulement en changeant de camp mais surtout en s'acoquinant avec le Triumvirat… Sans parler du vote de Lombard.

Un pli profond rida le front de Cassandre.

– Il y a quelque chose qui m'échappe. L'ambition n'explique pas tout. Qu'est-ce qui peut pousser un homme à trahir ses idéaux, à renier sa famille, sa jeunesse, son histoire ?

– La peur, répondit Milena sans hésiter.

– La peur ? Quelle peur ?

– Celle de n'être rien. De traverser son temps comme du vent. Sans laisser la moindre trace.

– Tu crois que pour Florian ou Lombard il vaut mieux être un salaud ou un traître sous les projecteurs qu'être fidèle à soi-même dans l'ombre ?

– Qui se souvient des vrais héros ? demanda Milena. Personne. Ce n'est pas à une agrégée de lettres que je vais apprendre que Judas, Iago, Richard III… ça c'est du solide, de l'éternel !

5

Soraya regardait sa mère qui regardait maître Labat comme elle n'avait jamais regardé personne, surtout pas son mari. Soraya se souvenait des disputes, quand elle devait se cacher derrière la porte avec son frère et Safia tout bébé. Il y avait des cris, des pleurs, des coups parfois et cette colère qui semblait incendier leur père dès qu'il rentrait à la maison ou qu'il avait bu. Rien ne lui plaisait, ni la nourriture que Yamina lui servait, ni les blouses ou les tabliers qu'elle portait, ni ses enfants qu'il frappait pour un oui ou pour un non, jurant l'instant d'après qu'il les aimait plus que tout au monde. Soraya ignorait comment son père était traité sur les chantiers où il travaillait mais elle était sûre qu'on devait lui en faire baver. Alors, il se vengeait sur les siens des humiliations subies, des remarques racistes, des blagues sur les types comme lui, tout juste bons à faire du « travail d'Arabe ». L'argent l'obsédait. Combien de fois Soraya l'avait-elle entendu reprocher à sa femme de dépenser sans compter, d'acheter n'importe quoi avec ce qu'il gagnait si durement, de n'avoir la tête qu'à se payer du bon temps pendant que lui…

Il était mort dans un ascenseur de chantier, écrasé, transpercé par un bastaing qui n'aurait jamais dû être là. Un contremaître était passé chez eux le soir même. Sans dire bonjour ou bonsoir, l'air embêté et dégoûté à la fois, il avait marmonné, le casque sous le bras : « Je crois que votre mari est mort. »

La vie avait changé pour Soraya, son frère et sa petite sœur. D'un certain côté, c'était pire qu'avant : Yamina avait dû trouver d'urgence un travail et Soraya, plus qu'à son tour, jouer les petites mamans pour Adal et Safia. D'un autre côté, c'était mieux : plus de disputes, plus de cris, plus de coups et Yamina qui chantait et chahutait avec eux, même quand ils n'avaient qu'un riz blanc pour dîner. Puis maître Labat était entré dans l'histoire. Il avait obtenu qu'on indemnise Yamina pour la mort de son mari ; il lui avait trouvé des heures de ménage, offert un travail régulier et là, c'était devenu carrément bien. Maintenant, Yamina regardait l'avocat comme si elle ne voulait plus jamais regarder quelqu'un d'autre…

6

Tandis que Dutuit répondait à un appel d'Haefliger, Marguerite scrutait l'écran du drone TB6 mais elle réfléchissait à autre chose. Marguerite s'était toujours fait de l'amour une idée sauvage. Sa liaison avec le général la déprimait. C'était au mieux de l'adultère bourgeois, confortable, sans fantaisie, sans surprise, au pire un vaudeville où l'on jouait à cache-cache, tremblants d'être découverts. C'était ridicule. Mais comment rompre ? Où rencontrer l'homme capable de lui mettre la tête à l'envers, d'électriser tous les méridiens de son corps ? Marguerite pensait avec ravissement que nul ne soupçonnait quels excès l'agitaient en secret. Elle aimait les forêts, courir les bois, s'y faire happer par leurs forces magiques. Elle s'imaginait chavirée dans un fossé, bousculée dans un rapide, emportée par un torrent sensuel, quand elle vit le capitaine Kahane cerné par une foule menaçante. Revolver à la main, il tentait de faire reculer les manifestants, mais lorsqu'un homme du black bloc s'approcha, armé d'une pancarte comme d'une batte de base-ball, il tira sans hésiter. L'homme s'écroula devant lui. Marguerite laissa échapper un petit cri de surprise qui fit lever la tête aux contrôleurs des autres drones.

– Il leur tire dessus, se sentit-elle obligée d'expliquer d'une voix blanche.

Il y eut encore deux coups de feu avant que la foule s'envole comme une volée d'étourneaux. Trois manifestants étaient à terre. Un qui semblait blessé et se tordait de douleur, deux sans réaction, morts peut-être.

Kahane

À l'arrière de la voiture de service qui le ramenait à la caserne, Kahane avait du mal à reprendre ses esprits. Il y avait un mort et quatorze blessés parmi ses hommes, deux cars avaient été incendiés, on leur avait volé des armes, surtout le PGL 65, sans compter les pistolets et les grenades. Une défaite sur toute la ligne. Il avait failli et cela lui était insupportable. Le commandant Haefliger avait été clair : « Aucune faiblesse ne sera tolérée. »

Kahane appela sa femme sur son portable.

– C'est moi.

– Ça va ? J'étais inquiète. À la radio, ils disent que…

– J'ai un mort parmi mes hommes, l'interrompit Kahane, et beaucoup de blessés.

– Où t'es ?

– Je rentre à la caserne.

Il prit une profonde inspiration.

– Je vais donner ma démission avant qu'on me vire.

– Pourquoi tu veux donner ta démission ?

Kahane ferma les yeux.

– Je crois que c'est moi qui l'ai tué…

– Tu as tué qui ?

– Tu te souviens de Gadouard ? Je t'en ai parlé… Un grand avec des problèmes d'alcool. Nous avons été attaqués par des autonomes. Une fille m'a sauté dessus. En tombant le coup est parti et j'ai touché Gadouard en pleine tête… Un de mes hommes.

– T'es sûr ?

– L'autopsie le confirmera.

– C'est un accident, tenta de minimiser sa femme.

Peut-être. Mais Kahane ne pouvait se résoudre à en accepter l'idée.

– Accident ou pas, c'est impossible que je reste dans les Forces spéciales. C'est fini. Je démissionne.

Il ajouta, presque inaudible :

– Il n'y a pas que ça.

– Qu'est-ce qu'il y a ? s'alarma sa femme.

– Pour nous dégager, j'ai donné l'ordre de tirer.

– Sur les manifestants ?

– Oui, avoua Kahane, le souffle court. Personne n'arrivait en renfort, c'était eux ou nous. Il y a quatre ou cinq morts parmi les civils. Des jeunes.

Et, dans un sanglot :

– De l'âge de nos enfants !

– Ils étaient armés ?

– Des pancartes, des bâtons…

Il essuya une larme importune et renifla.

– Il n'est pas exclu que je sois poursuivi.

Sa femme brancha le haut-parleur. Kahane l'entendit jouer du violoncelle.

– Écoute, ça te fera du bien…

Kahane était déchiré. Il pensait que, poursuites ou pas, la mort de Gadouard le hanterait toujours. Il aurait toujours en tête le visage du grand Steve lui affirmant être au top, prêt à la bagarre : « Pas de zone de non-droit ! » Il lui revenait d'avertir sa veuve. Il devait avoir le courage de prendre sur lui la faute, d'avouer dans quelle situation cette mort s'était produite. Mais plus que l'épouse de Gadouard, Kahane redoutait d'affronter le regard des filles du mort comme s'il allait affronter celui de ses propres enfants. Chagrin sombre et terrible. Elles le haïraient et elles auraient raison. Il ne se trouvait aucune excuse, aucune circonstance atténuante. C'était lui qui l'avait tué et aucune absolution ne le libérerait de sa culpabilité. Le fantôme de Gadouard désormais accompagnerait chacun de ses pas. Le fantôme des morts…

Arrivé à la caserne, Kahane ne descendit pas immédiatement de voiture. Il réfléchissait à rédiger un testament comme si sa vie devait s'achever avec sa démission. Un testament non pas pour répartir ses biens – il en avait si peu – mais parce qu'il voulait que ses enfants sachent que jusqu'au dernier instant ils avaient été présents à son esprit. Le plus dur pour lui était d'imaginer qu'un jour il ne serait plus. Ni dans la police ni nulle part, dans le néant. Malgré tous ses efforts, il n'arrivait pas à se figurer la grande absence de soi et des autres. Les peintres, commissionnés par l'Église, n'avaient que des fantasmagories à lui offrir. Mais ces imaginations, aussi talentueuses soient-elles, n'étaient que les imaginations d'un autre. Kahane aurait voulu une image de l'au-delà qui lui appartienne, un pur produit de son cerveau et de son cœur. Il avait beau se creuser les méninges, qu'il ferme les yeux ou qu'il les garde grand ouverts, il ne rencontrait qu'un vide effrayant. Rien ne venait. Par dérision, il avait fini par considérer une vieille boîte à biscuits qui traînait chez eux comme la matérialisation de l'insaisissable au-delà de la mort, un objet inerte, dérisoire et sans conscience. D'autres fois, il se fixait sur une girafe en caoutchouc de sa fille. Kahane ne croyait pas à la réincarnation mais c'était apaisant pour lui d'imaginer que lorsqu'il ne serait plus, il serait une boîte ou un jouet, quelque chose. Un quelque chose sans importance mais qui existerait encore malgré ses fautes.

Amaury Lequeux

Au siège du Triumvirat, Amaury Lequeux, le patron de Strong & Steel, Paul Maté (International Petroleum) et Charles-Hubert de la Chapelle (Global Construction) étaient réunis pour une téléconférence avec le général-président Saint-Raymond. Dès que la liaison fut établie, Lequeux expédia rapidement les salutations.

– Monsieur le Président, annonça-t-il, il y a des morts, le gouvernement doit sans plus attendre présenter sa démission. Dès ce soir, au 20 heures, Bayeux, que vous aurez nommé Premier ministre, réclamera que vous soyez investi des pleins pouvoirs,

– Ne serait-ce pas plutôt à moi d'intervenir en premier ?

– Ce serait inapproprié. Après les dégâts de la manifestation, il faut que cette mesure paraisse demandée par la représentation nationale ; que ce soit elle qui ait l'air de vous supplier d'accepter ce qu'elle vous demande. Quand cela sera acté, vous pourrez intervenir.

– Bayeux est au courant ?

– Il dira ce qu'on lui dira de dire. Jessica s'en occupe.

– Si vous pensez que c'est mieux, je vous laisse juge.

– Merci, monsieur le Président. Deux choses encore. Dès que vous serez investi des pleins pouvoirs, le Syndicat, tenu pour responsable du désordre public et des débordements criminels, devra être déclaré hors la loi et dissous.

Lequeux se tourna vers les deux autres membres du Triumvirat.

– Ce que nous réclamons depuis des lustres…

Paul Maté et Charles-Hubert de la Chapelle ne pouvaient qu'applaudir. Lequeux reprit :

– Ensuite, par décret, vous devrez rendre exécutoire l'ensemble des mesures contre les musulmans prévues par le texte préparé par Dutuit. Nous tenons beaucoup à…

Saint-Raymond l'arrêta d'un geste de la main.

– À condition que mes décrets ne rallument pas la contestation, dit-il. Il pourrait y avoir des émeutes…

Charles-Hubert de la Chapelle intervint :

– En tout cas, il n'y a pas grand-chose à craindre des nationaux, monsieur le Président. Ils comprendront vite que s'ils veulent garder des emplois et des salaires, ils doivent se débarrasser au plus vite de ceux qui leur font de la concurrence, volent leurs places, les privent de revenus et obèrent leurs droits. Vous aurez l'opinion publique avec vous. Ceux qui aujourd'hui travaillent doivent admettre qu'ils sont des privilégiés et, en tant que tels, qu'ils doivent d'abord défendre leurs privilèges. Ce n'est pas nous qui les menaçons mais tous les rastaquouères, les sans-quelque chose, les jeunes et les femmes.

Paul Maté voulut avoir le mot de la fin :

– Nous attendons de vous un discours viril.

Mais Lequeux reprit la parole :

– Si vous permettez, je crois que nos troupes auraient besoin d'un commandement plus ferme.

– Vous voulez que je remplace Le Blanc ? Pourquoi ?

– Demandez à Haefliger. Le Blanc est un emmerdeur. S'il faut réprimer durement ceux qui nous résistent, il risque de nous poser des problèmes.

– Je connais bien le général. Il est loyal, affirma Saint-Raymond.

– Admettons... Nous en reparlerons ce soir, grommela Lequeux.

Faustine

Le ciel ressemblait à un gâteau du dimanche avec des couches de nuages parfois très sombres, parfois très claires. « Un ciel chocolat-vanille », aurait dit Julia la gourmande. La fourgonnette d'un marchand de légumes pila en double file à l'entrée des urgences de l'Hôpital central encombrée d'ambulances. Le conducteur se précipita à l'intérieur et revint avec deux infirmiers poussant un brancard.

– Il est devant !

– Qu'est-ce qui lui est arrivé ?

– J'en sais rien, je l'ai trouvé sur le parking derrière chez moi, dans une poubelle.

Le maraîcher ouvrit la portière. Ils aidèrent Roby, à moitié inconscient, à sortir du véhicule.

– Vous pouvez parler, monsieur ?

– J'ai mal…

Ils l'allongèrent sur le brancard. Il avait le visage tuméfié, noir, gonflé, un œil fermé et du sang sur les lèvres. Chaque mouvement lui coûtait. Son pantalon déchiré laissait voir une profonde plaie au genou. L'un des deux infirmiers remercia le maraîcher et fit signe à son collègue de se hâter.

– Vite, on l'envoie à la radio !

Ils traversèrent la salle d'attente au pas de course. Faustine se leva d'un bond.

– C'est mon frère !

Aux cent coups, Faustine appela Charlie :

– Roby s'est fait défoncer la tête par les flics, casser des côtes et une jambe ! Ils vont l'opérer !

Et, dans un sanglot :

– Julia a une fracture du crâne !

– Calme-toi, bébé, dit Charlie, calme-toi. Surtout, ne bouge pas. Je vais venir te chercher mais je ne sais pas dans combien de temps. C'est le bordel dans les rues.

– Il y a beaucoup de monde ici, c'est plein de sang…

– Courage, j'arrive.

Faustine poussa soudain un cri qui effraya Charlie.

– Qu'est-ce qui se passe ?

– Kevin ! Kevin !

– Quoi Kevin ? Qui c'est Kevin ?

– Un copain d'école. On vient de le déposer aux urgences. Lui aussi est salement amoché… Les salauds ! Les salauds !

Faustine regardait la cour intérieure à travers la vitre de la salle d'attente où perçaient quelques rayons de soleil. Tout était silencieux, un silence seulement troublé par la grosse horloge murale qui marquait bruyamment les secondes et les minutes. Faustine sentait une terrible anxiété oppresser sa poitrine. Elle aurait voulu s'asseoir mais, entre les blessés et ceux qui les accompagnaient, il n'y avait plus une place sur les banquettes. Dos au mur, elle se laissa glisser par terre au pied de la fontaine à eau. Elle ramena ses genoux contre sa poitrine et les serra dans ses bras. Elle voulait oublier les plaintes, ne plus voir les marques des coups sur les visages, les pansements de fortune autour d'un bras ou d'une jambe. C'était comme la reproduction d'une toile qu'il y avait dans son livre de français. On y voyait des hommes et des femmes au Purgatoire, des estropiés, des bancals, des bossus, des culs-de-jatte, des manchots, des aveugles, au milieu de monstres à moitié humains et d'écorchés tourmentés par des diables. Ses mains s'agitaient comme des oiseaux pris au piège. Elle n'arrivait pas à les contenir, à les calmer. Ses doigts remuaient, se crispaient, s'emmêlaient comme s'ils agissaient en dehors de sa volonté. Soudain, le mot « vengeance » retentit dans sa tête. Elle le répéta. Vengeance ! Vengeance ! Vengeance contre ceux qui conduisaient à l'hôpital ceux qu'elle aimait. Vengeance contre les Forces spéciales ! Vengeance contre le gouvernement et ses complices ! Vengeance ! Maxence avait raison. Il ne fallait plus rester calme, poli, de bonne composition mais prendre les armes et tout brûler.

Cette idée l'apaisa d'un coup. Le silence se fit en elle et alentour, même l'horloge devint muette. Faustine se redressa lentement et, après avoir observé avec compassion l'humanité souffrante de la salle d'attente, elle leva le poing.

– Vengeance ! cria-t-elle, secouant tout l'hôpital.

Mimi

L'opération du foie s'était très bien déroulée ; le pansement terminé, le patient avait été envoyé en salle de réveil. Tout allait bien. Mimi s'était changée en sortant du bloc. Elle avait repris sa tenue d'infirmière. Plus d'une fois, sous prétexte d'évacuer le stress, Mimi et le professeur Sagol s'étaient offert une petite récompense après une intervention particulièrement compliquée.

– J'ai rien dessous, prévint-elle tout sourire, refermant derrière elle la porte du bureau.

Sagol n'était pas d'humeur.

– Je viens d'avoir un appel des urgences, grogna-t-il. Ils sont débordés. Il faut que vous descendiez en renfort.

– Tout de suite ?

– Maintenant, soupira-t-il, sans oser la regarder.

Mimi fit aussitôt demi-tour, remonta sa blouse pour lui montrer ses fesses et quitta le bureau en claquant la porte.

Nadia hésitait au carrefour de trois couloirs. Elle arrêta Mimi qui descendait aux urgences par l'escalier pour se calmer.

– Je cherche mon mari, M. Marchal… Chambre 306.

– Vous n'avez pas l'air bien, lui fit remarquer Mimi. Ça va ?

– Non, ça ne va pas.

Nadia dégagea son avant-bras.

– Vous pouvez m'enlever ça ?

– Ça quoi ?

– La police m'a inoculé de force une puce électronique. Il faut l'enlever, ça me brûle, c'est insupportable.

– Qu'est-ce que c'est que ce truc ? s'étonna Mimi. C'est illégal.

– Pour ficher tous les musulmans.

– Vous êtes musulmane ?

– Enlevez-moi ça, répéta Nadia qui ne voulait pas expliquer une fois de plus qu'elle était athée et n'en avait rien à foutre de l'islam, son Dieu et son prophète.

– Venez avec moi.

Mimi conduisit Nadia dans un box et lui examina le bras.

– Je vais être obligée d'inciser, prévint-elle en la badigeonnant de Dakin. Ça va vous faire un peu mal.

– Allez-y, je ne suis pas douillette.

Mimi sourit à Nadia. Cette fille lui plaisait, dure au mal, pas du genre à faire sa chochotte ni à pleurnicher. Elle incisa. Nadia n'émit pas la moindre plainte.

– Si vous permettez, je vais la garder en souvenir, demanda Mimi après lui avoir sorti habilement de l'avant-bras une puce de la taille d'un grain de riz.

Nadia n'osa pas refuser.

– Vous pourrez vous la faire monter en bague.

Mimi pensait : « Ou me l'enfiler comme suppositoire » mais elle préféra se taire. Malgré ses efforts, sa patiente ne semblait pas vraiment avoir le cœur à la rigolade.

Nadia

Sous perfusion, une jambe suspendue dans une gouttière, un bras en écharpe, le visage enflé, Roby n'avait qu'un œil ouvert pour voir Nadia s'approcher de lui et l'embrasser sur le front.

– Ils t'ont relâchée quand ? demanda-t-il avec difficulté, la bouche sèche.

Nadia avança une chaise tout près du lit.

– Putain, ils t'ont bien arrangé !

Elle prit le temps de verser un peu d'eau sur une compresse et d'humecter les lèvres de Roby avant de lui répondre.

– Il y a une heure ou un peu plus…

Sa voix était terriblement lasse, assourdie.

– Ça va ?

– Ils m'ont collé une foutue puce sous la peau.

Et, après un silence :

– Mais une infirmière vient de me l'enlever…

Une puce sous la peau ? Quelle puce ? Roby ne comprenait pas de quoi Nadia parlait mais il n'avait pas la force de discuter.

– Tu as des nouvelles de Charlie ? parvint-il à demander.

– C'est lui qui m'a prévenue pour toi.

Nadia ajouta :

– Faustine est en bas. Deux de ses copains se sont fait tabasser. Elle attend ton frère pour rentrer à la maison.

– Il n'est pas à la manif ?

– Il a été envoyé en mission…

– En mission ?

– Ça explose de partout dans les rues. Il paraît qu'il y a des morts…

Roby était incapable de bouger. Il devait respirer le plus doucement possible tant ses côtes cassées lui provoquaient de douleurs à chaque inspiration. Il s'en voulait de s'être fait avoir comme ça. Il se serait giflé : incapable de se taire, toujours à la ramener, à ouvrir sa grande gueule. Il avait fallu qu'il fasse le kakou face aux flics qui l'interrogeaient. Tout ça pour quoi ? Pour rien. Par orgueil, alors que c'était maintenant que les copains du Syndicat avaient besoin de lui !

Nadia se prit soudain la tête entre les mains.

– Je n'en peux plus, gémit-elle.

– Qu'est-ce que t'as ?

– Je n'en peux plus, répéta Nadia, comme si Roby n'avait rien entendu.

– Appelle l'infirmière, conseilla-t-il. Elle va te donner quelque chose.

– Qu'est-ce que tu veux qu'elle me donne ?

– Je ne sais pas, un truc pour…

– Elle ne peut rien me donner pour ce que j'ai.

Ils se dévisagèrent en silence.

– T'as quoi ?

Nadia fut brutalement secouée d'un gros sanglot. Une mer de larmes en tempête explosa dans la chambre.

– Ils m'ont violée ! Ces putains de flics m'ont violée !

Dans un éclair, elle se revit clouée au sol par un grand costaud des Forces spéciales tandis que deux autres lui tenaient les jambes. Ils avaient arraché son pantalon, déchiré son slip. Le lieutenant avait fait son affaire en premier, privilège du grade. Puis ils s'y étaient mis chacun leur tour, s'esclaffant : « Changez de cavalière ! », en riant de bon cœur.

Quatre ! Un par un, tous s'étaient couchés sur elle ! Tous s'étaient agités en grognant ! Tous avaient libéré en elle leur semence pourrie ! Il y en avait un qui aboyait comme un chien, l'autre qui pétait en la baisant. Le raclement des genoux sur le sol, l'odeur du car, moitié éther, moitié Javel, toutes ces succions ignobles des corps accouplés la rendaient folle. Nadia s'en fit le serment : jamais plus un homme ne l'approcherait. Plus un homme ne la toucherait. Elle ne ferait jamais plus l'amour. Jamais ! Pas même avec Roby. Son corps était mort, souillé, déchiré sur le lino de la caravane médicale des flics. Pour elle, ce n'était plus qu'un cancer avec lequel elle allait devoir vivre. Vivre et mourir.

Impuissant, cloué sur son lit, Roby sanglotait : « Je les tuerai », mais c'était à lui qu'il en voulait. Ni pour la manif ni pour Nadia il n'avait été à la hauteur.

Marion

Après l'attaque de Flocon et des siens, le départ des secours et le repli des Forces spéciales de sécurité, Ernest appela au calme et au courage dans une courte allocution au mégaphone. La manifestation repartit au son de tambours voilés. Le service d'ordre du Syndicat montra ses muscles pour dissuader ceux qui se risqueraient à un nouvel assaut. Les corps, les regards exprimaient une détermination nouvelle pour masquer la peur que chacun ressentait et n'osait avouer. Les drapeaux, les banderoles comme le grand NON des lycéens claquaient au vent. Les slogans s'étaient tus, les paroles s'étaient faites murmures et l'on pouvait entendre les pas frapper le sol d'un battement régulier.

Marion se sentait déroutée. Elle se laissa entraîner comme si elle ne parvenait plus à retrouver la piste qu'elle aurait dû suivre. Nantel mort, le cœur n'y était plus. Elle se souvenait qu'il l'avait tancée : « Vous êtes cinéaste oui ou merde ? », alors en mémoire de lui, Marion chercha qui filmer. Elle entendit un prof à lunettes et écharpe rouge déclarer :

– On parle du marché libre, mais libre de quoi ? Libre surtout de ne jamais redistribuer les richesses au profit des classes défavorisées ou des groupes marginaux. Étonnez-vous après ça que le terrorisme apparaisse pour certains comme la seule issue possible…

Plus loin, une jeune femme rousse exhortait un journaliste :

– Parlez de la prison ! Il faut que vous parliez de la prison ! Tant qu'on n'interviendra pas dans les mosquées, dans les écoles, dans les prisons, les musulmans resteront dans la merde où beaucoup trouvent que c'est très bien qu'ils pataugent !

Un vieux communiste auprès de qui Marion marcha quelques minutes lui expliqua :

– Selon Marx, il ne suffit pas de remplacer un morceau d'un gouvernement. S'il ne reste ne serait-ce qu'une partie de l'ancien, celle-ci va pourrir tout le reste…

Marion n'eut envie de filmer ni les uns ni les autres. Elle tourna sa caméra vers le ciel et filma les nuages dont les formes changeantes l'intriguaient depuis l'enfance. Elle y vit des silhouettes humaines, des bêtes sauvages, des gorgones, des géants, des monstres. Elle se vit elle-même comme une nuée. À qui s'adressait-elle ? À qui était destiné le film qu'elle tournait ? Combien l'attendaient ? Personne, pas même Daisy, la seule à qui elle voulait se livrer tout entière…

Haefliger

Marion, en queue de cortège, n'entendit pas Ernest lancer le mot d'ordre : « À l'Assemblée ! » mais Morgane l'entendit et le répercuta aussitôt aux filles de son groupe sans se méfier des photographes qui les bombardaient sous tous les angles – des policiers en civil. Haefliger appela aussitôt le général Le Blanc, posté en banlieue.

– Le Blanc ? Haefliger. J'ai besoin de vous, ça part en couille ici…

– Qu'est-ce qui se passe ?

– Rappliquez en vitesse ! s'emporta Haefliger. Vous avez compris ? J'ai besoin de vous. Ça va déborder. Ils veulent marcher sur l'Assemblée.

– J'informe le ministre.

– Mais merde, vous n'avez pas besoin d'appeler le ministre pour ça ! Si je vous dis que…

– Je ne reçois d'ordres que de lui, trancha Le Blanc et il raccrocha.

Au PC des Forces spéciales, le général Dutuit remarqua sur l'écran de contrôle d'un drone qu'Haefliger faisait manœuvrer les Forces spéciales pour couper la route aux manifestants.

– Mais qu'est-ce qu'il branle ?

Il appela sur la ligne sécurisée, mais Haefliger ne répondit pas.

Trois sections des Forces spéciales sortirent des rues latérales et s'alignèrent sur toute la largeur du boulevard. Un rang aveugle, noir, où brillaient les casques et les boucliers. De sa voiture de commandement, Haefliger annonça au haut-parleur :

– La manifestation n'est pas autorisée au-delà de ce point. Faites demi-tour dans le calme et la discipline. C'est terminé, rentrez chez vous !

Ernest souleva la banderole, passa dessous et se porta au-devant des policiers.

– Vous n'avez aucune autorité pour nous empêcher de continuer. Laissez-nous passer !

– Ne m'obligez pas à utiliser la force, répondit Haefliger sans se montrer.

Les manifestants se mirent à scander :

– La police avec nous ! La police avec nous !

Ernest les fit taire.

– Nous allons avancer, s'égosilla-t-il. Notre manifestation est autorisée. C'est une marche pacifique. L'ordre public n'a rien à redouter.

– Pour la dernière fois : la manifestation est terminée ; ou vous faites demi-tour dans le calme et la discipline, ou je vous force à le faire.

– C'est de la provocation !

Haefliger sortit de sa voiture.

– Premier rang, en joue !

Les policiers firent glisser leurs armes dans leurs mains et visèrent les manifestants.

– Vous n'oserez pas !

– Reculez !

Les uns et les autres se mesurèrent en silence. Cela dura

sans doute peu de temps, mais beaucoup auraient juré que plusieurs minutes s'écoulèrent sans qu'aucun des deux camps ne bronche. La peur n'avait pas de chronomètre. Soudain Morgane tendit le bras vers une des rues perpendiculaires.

– Tout le monde par là ! cria-t-elle. Il n'y a plus de flics ! Venez tous par là ! La voie est libre !

En découvrant son côté droit, Haefliger avait laissé un espace libre.

– À l'Assemblée ! répéta Morgane, montrant le chemin. À l'Assemblée !

Ils s'y précipitèrent.

Priscilla

Bien à l'abri dans son studio, hors du monde, Vernon jubilait. Il venait d'intercepter une conversation entre le général Dutuit et Lequeux au siège du Triumvirat. « Qu'est-ce que fout Le Blanc ? braillait Lequeux. Il a peur ou quoi ? » Dutuit rageait lui aussi : « Il refuse de faire intervenir l'armée. Il dit que c'est une opération de police, que ça ne le regarde pas.

– J'appelle Saint-Raymond tout de suite, disait Lequeux, retenant sa colère. Le loyalisme de Le Blanc, parlons-en !

– J'ai pris sur moi de faire évacuer l'Assemblée.

– Vous avez bien fait. »

À ce moment, depuis le PC des Forces spéciales, Dutuit annonçait :

« Ça y est, les pro et les anti se tapent dessus.

– Ça, c'est plutôt bien, admettait Lequeux, ça nous sert.

Mais il faut impérativement que l'armée intervienne. Il y a urgence. Nos troupes doivent tout boucler avant ce soir ! Sinon, à quoi bon… »

Vernon appela Priscilla :

– Come on, baby, tu vas te marrer !

Priscilla le rejoignit en se déhanchant, un Bloody Mary à la main.

– Look at that, dit-il, montrant les images d'un drone qu'il venait de réussir à pirater.

La bataille ne faisait que commencer.

Priscilla se pencha pour voir les manifestants affronter ceux de l'autre bord tandis que Vernon lui caressait les fesses. C'était la rencontre de deux fleuves en crue, un chaos de boue et de pierres, une bataille de chiffonniers. Les uns attaquaient à coups de pied, de poing, de tige de fer ou de ciseaux, comme Morgane et les filles des Javottes, les autres ripostaient armés de parapluies, de pancartes, même d'une grande croix où pendait un jésus en plastique. Quand Vernon se leva et passa derrière elle pour relever sa jupe, Priscilla minauda : « Dirty pig ! » en s'offrant à lui.

Morgane

Morgane, sa sœur et leurs amies des Javottes filaient à l'Assemblée, laissant derrière elles la contre-manifestation. Elles n'avaient pas pris trop de coups et en avaient même donné plus qu'elles n'en avaient reçu. Ce qu'elles venaient de faire n'était ni exceptionnel ni héroïque pour Morgane, c'était normal. Sa vie n'était qu'une suite de combats qu'elle n'avait cessé de mener, contre les autres, contre elle-même.

Contre cette tristesse dissimulée sous l'énergie qu'elle déployait pour accomplir la moindre tâche. On disait d'elle qu'elle faisait face. Et c'était vrai, Morgane était une battante. Elle ne reculait jamais. Elle savait qu'un simple pas en arrière lui serait fatal, qu'un gouffre l'avalerait. Alors, elle allait de l'avant au mépris de sa santé, de son sommeil, de ses désirs. Son credo c'était : « Tout pour mes filles » ou : « Tout pour la lutte », selon les circonstances. Jamais « Tout pour moi ». Rien ne lui faisait plus horreur que l'égoïsme et son double l'avarice. Morgane était de cette race pour qui l'argent, le confort, les biens ne sont rien. Elle faisait partie de ceux qui donneraient leur chemise à plus pauvre qu'eux. Elle ne rêvait pas de devenir propriétaire, s'habillait « utile », ne se maquillait pas et se coupait les cheveux elle-même (et aussi ceux de ses filles, ce qui n'allait pas sans cris ni grandes attrapades). Sans doute était-ce pour cela que beaucoup la trouvaient dure, intransigeante, violente même, quand elle sentait que la raison politique trahissait la morale qu'elle défendait.

– Qu'est-ce qu'on fait ? demanda Rosa, arrêtant tout le monde quand elle estima qu'elles étaient à l'abri.

– On va à l'Assemblée ! réaffirma Morgane.

Elles se comptèrent. Outre Morgane, il y avait Rosa, Lucille, Zoulé, Amina et Aziza, la petite nouvelle.

– On ne va pas se dégonfler ?

– Non, mais…

– Moi, je veux aller à l'Assemblée, déclara Aziza.

Et, timidement :

– Je n'y suis jamais allée…

Leur rire fut un signal de départ.

Mamie Loulou

Bientôt 16 heures. Devant sa télé, mamie Loulou n'en croyait pas ses yeux.

– C'est pas Dieu possible !

Dans une grande bousculade où s'affrontaient les pro et les anti-gouvernement, elle venait de voir Morgane crier : « À l'Assemblée ! » Il lui semblait avoir aperçu aussi Rosa, son autre fille.

– Ah non ! J'y crois pas…

La mère de Morgane n'était pas femme à rester sans rien faire. Ses filles se battaient et elle n'allait pas les laisser se battre sans leur prêter main-forte. Tant pis pour les recommandations de Morgane, ses consignes de prudence et ses ordres de ne pas sortir. Elle appela les petites, attablées dans la cuisine pour goûter.

– Allez faire pipi, mettez vos manteaux, on sort !

– J'ai pas envie, chouina Chloé, la bouche pleine.

– On va chercher votre mère !

– Elle est où maman ?

– À l'Assemblée…

Mamie Loulou fit monter Garance, Cerise et la petite Chloé à l'arrière de la Red, comme elle appelait la vieille voiture rouge héritée de son mari. Elle prit le volant et démarra si brusquement que les filles se cognèrent les unes contre les autres.

– Mamie ! protesta Garance. T'es sûre que t'as le permis ?

Mamie Loulou retrouvait ses vingt ans ! Elle allait à la bagarre et cela effaçait son âge, son deuil, ses douleurs dans le dos et les épaules. À l'arrière, les filles s'effrayaient de découvrir leur grand-mère animée d'une telle ardeur, jurer en serrant le poing : « Ils vont voir, les salauds ! », brûler les feux en klaxonnant et rouler si vite qu'elles se serraient comme des chatons dans un panier. Mamie Loulou pensait à son père, aux grèves qu'il lui avait cent fois racontées, aux manifestations auxquelles ils avaient participé main dans la main, aux livres qu'il lui avait mis sous les yeux, au *Talon de fer* de Jack London, au *Vaisseau des morts* de Traven, à Panaït Istrati, Sherwood Anderson, Erskine Caldwell, Roger Vailland, Louis Guilloux et tant d'autres qui avaient fait d'elle une prof de français.

Ses petites-filles étaient à l'arrière de sa voiture mais, à l'avant, sur le siège passager, il y avait le spectre de son père. Pas de son mari, dont elle n'avait toujours pas admis le suicide, mais de son père, son héros.

Maxence

Enzo ne remarqua pas cette petite voiture rouge qui le dépassa à toute allure. Pour couper au plus court, il tourna sur la droite et engagea l'ambulance dans un sens interdit. Une voiture qui arrivait à grande vitesse en face d'eux le força à piler sec. De la main, Enzo fit signe au chauffeur de reculer. L'homme répondit par de furieux appels de phares et des coups de klaxon. Enzo se pencha à la vitre.

– Nous sommes prioritaires ! protesta-t-il.

Le conducteur sortit précipitamment de sa voiture, agitant les bras devant un panneau de signalisation.

– Vous ne voyez pas que vous êtes en sens interdit ? C'est à vous de reculer ! Je suis pressé !

Mongin le reconnut.

– Merde ! C'est Bayeux ! s'exclama-t-il.

Et, se penchant vers les autres :

– C'est le secrétaire d'État au Budget…

Maxence descendit le premier, suivi d'Henner, toujours caméra à l'épaule, de Daisy et des autres. Bayeux s'affola de les voir tous affublés de faux nez, de lunettes farces, cachés par des masques grotesques, la tête enturbannée de keffiehs ou de foulards noirs.

– Qu'est-ce que c'est que ce carnaval ? Qu'est-ce que vous me voulez ?

– Nous voulons vous aider, monsieur le ministre, le rassura Maxence, se demandant si Bayeux était l'homme dont le visage se dérobait dans son rêve. Si c'était lui qu'il empêchait de gravir le grand escalier du pouvoir ?

– Vous connaissez mon nom ?

– Tout le monde connaît FBI…

Bayeux s'énerva. Il ne voulait pas discuter.

– Si vous voulez m'aider, dégagez et laissez-moi partir. Je n'ai pas que ça à faire !

– Bien, monsieur le ministre !

Maxence répéta d'une voix de velours :

– Mais laissez-nous vous aider…

Tous acquiescèrent. Oui, ils voulaient aider le ministre !

– Vous allez où ?

– À la présidence, s'impatienta Bayeux. Vous ne savez donc pas ce qui se passe ?

Maxence s'approcha de lui.

– Il fallait le dire tout de suite ! Nous allons vous y conduire. En ambulance, vous y serez plus vite que la musique.

– Merci, mais je n'ai pas besoin de vous.

– Vous n'aimez pas voyager en ambulance ? demanda Daisy.

– Je ne suis pas malade ! s'emporta Bayeux. Et je me fous de votre ambulance. Vous pouvez comprendre ça ?

Il tourna brusquement la tête. Shandor venait de s'installer au volant de la voiture d'Anie.

– Sortez de là ! Je ne vous permets pas de…

Maxence lui saisit le bras.

– Venez, dit-il fermement, on y va. Il y a urgence.

Shandor fit reculer la voiture pour la garer à cheval sur le trottoir.

– Qu'est-ce qu'on dit ? demanda Michel, prenant l'autre bras de Bayeux. On dit merci !

Henner filmait toujours.

– C'est pour la télévision, précisa Mongin, tandis qu'ils installaient le secrétaire d'État à l'intérieur de l'ambulance.

– Vous êtes fous ! s'effara Bayeux. Je me plaindrai. Je ne veux pas aller avec vous ! Laissez-moi…

– Tss tss tss, fit Rianaldi, on ne fait pas de caprice, monsieur le ministre. Si on vous dit de venir, vous venez et roulez jeunesse !

Florian Bayeux

Gyrophare, sirène, l'ambulance roulait à toute allure, sans s'arrêter ni ralentir aux carrefours. Bayeux s'était fait confisquer son portable, son Hop-hop, sa tablette qui avaient aussitôt été détruits et éparpillés dans une rue. Qui étaient ces types et cette fille ? Que voulaient-ils vraiment ? Avoir un scoop ? Obtenir une rançon ? Le juger ? Il se sentait prisonnier, otage, condamné, mais il chassa vite ces idées noires. S'il voulait s'en sortir, il ne fallait pas qu'elles l'envahissent, qu'elles le noient. Il devait parler, parler, parler comme il l'avait appris dans ses séances de training. Parler, c'était la base de toute négociation. Il apostropha Henner :

– Vous travaillez pour qui ?

Mongin répondit à la place du cameraman :

– Pour Télé près de chez vous.

Et, souriant :

– Je peux vous poser une question, monsieur le ministre ?

Bayeux tergiversa :

– Pas ici. Plus tard si vous voulez…

Ne jamais contredire un homme dangereux.

– Juste un commentaire…, proposa Mongin.

Et sans laisser Bayeux refuser une seconde fois :

– Le gouvernement avait-il envisagé la possibilité qu'il y ait des morts pendant la manifestation ?

Bayeux fit comme s'il n'avait rien entendu. Voyant Maxence ôter son masque, il s'affola.

– Pourquoi vous ôtez votre masque ?

– Je n'ai rien à cacher.

– Je ne veux pas vous voir, protesta Bayeux. Je ne veux pas savoir qui vous êtes.

– Qui sommes-nous ? ricana Maxence. Le savons-nous nous-mêmes ?

Bayeux serra les poings pour dissimuler qu'il tremblait.

– Où m'emmenez-vous ?

– Au siège de la présidence. C'est là que vous allez, non ?

– Il n'y a pas de « siège » de la présidence, répliqua Bayeux. Vous êtes sûrs d'aller à la bonne adresse ?

Parler, parler, parler…

– Le Triumvirat n'a-t-il pas un siège ?

– Vous m'emmenez au Triumvirat ?

Maxence répondit avec toute l'amabilité dont il se sentait capable :

– Monsieur le ministre, nous sommes jeunes, c'est vrai, mais pas totalement stupides. Vous conviendrez avec moi que c'est au siège du Triumvirat que s'exerce la véritable présidence de ce pays. Je crois d'ailleurs que vous y connaissez tout le monde…

Marguerite

Dutuit, entouré de Marguerite et de trois contrôleurs, avait en ligne Boucher, le responsable de la sécurité du Triumvirat, un ancien grand flic passé dans le privé.

– J'ai mis deux drones sur eux. Nous ne nous étions pas trompés, l'ambulance se dirige droit vers vous.

– C'est confirmé ?

– Affirmatif. Nous les pistons depuis le début. Ils ont balancé les portables mais ils ne doivent pas savoir que la caméra a un GPS intégré.

– C'est qui ces types ?

– Ils ne sont pas dans le fichier central. Il y a l'air d'avoir une fille avec eux. Des anars ou des cocos…

– Nous serons prêts, affirma Boucher.

Il disposait d'une quinzaine d'hommes en armes. Profitant

de l'effet de surprise, il jugeait que ce devrait être suffisant. Feu à volonté et pas de quartier. Il ne tenterait pas de les arrêter. En prison, des types comme ça sont toujours dangereux ; peut-être même encore plus dangereux qu'en liberté. Il soupira pour lui-même :

– Oui, nous serons prêts…

Maxence

L'ambulance stoppa à deux cents mètres de leur objectif, dans une rue calme. Ils sortirent les armes dissimulées sous les brancards et dans les coffres vides de médicaments. Instinctivement, Bayeux se recula. Maxence, le lanceur de cartouches sur l'épaule, vint se planter devant lui.

– Le scénario est simple : vous êtes attendu pour faire une communication devant le cercle dirigeant du Triumvirat. Notre délégation vous accompagne au huitième étage. Deux d'entre nous sont vos gardes du corps.

– Ils ne vous laisseront jamais entrer.

– Vous marcherez en tête.

– Et si je refuse ?

Maxence lui réajusta sa cravate.

– Souvenez-vous du vers de Pavese : « La mort viendra et elle aura tes yeux »…

– Pavese ? Pourquoi vous me parlez de Pavese ?

Michel intervint :

– Je serai derrière vous. Au moindre geste, à la moindre tentative d'alerter les vigiles, vous êtes mort. Ok ?

Bayeux hocha la tête en signe d'assentiment. Il semblait

à la fois indigné et hébété. Sans nommer Daisy, Maxence précisa :

– Mademoiselle marchera à côté de vous. C'est votre collaboratrice. Elle aura un taser à la main, comme si c'était son portable ou le vôtre…

Florian Bayeux

Ils entrèrent au siège du Triumvirat sans problème, par la porte principale. Il n'y avait pas de vigile à l'entrée et une affichette « Hors service » pendait sur le portique de détection de métaux. Dans le hall, seuls deux gardes armés se trouvaient en faction près des ascenseurs ; un autre campait dans l'angle opposé, près du bureau d'accueil. Pourquoi si peu de monde ? Pourquoi pas d'hôtesses ? Pas de visiteurs ? Maxence eut immédiatement le sentiment que quelque chose clochait. Il marqua le pas. C'était bizarre que le hall soit si désert. Il n'aimait pas ça, non, il n'aimait pas ça. C'était anormal. Maxence s'apprêtait à donner l'ordre de laisser tomber et de faire demi-tour quand Bayeux fit ce qu'il n'aurait jamais dû faire. Profitant d'un instant d'inattention de Michel – étonné lui aussi par le silence immobile qui régnait dans le hall – il se précipita vers les ascenseurs en hurlant qu'il était…

Un des deux gardes, pensant que l'attaque était déclenchée, ouvrit immédiatement le feu et l'abattit d'une rafale de mitraillette.

Puis les autres se montrèrent.

Djamila

Djamila se pressait dans des égouts avec Charline la convertie, Youssouf, les deux dealers, Yazid et Mouloud, tous armés de kalachnikovs avec un chargeur plein et un chargeur supplémentaire. Djamila entrait dans une cave, passait dans une autre, suivait un long couloir aveugle plein de tuyaux et de fils électriques, repassait dans un égout, ressortait dans une cave où l'eau ruisselait, guidée par Ahmed qui seul connaissait le chemin. Yazid avait suivi à contrecœur mais il n'avait pas osé s'opposer à la volonté générale de passer à l'action au nom d'Allah le Miséricordieux.

Djamila se trouvait bête. Placée en apprentissage, elle n'avait même pas obtenu son CAP de coiffure. Elle s'était retrouvée à faire des shampoings chez Tifs for tous, le salon que gérait sa mère, une séfranc ; mais elle en avait eu vite marre de faire la conversation à des bonnes femmes à propos des people, de leur chien, de leur mari ou de leur amant, et d'écouter leurs jérémiades diverses et variées. Maintenant, elle se contentait d'être serveuse dans un foyer de jeunes travailleurs. Ce n'était pas très bien payé mais on lui fichait la paix avec son voile et elle avait toujours de quoi manger. C'était là qu'elle avait connu Mouloud. Un mercredi, il était venu déjeuner avec un petit cousin débarquant d'Algérie. Son regard de feu lui avait plu. Le dimanche suivant, Mouloud l'avait emmenée au bord de la mer, dans un coin sauvage avec des falaises hautes comme des montagnes. Sur la route il lui avait parlé du Prophète, de ce qu'il avait fait, de ce qu'il avait dit, du modèle qu'il représentait pour lui. Mouloud voulait savoir si Djamila faisait la prière, le ramadan, si elle était déjà allée à La Mecque, si elle voulait y aller, comment elle imaginait sa vie de croyante. Djamila avait menti, jurant de se comporter en bonne musulmane en toutes circonstances, sans rien dire de ce qu'elle buvait, fumait ni de ses aventures amoureuses. Comme elle était voilée et décemment vêtue à ses yeux, Mouloud l'avait crue. Après avoir pique-niqué dans des dunes, comme le Coran l'autorise, ils avaient conclu un mariage temporaire. Avant de faire l'amour dans la voiture, ils avaient récité la Fatiha : « Au nom d'Allah, le Bienfaiteur miséricordieux. Louange à Allah, Seigneur des mondes, Bienfaiteur miséricordieux, Souverain du jour du Jugement ! C'est toi que nous adorons. Toi à qui nous demandons de l'aide ! Conduis-nous dans la Voie droite. La Voie de ceux à qui tu as donné tes bienfaits. Ceux qui ne sont ni l'objet de ton courroux ni les égarés. »

Sur la route du retour, ils avaient eu une longue conversation à propos des épreuves que traversaient les musulmans dans le monde. Mouloud lui avait décrit le rôle des juifs dans la persécution des Palestiniens et des autres croyants en l'islam, la complicité des chrétiens – qu'il appelait les « croisés » – et l'horreur que représentaient aux yeux d'Allah tous les mécréants qui méprisaient son nom et crachaient sur le Prophète. Pour lui la voie était tracée, lumineuse : il devait combattre au nom d'Allah et tuer tous ceux qui refusaient le saint Coran. Il avait fait confirmer à Djamila qu'elle croyait qu'il n'y avait de Dieu qu'Allah et que Mahomet – béni soit son nom – était son Prophète. Et, prenant sa tête entre ses mains, il l'avait forcée à le regarder droit dans les yeux. « Si tu crois ce que je crois, il faut que mon combat soit ton combat, inch Allah ! »

Djamila avait été mobilisée d'office dans l'action que Mouloud préméditait depuis longtemps. Pour la gloire de l'islam, elle deviendrait une combattante et ne reculerait pas au moment d'aller au martyre. Pourquoi aurait-elle peur de mourir ? Qu'était sa vie consacrée à servir des plats et à faire la plonge dans une cuisine puante, comparée à celle promise par le Prophète ? Il avait cité le Coran : « Tous les croyants, hommes ou femmes, qui font le bien, voilà ceux qui entreront au Paradis*. » Que pourrait-elle regretter ? Sa misère ? Sa condition de serveuse ? Le regard obscène des mécréants sur elle ? Ne pensait-elle pas qu'elle ne s'accomplirait véritablement que dans la lumière du Très-Miséricordieux ? « La plus belle récompense se trouve auprès de lui** », avait récité Mouloud en arabe. Djamila ne le parlait pas mais il tenait à lui faire entendre la divine musicalité poétique de la langue du Prophète. Mouloud semblait avoir des citations pour éclairer chaque moment du jour, chaque décision à prendre, chaque geste à accomplir. Toutes ces paroles, toutes ces questions étourdissaient Djamila. Elle ne savait répondre que par des bouts de phrases, des mots mangés, des euh et des peut-être. Mouloud avait pris ses balbutiements pour une adhésion muette à son projet. Encore une fois, avant de partir, il avait répété : « N'oubliez jamais, quoi qu'il arrive : “Ceux qui croient combattent sur le chemin de Dieu***”. »

---

* Coran 4, 124.

** Coran 3, 195.

*** Coran 4, 76.

Bérangère

La contre-manifestation antimusulmane s'étirait, traversée d'accès de fièvre (cantiques chantés à pleine voix) et de soubresauts incontrôlés (slogans et injures envers l'islam).

– Islam, nazisme, même combat ! Expulsez les islamistes !

– Vous savez, confia Bérangère à Clotilde, aujourd'hui plus personne n'est capable de prendre une décision. Regardez le gouvernement. Bien sûr, je le soutiens, mais il fait un « projet » de loi pour s'occuper des musulmans. Dites-moi à quoi ça sert. Pourquoi faire un projet ? Qu'il fasse une loi et que tout soit réglé une fois pour toutes.

Et, sans la regarder :

– En toute fausse modestie, je ne sais pas si j'ai beaucoup de qualités, mais quand je veux quelque chose, je veux que ça suive, que ça ne traîne pas. Je décide et j'exécute, comme mon mari quand il opère.

Clotilde avoua son admiration :

– Vous avez de la chance ! Moi, trop souvent, j'hésite, je tergiverse, je procrastine…

– Vous n'avez pas hésité à nous rejoindre.

– Non, c'est vrai, admit Clotilde. Votre appel m'a paru frappé au coin du bon sens. Je crois moi aussi que le moment est venu pour que toutes les sensibilités politiques, toutes confessions confondues, fassent front contre l'invasion musulmane et ses manifestations de plus en plus insupportables.

– Vous avez mille fois raison, la félicita Bérangère. C'est très noble de vouloir que tout le monde se mélange mais ça n'a qu'un seul effet : nous tirer vers le bas. Nous pouvons être fiers de notre civilisation, fiers de nos racines judéo-chrétiennes, fiers d'être ce que nous sommes. Pourquoi y renoncerions-nous ? Hein, pourquoi ?

– Il n'y a aucune raison de renoncer, enchaîna Clotilde, certainement pas ! D'ailleurs, même si mon mari n'est pas d'accord, je vais sortir mes enfants de l'école publique et les mettre dans le privé. Le public, c'est la cour des Miracles…

Bérangère renchérit :

– Il n'y a pas que l'école ! Si vous saviez ce que mon mari voit à l'hôpital ! Il n'y a pas longtemps, un type, un Arabe, amène sa femme aux urgences après l'avoir tabassée. Eh bien, figurez-vous que ce joli coco ne veut pas qu'un homme l'examine. Il exige que ce soit un médecin femme ou une infirmière qui l'ausculte et veut assister à la consultation ! Ils se sont battus avec l'interne de service. Il a fallu appeler la police. Il préférait que sa femme meure plutôt qu'elle soit vue par un homme !

– S'il n'y avait que ça ! s'exclama Clotilde. Il y a les sectes. J'ai lu qu'il y en avait qui refusaient les transfusions sanguines !

Bérangère leva les yeux au ciel avec un grand soupir.

– Dieu nous aide ! Ce monde tourne à la folie !

Clotilde

Il n'y avait qu'un drone positionné au-dessus de la contre-manifestation et pas d'autres caméras de surveillance que celles affectées à la circulation. Haefliger ayant peu de policiers à leur envoyer, la sécurité du cortège était principalement assurée par le service d'ordre mobilisé par

Lenchanteur. Personne ne vit Mouloud surgir d'une porte cochère et se mettre aussitôt à tirer.

– Allah akbar !

Derrière lui Youssouf et les autres ouvrirent le feu aussi rapidement. Yazid retint violemment Djamila par un bras.

– Reste.

– Mais il faut que...

Il la désarma.

– Tu crois qu'Allah veut qu'on tue des femmes sans défense ?

– Lâche-moi ! Elles nous haïssent !

– Ferme-la ! Mouloud est dingue et les autres aussi. Tu veux mourir ?

Le bruit des rafales leur fit instinctivement baisser la tête. Rien n'arrêtait Mouloud.

– Allah akbar !

Tuer ! Tuer ! Tuer !

C'était un massacre, un carnage, une boucherie.

Côme Poupin, Charles Danglet, Brigitte Berthier-Conduit, Patrice Lenchanteur furent fauchés les premiers avec plusieurs femmes qui les entouraient. Un tir emporta le visage bouffi de suffisance de Marc-Edmée Choput. Clotilde reçut une rafale qui la projeta contre Bérangère, l'entraînant dans sa chute.

Les croisés tombaient comme des mouches.

– À plat ventre ! À plat ventre, tout le monde !

Les policiers du service d'ordre ripostèrent avec leurs armes de poing. La jeune convertie fut tuée d'une balle dans l'œil, Youssouf d'une en pleine tête. Ahmed et l'autre dealer furent blessés, l'un aux jambes, l'autre à l'abdomen, et achevés à terre. Trois policiers y laissèrent la vie.

Djamila

Mouloud, touché à l'épaule, se replia sous la porte cochère.

– Sales traîtres ! brailla-t-il, découvrant Djamila et Yazid qui n'avaient pas bougé.

Yazid n'hésita pas. Il vida son chargeur de kalachnikov sur lui.

Le bruit de son tir résonna longtemps dans la cage d'escalier.

Il y eut soudain un silence comme au milieu du désert ou de l'océan. Djamila enroula ses bras autour du cou de Yazid et se serra contre lui pour sentir la chaleur d'un corps vivant contre le sien ; pour effacer le regard que Mouloud lui avait envoyé à l'instant de mourir ; pour oublier son sang qui se répandait dans le couloir ; pour ne plus entendre au-dehors les cris d'effroi et de douleur.

– Cachons-nous, bégaya Yazid, troublé par cette femme pendue à son cou, par cette poitrine qu'il sentait palpiter contre la sienne, ce ventre collé au sien.

Il fallait faire vite. Les ambulances arrivaient, sirènes hurlantes, avec les Forces spéciales chargées de sécuriser le périmètre. Les flics seraient bientôt là, fouillant partout, chassant l'Arabe. Yazid poussa Djamila dans l'escalier.

– Fonce !

Ils emportèrent leurs armes pour ne pas laisser de traces et grimpèrent jusqu'au dernier étage.

Assise en haut des marches, Djamila pleurait. Elle pouvait entendre le bruit de ses artères dans ses tempes et le battement de son cœur qui cognait contre sa poitrine. Pour l'apaiser Yazid murmura à voix basse un bout de poème de Nazim Hikmet appris en prison :

Nous le savons tous deux, ma bien-aimée,
Nous ne sommes pas encore obligés de tuer,
Il ne nous est pas encore arrivé de mourir.

Il commença à pleuvoir.

D'abord ce fut comme la brume légère d'un vaporisateur. Puis le vent sembla venir en renfort, la pluie augmenta, devint tenace, violente. Des gouttes crépitaient sur le vasistas au-dessus de leurs têtes. Yazid et Djamila se serrèrent l'un contre l'autre. Djamila avait perdu son voile, ses cheveux étaient en désordre, un mauve profond cernait ses yeux. Elle ne voulait regarder ni en avant ni en arrière. Rien n'était arrivé. Mouloud était un djinn qui l'avait ensorcelée et Yazid l'avait renvoyé en enfer. Elle se sentait si fatiguée, si épuisée que chaque geste était une torture. Elle réussit à poser sa tête sur l'épaule de Yazid et renonça à bouger le moindre orteil. Arriverait ce qui arriverait. Le ciel se couvrait – non pas comme si la nuit tombait ou que l'orage grondait, mais comme si l'on tendait un dais noir au-dessus d'eux.

Il pleuvait dru à présent.

Sur les deux boulevards, manifestants et contre-manifestants ouvrirent leurs parapluies, enfilèrent leur K-way ou se protégèrent de sacs plastique, maudissant le ciel. Un plaisantin lança :

– Météo nationale, météo du capital !

Une femme remarqua que la pluie avait une couleur étrange, un peu bleue. Le premier qui en reçut une goutte sur le dos de la main ressentit une brûlure. Puis un deuxième, puis un troisième...

C'était une pluie corrosive.

Elle perçait les parapluies, crevait les impers, attaquait les têtes, les bras, les jambes. Il y eut un vent de panique dans la foule. Tous cherchaient à s'abriter le long des immeubles, sous les auvents des magasins ou sous leurs pancartes en bois. Une nuée noire, effrayante, déchira le store d'une brasserie et chassa les derniers qui s'obstinaient. Bientôt il n'y eut plus sur la chaussée que les banderoles NOUS SOMMES TOUS DES MUSULMANS et NON, dont les lettres s'effaçaient une à une sous les rafales ; comme sur l'autre boulevard, s'effaçaient celles de NOUS VOULONS DIEU ! tachées de sang.

Un ciel de nacre nappait l'air d'une lumière blafarde.

Malgré le déluge, les Forces spéciales de sécurité tentèrent de maintenir leurs positions. Elles firent la tortue romaine. En vain. La pluie diluvienne entamait le plastique de leurs boucliers. Les policiers allèrent s'abriter d'urgence dans leurs véhicules. Mais de nouveau ils durent fuir et se regrouper sous les porches des bâtiments les plus proches. L'eau brûlante entamait la tôle des cars, celle des casques aussi. Les manifestants se sentaient perdus, désemparés, ne sachant plus s'il fallait en appeler à Dieu ou à diable. Il y eut des cris, des appels au secours mais personne n'osait se risquer sous le feu grégeois qui pleuvait sur eux. Les nuages grondaient, roulant les uns contre les autres, se déchirant pour se reformer deux fois plus gros encore. Leur colère allait crescendo, affolante et lugubre. L'eau ne tombait pas, elle croulait. C'étaient des murs liquides qui s'abattaient par pans entiers. Le ciel se faisait océan en tempête. Il y avait des moments d'accalmie où l'on pensait que tout allait cesser, puis il suffisait d'une bourrasque plus puissante que les autres pour que les trombes d'eau reprennent vigueur et force. Une vapeur de soufre ou d'ammoniac monta de la chaussée détrempée, provoquant des étouffements et des toux. La foule se remit alors en mouvement, longeant les murs à la queue leu leu, poussée par une sorte de frayeur où chacun se mit à suivre l'autre plutôt que de se fier à son intuition. La pluie redoubla. Chaque goutte tombée allumait sur le bitume une petite flamme comme des feux de Saint-Elme. Le revêtement fondait. Quelqu'un cria :

– C'est la fin du monde !

Et tous rentrèrent un peu plus leur tête dans les épaules.

Marguerite

Les drones s'éteignirent soudainement sur les écrans de contrôle de la salle de télésurveillance au PC des Forces spéciales. Dutuit, furieux, sortit de son bureau de verre. Marguerite se précipita à sa rencontre.

– C'est la pluie !

– Comment ça, c'est la pluie ?

– Tous nos drones semblent avoir été détruits par ce qui nous tombe dessus !

Dutuit descendit auprès des contrôleurs qui pianotaient désespérément sur leurs claviers devant des écrans noirs.

– Alors ?

– Plus aucun signal, plus rien, dit le premier d'entre eux. C'est comme s'il avait plu de l'acide chlorhydrique.

– Ça vient d'où ? Une puissance étrangère ?

– Rien ne l'indique.

– Un hacker ? proposa Marguerite.
– Qui serait capable de faire ça ?
– Un homme seul.
– Non, je n'y crois pas, affirma Dutuit. Et Internet ?
– Rien.
– On peut quand même téléphoner ?
– Oui, si ça passe.
Il demanda :
– Est-ce que vous autorisez Ribier à sortir ?
Ils étaient en code 5. Sur ordre écrit de Dutuit, Ribier put exceptionnellement quitter le bunker pour aller aux nouvelles. Dutuit attendait son rapport dans un quart d'heure, pas plus tard. Il se caressa le menton.
– Vous êtes sûrs que c'est la pluie ?
– Quoi d'autre ?
– Admettons. Si ça ne vient pas de l'étranger, ça viendrait de quoi à votre avis ? demanda-t-il, beaucoup plus préoccupé qu'il le montrait. D'une activité industrielle ? D'essais plus ou moins lointains ? Un truc militaire ? L'explosion d'une supernova ?
– Si on savait…, soupira un contrôleur.
Marguerite s'interrogea à voix haute :
– Ça ne pourrait pas être une action terroriste ?
Un groupe islamiste ? Non. Dutuit repoussa l'hypothèse.
– Je ne vois pas qui aurait la capacité d'utiliser des armes chimiques sur notre territoire. Comment feraient-ils d'ailleurs ?
– Des drones, plus puissants que les nôtres. Techniquement supérieurs. Il paraît que les Américains…
– Non.
– Les talibans, les Saoudiens…

– Pas ici, pas comme ça.

Les dernières images transmises étaient celles de Morgane et des Javottes investissant l'Assemblée, stupéfaites de découvrir les couloirs et l'hémicycle totalement vides.

Morgane

Sur injonction de Dutuit, les vols commerciaux étaient provisoirement suspendus. L'aviation de chasse patrouillait dans le ciel à la recherche d'engins hostiles. Tout le personnel de la météo nationale était mobilisé pour déterminer la nature et l'origine de la pluie. De son côté, Rivière, le ministre de la Sécurité intérieure, avait lancé une vaste opération de police pour rechercher les éventuels complices des assassins des contre-manifestants. Ordre était donné de contrôler tous les véhicules et leurs passagers, d'arrêter tout suspect, musulman ou non.

Mamie Loulou, Garance, Cerise et la petite Chloé avaient pu se réfugier à temps sous un pont. Elles avaient vu l'eau se hérisser de mille points ardents, redoutables et fascinants à la fois. Le ciel s'était coupé en deux, une blessure franche au couteau. D'un côté un noir de suie, de l'autre un éclat étonnant, et la pluie qui avait cessé aussi soudainement qu'elle avait commencé. La Red avait été sérieusement abîmée par l'averse. Son toit, son capot, grêlés de brûlures bleuâtres, la faisaient ressembler à une étrange coccinelle. Elles sortirent de leur refuge.

– À l'Assemblée ! cria Cerise, comme si elle commandait une course à un taxi.

– À l'Assemblée ! répéta en riant mamie Loulou.

Et les trois filles reprirent en chœur :
– À l'Assemblée !

La ville affichait partout un air de ruine, de terre brûlée, de reflux d'inondation. Ça puait le feu et la vase. Autour de l'Assemblée, les voitures, les magasins, les restaurants, tout semblait abandonné. Dans les rues adjacentes, mamie Loulou et les filles ne rencontrèrent pas forces policières. Personne non plus sur la place ni devant le bâtiment, semblable au décor oublié d'un film. Elles gravirent de front le grand escalier, entrèrent puis suivirent prudemment l'indication « Hémicycle ». Mamie Loulou se méfiait, cherchant à gauche, à droite d'où le danger pourrait venir. Elles pénétrèrent toutes les quatre, sur la pointe des pieds, dans la grande salle en demi-cercle tendue de velours rouge. C'était vide, pas un député, pas une députée. Morgane discourait à la tribune devant Rosa, Lucille, Zoulé, Amina et Aziza assises au premier rang :

– Où sont-ils ? Où sont-elles ? Où sont celles et ceux censés nous représenter ? Pourquoi sont-ils absents alors qu'on se bat partout ; qu'il y a des morts et des blessés ; que les forces de police agissent comme les nervis du Triumvirat ; que le pire est en marche ? Ont-ils été arrêtés comme l'ont été des syndicalistes ? Non. Sont-ils dans la manifestation comme les lycéens, les étudiants, pour montrer leur solidarité contre l'ordre noir que le gouvernement veut imposer ? Non. Où sont-ils ? Sont-ils cachés ? Sont-ils partis loin, très loin de ce qui se passe ici ? On ne le sait pas. Parions qu'ils ont fui avec la complicité de la police et de l'armée. Ils ont déserté, sans même attendre que le danger – nous, le peuple ! – soit à leur porte. Comme

Amiel Lombard qui à lui seul les incarne tous, non seulement ce sont des traîtres mais surtout ce sont des lâches, mus par une seule idée : défendre leurs privilèges. Eh bien nous allons les attendre, occuper l'Assemblée jusqu'à ce qu'ils reviennent devant nous ou qu'on les y ramène de force.

Morgane s'interrompit un instant, découvrant ses filles et sa mère installées sur le même rang.

– Oui, nous allons tenir, reprit-elle dans leur direction. Tenir jusqu'à ce qu'ils soient là…

Elle appuya sur chacun de ses mots :

– Et nous les forcerons à remettre leur mandat !

Mamie Loulou fut la première à applaudir. Quelle actrice aurait été sa fille si elle avait osé monter sur scène au lieu de faire de la comptabilité !

Ernest

Ernest avait été évacué de la manif pendant la bagarre avec les contre-manifestants. Maurier et Stéphane l'avaient poussé dans une camionnette de blanchisserie. « C'est à nous cette bagnole ?

– Plutôt voleur que mendiant ! » avait fanfaronné Stéphane en forçant la serrure.

Maurier fit sortir la camionnette de blanchisserie d'un parking souterrain où ils s'étaient abrités pendant la pluie.

– Quand même, ça m'emmerde. On n'aurait jamais dû laisser les filles toutes seules, regrettait Ernest.

– T'inquiète, c'est des courageuses, elles se débrouilleront très bien sans nous, le rassura Stéphane.

Et, d'un ton moqueur :

– Pense à la télé ! Tu connais le proverbe : « Faut pas lâcher la proie pour l'ombre » !

– T'as d'autres conneries à me sortir ?

– Plein mon sac ! T'as qu'à demander.

Maurier n'en revenait toujours pas.

– Putain, je donnerais cher pour savoir ce qui dégringolait !

– Tu crois que c'est un nouveau truc de la police ? demanda Ernest.

– C'est la colère de Dieu ! s'esclaffa Stéphane. La pluie de soufre et de feu qui tombe sur Sodome et Gomorrhe…

Et, content de lui :

– J'aurais pas fait mon caté pour rien !

Les rues portaient partout des plaies à vif. Il y avait des trous plus ou moins profonds dans les vitrines des magasins, sur la façade des immeubles. Chaque goutte tombée avait laissé sa marque sur le goudron, dans le verre, sur la pierre. Les plastiques, les textiles étaient brûlés. Devant ce spectacle de champ de bataille, Maurier répéta une fois encore :

– Putain de putain de putain !

Il conduisait vite. La pluie les avait mis en retard. Il fallait qu'Ernest rejoigne rapidement le point de rendez-vous où les camarades l'attendaient pour le faire entrer secrètement dans le studio du journal de 20 heures. Maurier tourna à droite pour rejoindre la voie rapide. Erreur, malchance ? Il aperçut trop tard le barrage policier qui bloquait toute la largeur de la rue. Maurier écrasa le frein, enclencha la marche arrière et appuya à fond sur l'accélérateur. La camionnette recula, moteur hurlant, jusqu'au carrefour.

– Barre-toi ! ordonna-t-il à Ernest. On s'en occupe !

– Fonce à la télé ! ajouta Stéphane, ramassant son fusil à pompe.

Ernest sortit précipitamment et se mit à courir sans se retourner. Stéphane cria :

– Ne lâche pas la proie pour l'ombre !

La camionnette démarra sur les chapeaux de roue, Ernest entendit un échange soutenu de coups de feu, un fracas de tôle brisée, des braillements, des beuglements, un concert de voix affolées dont l'écho s'éteignit dans sa course.

Daisy

Ernest galopait sur le trottoir mais Daisy n'eut pas le temps de le reconnaître quand il passa près d'elle. Le jour, lentement, se dissolvait. Les hurlements de la ville se fondaient en un bourdonnement sourd et lointain. Daisy se sentait mal. Elle se sentait fiévreuse. Elle se sentait coupable. Un froid étrange la saisit. Tout lui pesait, l'écrasait dans les rues. Des hommes et des femmes marchaient devant elle sans se retourner. Une humanité sans visage et sans âme. Personne ne semblait prêt à lui faire l'aumône d'un regard. Des robots voués à rejoindre d'autres robots dans l'ordre meurtrier qui accouchait du monde nouveau. Daisy ne savait pas ce que Maxence et les autres étaient devenus. Était-ce pour cela qu'on lui tournait le dos ? Comment pourrait-elle le savoir ? Elle plaida que tout s'était passé si vite au siège du Triumvirat ! Trop vite même pour qu'elle ait conscience de ce qui arrivait. Bayeux tué le premier, Henner, presque aussitôt scié en deux par un tir, avait laissé tomber la caméra avant de s'écrouler. Mongin hurlait : « C'est pour la télé ! Ne tirez pas, c'est pour la télé ! » Mais personne n'y prêtait attention.

Maxence avait plongé sur elle pour la protéger. Il avait riposté avec son arme automatique, touchant les deux gardes près des ascenseurs. À gauche de l'entrée principale, il y avait une porte de service. Maxence lui avait crié : « Sauve-toi ! » Et il s'était avancé la tête haute, tirant sans relâche, face aux gardes armés qui sortaient de partout. Protégée par les cadavres de Bayeux et d'Henner, par le corps de Mongin, blessé, qui continuait de brailler : « C'est pour la télé ! », elle avait réussi à se traîner jusqu'à la porte.

« Où on va comme ça, ma cocotte ? » Boucher, en planque, lui avait coupé la retraite. Par réflexe – par instinct de survie – elle avait actionné son taser, l'envoyant dinguer à cinq mètres de là. Le reste était confus. Avait-elle entendu Bayeux murmurer : « Glockenspiel » lorsqu'elle rampait vers la sortie ? Michel avait-il crié : « Kiwi caillou ! » pour couvrir sa fuite en détournant l'attention des gardes ? Avait-elle perdu la tête en hurlant : « Ne meurs pas ! » sans savoir si elle parlait d'elle ou de Maxence ? Elle avait couru. Elle avait pleuré. Elle avait crié. Et maintenant…

Daisy s'arrêta. Elle renifla son sweat. Il sentait la sueur ; il sentait les larmes et la peur. Sa vie la transperçait de part en part. Ses genoux saignaient un peu, elle avait mal au bras. Elle s'était cognée en tombant. Ses lunettes s'étaient tordues. Elle les redressa. Sa tête tournait. Comment lutter contre sa propre inertie ? Comment ne pas se laisser aller à un sommeil aussi doux qu'étouffant ? Devrait-elle toujours souffrir des choses qui lui arrivaient sans être capable de les changer ? Elle se revit un instant, glacée d'une angoisse muette, sans cri, sur le sol en marbre du Triumvirat, vide de toute pensée, poussée par le seul désir de vivre comme son ancêtre préhistorique remontant des eaux profondes, pour mettre pied sur terre. Elle avait fui et elle était sauve – en vie ! – alors que…

Après avoir vérifié que nul ne pouvait la voir, Daisy s'accroupit entre deux voitures. Elle avait honte, ce n'était pas le moment, mais une envie pressante la tenaillait. Elle aurait voulu se perdre, errer au hasard des rues. Sans but. Certaine que dans son égarement, sous une forme ou une autre, elle rencontrerait quelqu'un, un mot sur une vitrine, le nom d'un lieu qui lui dirait avec certitude où elle devait aller. Maxence l'attendrait dans un endroit secret où elle lui ferait don de son corps afin qu'il puisse lui faire don du sien. Elle ne désirait rien d'autre. S'il souffrait, elle voulait souffrir sa souffrance. S'il riait, elle voulait rire avec lui, pleurer même si Maxence ne pleurait jamais. Et s'il aimait, elle voulait que ce soit elle qu'il aime plus que la Révolution, plus que tout.

Devait-elle retourner sur ses pas ?

Amiel Lombard

Posté devant la télévision depuis des heures, Amiel attendait l'appel qui allait transformer sa vie. Les infos venaient d'annoncer la démission du gouvernement et, en particulier, du ministre de la Sécurité intérieure. La sonnerie de la porte le fit sursauter. Clotilde devait avoir oublié ses clefs. Amiel se hâta d'aller ouvrir, maugréant que ce n'était vraiment pas le moment de le déranger…

– Ernest !

Amiel n'eut pas le temps de manifester son étonnement. Ernest le bouscula pour entrer, ferma la porte au verrou et, un doigt sur la bouche, lui intima de se taire. Amiel, incrédule, ne savait que faire, quelle attitude adopter devant la dernière personne qu'il s'attendait à trouver chez lui. Soudain on sonna de nouveau avec insistance. Ernest retint le bras d'Amiel. Il ne fallait pas qu'il ouvre trop tôt, comme s'il était caché derrière la porte. Après les coups de sonnette, ce furent des coups de poing frappés énergiquement.

– Ouvrez, police !

Ernest se plaqua contre le mur et sur un signe de tête, après un temps raisonnable, autorisa Amiel à ouvrir.

– Nous cherchons le type du Syndicat, Ernest machin-chose…, dit en haletant un sergent des Forces spéciales, pistolet au poing. Il est entré dans l'immeuble !

Amiel jeta un coup d'œil dans l'escalier où d'autres policiers accompagnés de militaires tambourinaient aux portes.

– Je regardais la télé, dit-il. Je n'ai rien vu, rien entendu. En plus, j'étais enfermé…

– Je peux entrer ?

Amiel le toisa.

– Vous savez qui je suis ?

Le sergent hésita à répondre, ne sachant s'il…

– Amiel Lombard, je suis député, assena-t-il, ma photo est dans tous les journaux. Vous croyez qu'un syndicaliste se cacherait chez moi ?

– Non, mais…

– Si votre homme est passé par l'escalier, il a dû filer par la terrasse. Qu'est-ce que vous attendez pour grimper là-haut ?

– La terrasse ? Oui, la terrasse. Bien, monsieur le député.

Le sergent salua et Amiel referma la porte. Le pouce levé, Ernest le félicita pour son sang-froid. Ils passèrent dans le salon sans échanger un mot.

Amiel était furieux.

– Tu te rends compte de ce que tu me fais faire ?

– Ils veulent me tuer.

– T'es dingue ! Personne ne veut te tuer...

– Ils en ont tué d'autres.

– Qu'est-ce que tu racontes ? Oui, il y a eu des morts, mais la faute à qui ?

– Pas au Syndicat, répondit Ernest d'une voix blanche. Cette manif était un traquenard monté par le gouvernement...

– Mais tu dérailles, mon pauvre Ernest, s'exclama Amiel, il faut que tu arrêtes de lire de la science-fiction ! Tu crois que le gouvernement ne pense qu'à monter des coups pour piéger des types comme toi ? Mais il s'en fout des types comme toi. Vous êtes trop minables. Trop dépassés, out. C'est ce que tu n'arrives pas à comprendre ni à admettre : le syndicalisme, les manifestations, les revendications, tout ça c'est fini, terminé, bon à mettre au grenier avec les autres vieilleries révolutionnaires, la lutte des classes et tout le bazar. Il faut penser monde et arrêter de se regarder le nombril.

Ernest avait retrouvé son calme.

– Je peux te poser une question ?

– Oui, mais vite. J'attends un appel très important.

– Qu'est-ce qu'on t'a promis ?

– Comment ça, qu'est-ce qu'on m'a promis ?

– Sans toi, la loi sur le contrôle généralisé ne passait pas. Alors qu'est-ce qu'on t'a promis pour obtenir ton vote ?

Amiel tenait sa revanche. Il plissa les yeux avec gourmandise.

– Je vais te le dire. Tu ne le sais peut-être pas encore, mais Rivière a démissionné, ça vient d'être annoncé à la télé. Dans quelques instants le téléphone sonnera pour m'annoncer que Bayeux, devenu Premier ministre, me propose le portefeuille de la Sécurité intérieure…

– Tu vas être ministre ?

– Ça te la coupe, hein ? Tu as bien pris la tête du Syndicat, je peux bien devenir ministre, non ?

– L'histoire te jugera.

– Non, personne ne me jugera ! s'amusa Amiel. C'est moi qui vais juger les autres. D'ailleurs, dès que je serai nommé, tu dégageras de chez moi – et vite ! Par bonté, en souvenir du passé, je te laisserai une demi-heure avant de signaler que je t'ai vu sortir de mon immeuble…

Ernest voulut répliquer mais le portable d'Amiel se mit à sonner. D'un geste impératif, Amiel lui fit signe de s'éloigner. Il n'avait pas à écouter cette conversation. C'était le secrétaire général du gouvernement…

– Amiel Lombard ?

– Oui…

– Laurent Ganesh…

– J'attendais votre appel.

Il y eut un silence.

– Monsieur le député, dit enfin le secrétaire général, j'ai la mission douloureuse de vous prévenir…

Il prit une profonde inspiration.

– … que votre femme fait partie des victimes.

– Ma femme ? Clotilde ? s'étrangla Amiel, se refusant à comprendre. Elle fait partie des…

– Elle est morte, je suis désolé.

Il précisa :

– Un commando islamiste.

Amiel vacilla, le souffle coupé. Il avala sa salive et, retrouvant ses esprits :

– Et mes enfants ? bredouilla-t-il.

– Vos enfants étaient à la manifestation ?

– Ils étaient avec ma femme !

– Nous allons lancer immédiatement une recherche pour les localiser, répondit Ganesh, sans paraître s'émouvoir.

– Vous ne savez pas où ils sont ?

– Nous ignorions qu'ils étaient présents.

Amiel laissa tomber le téléphone et poussa un hurlement qui ne semblait jamais finir. Un long cri inarticulé. Un cri d'animal blessé qui réclame qu'on l'achève. Ernest ramassa le portable. Il entendit Ganesh présenter ses condoléances et ajouter :

– Dans ces circonstances, vous comprendrez que votre nomination ne saurait être actée. Laissons le temps faire son œuvre… Vous devez faire votre deuil.

Ernest se rapprocha d'Amiel.

– Tu n'es pas nommé, lui dit-il simplement en lui rendant son téléphone.

Mais Amiel n'entendit pas, il délirait, beuglait :

– Clotilde est morte ! Morte ! Morte ! Elle est morte et mes enfants ont disparu !

Ernest se massa le front comme il le faisait chaque fois qu'il recevait une mauvaise nouvelle. Encore une morte, encore des morts, toujours des morts, des morts… Combien avaient laissé leur vie pendant la manif ?

– Ils vont retrouver tes gosses, assura-t-il. Ils ne peuvent pas être perdus.

Amiel se précipita sur lui.

– Salaud ! Salaud ! C'est de ta faute si elle est morte ! C'est de ta faute !

Ernest le contint.

– Calme-toi. L'important, c'est que tu retrouves vite tes enfants.

– L'important, c'est que je sois ministre ! répliqua Amiel, sans mesurer ce qu'il disait.

– Oublie ça, pense à tes enfants.

– Tu me prends pour un con ? Mes enfants sont morts aussi ! Disparus, ça veut dire morts ! Vous avez bousillé ma vie !

Ernest le repoussa loin de lui.

– Ton gouvernement, tes amis conservateurs, tous les industriels qui les soutiennent, les banquiers, les financiers, le Triumvirat, tous ceux que tu trouves tellement modernes, ce sont eux les assassins de ta femme et de ceux qui sont morts aujourd'hui. La manif c'était de la pure provocation. L'affrontement était inévitable. La police voulait une bataille ! Et c'est ce qu'ils ont eu. À l'heure qu'il est, ils se congratulent en versant des larmes de crocodile sur ta femme et sur les autres qui y ont laissé leur peau.

– Tu ne comprends rien ! Tu n'as jamais rien compris ! Tu ne comprendras jamais rien !

– C'est toi qui n'as pas compris ! Les promesses qu'on t'a faites n'étaient que du vent pour obtenir ton vote ! Je suis prêt à parier qu'ils n'ont jamais eu l'intention de les tenir, pas plus hier qu'aujourd'hui. Fais-moi confiance, la mort de ta femme vient de leur offrir un prétexte en or pour t'écarter.

Ernest ne parvenait pas à se taire.

– C'est pathétique de penser qu'il suffit de faire miroiter

un ministère à un type intelligent comme toi pour qu'il abdique tout jugement critique et qu'il renonce à ce qu'il est !

Il tendit le bras vers Amiel.

– Regarde-toi, mais regarde ce que tu es devenu ! Tu ne penses qu'à bouffer ! Tu es gros, tu es gras, tu ne te vois même plus pisser !

– Je t'emmerde ! J'ai peut-être du bide mais au moins je ne me prends pas pour Jésus qui va sauver l'humanité !

– Vaut mieux se prendre pour Jésus que pour Pierre qui a trahi tout le monde !

La sonnette de la porte tinta. Amiel s'illumina.

– C'est la police !

Il se précipita dans l'entrée.

– Il est là ! cria-t-il. Il est là, vous pouvez l'arrêter !

Ernest saisit en vitesse une pelle à feu posée contre la cheminée. Il ne se rendrait pas sans combattre. Ce fut inutile. Ce n'était pas la police qui revenait mais Djamila, accompagnée de Briac et Victoire, les enfants d'Amiel…

Haefliger

Dès que la police et les soldats eurent quitté l'immeuble, Ernest partit pour rejoindre les camarades qui le feraient entrer dans les studios de la télévision. Le couvre-feu avait été décrété. Toutes les télévisions l'annonçaient : à partir de 20 heures, plus personne, sauf autorisation expresse, n'aurait le droit d'être dehors. Le général Le Blanc, relevé de son commandement, était remplacé à la tête des troupes qui sillonnaient désormais la ville par le général Vaneck, commandant les parachutistes de la Légion étrangère. À la suite de la démission du ministre de la Sécurité intérieure, celle du gouvernement tout entier avait été acceptée. À la demande de Lequeux, le président Saint-Raymond, prenant acte du décès de Bayeux, avait aussitôt nommé Pierre-Jean de Lavoye, le leader des Conservateurs, au poste de Premier ministre. Une heure plus tard, les noms du nouveau gouvernement étaient publiés.

Avant de prendre l'antenne, Olivier Gouverneur, un des deux présentateurs du journal télévisé de TPCV, se pencha vers le commandant Haefliger, nouveau ministre de la Sécurité intérieure.

– Monsieur le ministre, par curiosité, vous permettez que je vous pose une question ?

Il précisa :

– Off record…

– Je vous en prie, faites.

– Votre nomination est un peu une surprise, non ? Le nom d'Amiel Lombard circulait beaucoup dans les rédactions ces temps-ci…

Haefliger l'interrompit :

– Amiel Lombard est un homme de qualité, dit-il en se rengorgeant, et j'ai pour lui une grande estime, mais au vu des événements tragiques de ces dernières heures, chacun peut comprendre qu'il choisisse en priorité de s'occuper de ses enfants dont la maman a été lâchement abattue par des djihadistes musulmans…

Juliette Claudon fit signe à son collègue : antenne dans deux minutes.

– Ça va être à nous, monsieur le ministre, dit Gouverneur.

– Je suis prêt, sourit Haefliger, content d'avoir si bien embobiné ce crétin de journaliste.

Le nom d'Amiel Lombard avait été lâché à la presse comme un leurre et ce leurre avait fonctionné à merveille ; quant à la mort de ce jeune con de Bayeux, c'était un cadeau du ciel. Haefliger n'avait jamais supporté la prétention de FBI, sa certitude d'être appelé à un destin national, ses leçons d'économie, sa morgue et sa pouffiasse qu'il promenait partout. Le générique défila sur les écrans de contrôle, Juliette prit la parole la première :

– Nous recevons ce soir le commandant Haefliger qui vient d'être nommé ministre de la Sécurité intérieure. Bonsoir, monsieur le ministre...

– Bonsoir.

– À l'heure où nous parlons, peut-on tirer un bilan des terribles événements qui ont eu lieu aujourd'hui pendant la manifestation ?

– Avant de vous répondre, je veux rendre hommage à Florian Bayeux, secrétaire d'État au Budget, assassiné par des terroristes anarcho-communistes, et aux forces de police qui, par leur sang-froid, leur courage, ont permis que le bilan de cette malheureuse journée ne soit pas plus meurtrier.

– Combien de morts dénombre-t-on ? intervint Gouverneur.

– Il y a eu sept morts dans les forces de l'ordre, s'affligea Haefliger, de très nombreux blessés parmi la police et les responsables du maintien de l'ordre. Je n'ai pas encore le chiffre officiel pour les manifestants...

Chez lui, Amiel Lombard frappa du poing sur la télévision.

– Les salauds ! Les salauds ! Les pourris !

– Calmez-vous, monsieur, dit Djamila, vous devez vous occuper de vos enfants.

– Mais vous ne comprenez pas ce qui se passe ? Je devais être nommé ministre et ils en nomment un autre à ma place !

Djamila baissa les yeux.

– Votre femme est morte…

– Mais je m'en fous de ma femme ! fulmina Lombard. Je ne l'ai jamais aimée ! Ah, ils étaient tous comme des chiens en chaleur autour d'elle ! Pensez, la fille unique des Le Goff, ça promettait beaucoup de fric ! Vous les auriez vus, baveux, obséquieux, prêts à toutes les bassesses pour la séduire. Mais c'est moi qui l'ai eue. Je n'avais pas fait les grandes écoles, je ne venais pas d'une famille de médecins ou de notaires, mais j'étais malin, « furbo » comme disent les Italiens. Et c'est moi qui l'ai conduite à la mairie au nez et à la barbe de tous ces gommeux de HEC ou de Sciences Po…

Djamila insista :

– Il faut que vous alliez voir vos enfants, monsieur, ils pleurent. Vous ne les entendez pas ?

Amiel l'écarta d'un geste impatient.

– Je dois téléphoner, dit-il, s'observant dans le miroir au-dessus de la cheminée. Je ne vais pas me laisser entuber comme ça !

– Vous êtes leur père, insista à nouveau Djamila.

Il se mit à rire.

– Leur père ! La belle affaire. Leur père ! Ça en jette d'être père ! Mais à quoi ça leur servirait d'avoir un père qui s'est fait mettre sans rien voir venir ? Hein, à quoi ça leur servirait d'être les héritiers de la reine des pommes ?

Haefliger poursuivait sa tirade :

– … et, après le Premier ministre, au nom de tout le gouvernement, de tous les élus, je veux à mon tour, solennellement, appeler le président Saint-Raymond à prendre les pleins pouvoirs, puisque les institutions de la République, l'indépendance de la Nation, l'intégrité de notre territoire sont menacées d'une manière grave et immédiate et que le fonctionnement régulier des pouvoirs publics constitutionnels est interrompu.

– Vous voulez dire qu'un État fasciste s'établit officiellement à partir de ce soir ? déclara Ernest, debout au fond du studio.

Les caméras se braquèrent sur lui.

Marlène

Marlène se dandinait, avançant dans les couloirs moins vite qu'elle le voulait. Fichu poids ! Sans compter qu'elle était certaine d'être enceinte de Jocelyn. Ernest avait eu le temps d'appeler tous les citoyens à s'insurger contre le coup d'État « fomenté par l'oligarchie, les militaires et les politiciens à leurs ordres » et d'une voix forte de réclamer vengeance pour les quarante ou cinquante morts parmi les manifestants dont Haefliger feignait d'ignorer le nombre. Ensuite, profitant de la bagarre entre la sécurité de la chaîne, celle du ministre et les cameramen accusés d'être complices d'un terroriste, Marlène avait réussi à faire sortir Ernest par le fond du studio. Ils se hâtaient dans un escalier métallique. Neuf étages à descendre en quatrième vitesse.

Comme prévu, un petit car-régie les attendait devant une sortie de secours. Quand Marlène découvrit Charlie au volant, elle resta bouche bée. Que faisait-il là ? Ce n'était pas lui qui… Pendant un instant, ils restèrent face à face, sans oser bouger ni dire un mot, comme si Marlène venait d'arriver au terme d'un long voyage et que Charlie, plein d'une fureur latente, demeurait figé dans sa colère.

Ernest monta à l'avant, lourd d'un affreux pressentiment.

– Stéphane ? demanda-t-il.

Charlie se tourna vers l'arrière où Julia, la tête ceinte d'un grand pansement blanc, et Faustine se tenaient l'une contre l'autre. Nadia n'avait pas voulu rentrer avec elles. Elle préférait passer la nuit près de Roby, pleurer avec lui, souffrir avec lui. Charlie était chargé de donner des nouvelles en passant par le standard…

Il baissa la voix :

– Stéphane y est resté.

– Maurier aussi ?

Charlie n'eut pas le courage de répondre. Il démarra, laissant Marlène sur le trottoir, muette, glacée par cette rencontre qui la bouleversait.

Animée d'une tristesse sauvage, Marlène remonta au studio et s'enferma dans les toilettes. Tout se brouillait dans sa tête. À croire qu'elle devenait folle. Revoir Charlie – même fugacement – lui avait porté au cœur. Quand un type du Syndicat l'avait appelée de sa part pour qu'elle les aide, Marlène avait accepté sans réfléchir : jamais elle ne pourrait refuser quelque chose à Charlie. Mais elle ne s'attendait pas à le revoir. C'était un certain Stéphane qui devait conduire le car. Si elle avait pu prévoir que…

Charlie avait été son premier.

Ils avaient beaucoup ri ensemble, beaucoup joué, beaucoup fait l'amour dans la chambre au-dessus de la brasserie tenue par ses parents et dans des tas d'autres endroits. Des larmes perlaient à ses paupières quand Marlène y repensait. Ils s'étaient aimés comme on aime pour la vie à quinze ans, elle en était sûre ! La preuve ? Avant Charlie, Marlène n'avait rien vécu, rien ressenti, rien désiré. Ensemble, le monde leur appartenait. Mais elle était trop nouille pour le comprendre et Charlie trop jeune pour l'accepter. Comme dans la chanson, la vie les avait séparés « tout doucement sans faire de bruit ». Leur complicité avait disparu. Que se serait-il passé s'ils ne s'étaient pas éloignés l'un de l'autre ? Seraient-ils mariés aujourd'hui, parents de deux ou trois enfants, gérants de la grande brasserie Paussac ? Ou seraient-ils partis courir le monde comme d'autres de leur âge ? Auraient-ils construit une bergerie pour retourner vivre de la terre ? Seraient-ils allés à la découverte de l'Amérique, des Indes, de l'Himalaya ? Se seraient-ils enfermés dans une chambre pour s'épuiser d'amour et de drogues jusqu'à la mort ? Comment savoir ? Comment desserrer le nœud coulant des regrets ? Marlène avait souffert sans Charlie. Ça avait été dur, très dur de surmonter son sentiment d'abandon. Elle avait bu, fumé, couché par désespoir avec n'importe qui pour se consoler. Elle avait grossi. Elle l'avait haï autant qu'elle l'avait aimé. Puis elle avait fini par se réconcilier avec son adolescence et lui pardonner. Charlie s'était marié, avait eu des enfants, était devenu un permanent du Syndicat tandis qu'elle était restée célibataire, collectionnant les amants pour s'étourdir, pour oublier le seul qui ait compté pour elle.

Marlène murmura, comme une bulle d'air remonte et éclate à la surface de l'eau :

– Charlie…

Et ses lèvres attendirent en vain de recevoir un baiser.

Ernest

Charlie conduisait vite. Il ne voulait pas traîner dans les parages de la télévision même si le car-régie était la meilleure couverture possible pendant le couvre-feu. Ernest plaqua ses mains sur ses yeux. Pour lui, le bilan était terrible. Deux morts, deux syndicalistes exceptionnels, deux amis ! Il se sentait ravagé par le chagrin, humilié par son impuissance. Son appel à la télévision lui semblait dérisoire. Serait-il entendu ? Serait-il suffisant pour lancer la résistance ou avait-il « prêché dans le désert » comme aurait dit Stéphane ? Une chose était certaine : à partir de cet instant, Ernest passait à la clandestinité. La nuit prit pour lui une consistance particulière, un éclat, une texture d'encre de Chine.

– Tu m'emmènes où ? demanda-t-il sans oser regarder Charlie.

– Chez ma mère.

– Où ?

– Chez ma mère, répéta Charlie.

– Appelle-la pour vérifier qu'elle est bien là…

– Pourquoi ?

– Appelle.

Sans quitter le volant, Charlie composa le numéro. Le téléphone sonna dans le vide.

– Alors ? s'impatienta Ernest.

– Ça ne répond pas.

Charlie haussa les épaules, le front soucieux.

– C'est pas normal, elle est toujours là…

– Arrête-toi, ordonna Ernest.

Charlie se gara sur le bas-côté.

– Tu as fait passer le message que je t'avais demandé de faire passer ?

– Bien sûr !

– D'où tu l'as envoyé ?

Charlie avala sa salive.

– De chez ma mère…

– De mon ordi ! signala Faustine.

Ernest avait compris.

– Ils ont dû remonter à la source. Il y a toutes les chances pour que ta mère ait été arrêtée.

– Maman ! gémit Faustine. Maman…

Julia la serra plus fort contre elle et l'embrassa sur la joue.

– T'inquiète, elle s'en sortira. Elle n'a rien fait…

Charlie s'en voulait de son imprudence.

– Tu crois qu'ils nous attendent là-bas ?

Ernest ne savait pas. Peut-être ? Sûrement ? En tout cas, ils ne pouvaient pas prendre le risque.

– Commence par balancer ton portable, s'ils détectent que tu viens d'appeler, ce ne sera pas dur de nous repérer.

Il se tourna vers les filles.

– Vous avez des portables ?

– Oui.

Ernest les leur prit et les jeta sans hésiter comme il jeta celui de Charlie.

Ils repartirent pied au plancher. Ernest réfléchissait à ce qu'il écrirait dès le lendemain : quand un État fait tirer sur ses citoyens, il perd toute légitimité ; quand les seuls postes créés sont ceux de vigiles armés, le monde patronal se juge par ses choix ; quand toute pensée politique se réduit à comment imposer par la force la moindre idée, la société se confond avec le monde carcéral. Pour toutes ces raisons, il fallait organiser la rébellion, ne pas laisser s'ossifier le régime qui se mettait en place. Il repensa à la phrase préférée de Maurier : « Nous ne sommes pas assez révoltés. »

Il avait raison.

– Et nous ne le serons jamais assez, murmura Ernest.

– Pardon ? fit Charlie.

Ernest lui fit signe de ne pas y faire attention.

– Rien, je parle tout seul.

Et il le guida :

– À droite… à gauche… Après le feu, tu prends la rue juste en face au carrefour…

Par prudence, ils évitèrent les grands axes, mais pas un barrage policier, pas un véhicule militaire en patrouille ne les arrêta ni ne tenta de le faire.

– Ralentis, indiqua-t-il à Charlie.

Ils s'engagèrent dans une rue sans éclairage public, Ernest désigna la rampe d'un garage sous un immeuble moderne de six étages.

– Descends. C'est là.

Charlie leva les yeux : « Congrégation Saint-Dominique ». Son air perplexe arracha un triste sourire à Ernest.

– T'inquiète, dit-il, je les connais. J'entraîne leurs jeunes au ping-pong.

APRÈS

Bérangère

Folle, échevelée, Bérangère Sagol n'avait plus sa tête. Elle s'était relevée d'entre les morts, le tailleur taché de sang, le chemisier taché lui aussi et déchiré, sans parler du foulard et de son chapeau qu'elle avait perdus dans la bataille. Elle n'avait plus de chaussures et son collant puait. Ses nerfs avaient lâché et tout avait lâché avec eux, la souillant honteusement. Mais elle s'en fichait ! Elle sentait la merde, c'est-à-dire qu'elle sentait la vie ! Elle cria au ciel qu'elle était vivante.

– Vivante !

Et elle le répéta plus fort encore pour les façades aveugles des immeubles :

– Vivante !

Peut-être était-elle la seule rescapée du carnage ? La seule ! Il avait fallu qu'elle écarte les cadavres autour d'elle, qu'elle s'arrache à leurs bras, leurs jambes qui voulaient l'entraîner dans le néant. Que lui importait d'être dépeignée, le visage noirci par le bitume, la pluie, les fumées. Avait-elle perdu connaissance quand Clotilde l'avait entraînée dans sa chute ? Elle ne s'en souvenait pas. Un peu, peut-être… Mais la jeune convertie tuée à ses pieds s'était écroulée sur elle et le choc l'avait rendue à la conscience. Ne pas bouger, ne rien dire, faire la morte, c'étaient alors ses seules pensées. Ça tirait de partout, rafales d'armes automatiques contre pistolets ou revolvers. Feu, contre-feu, il y avait des injures, des menaces, des ordres, des pleurs, des hurlements. Un tintamarre diabolique, une infernale pétarade puis le silence d'un coup, l'atroce silence du charnier sous lequel elle étouffait. L'œil droit de la jeune convertie – par où était entrée la balle qui l'avait achevée – laissait couler sur elle un jus épais et gluant de bouts d'os et de cerveau. Immonde. Quand, d'une poussée désespérée, Bérangère l'avait écartée, elle avait eu l'impression que l'autre œil de la morte la fixait : qu'elle la jugeait et la condamnait. Il avait fallu basculer aussi le corps de Clotilde qui, en la faisant trébucher, lui avait sauvé la vie. Les balles l'avaient pratiquement coupée en deux et ses viscères sortaient de son ventre comme un effrayant bouquet. Bérangère avait vomi, pensant à l'enfant que Clotilde portait en secret et qui ne verrait jamais le jour. C'était répugnant, ignoble, abject. Elle se débattait dans l'horreur. Quand les secours étaient arrivés, elle n'avait pas voulu qu'ils l'approchent ni qu'ils la raccompagnent. « Arrière ! Ne me touchez pas ! Laissez-moi ! » Elle voulait marcher, marcher, marcher jusqu'au-delà de la fatigue !

Elle était partie droit devant, sans chaussures, avec une seule idée : rentrer chez elle, s'enfermer et ne plus jamais sortir. Elle s'ébouillanterait dans un bain pour chasser l'ordure qui lui collait à la peau, se couperait les cheveux, se laverait le visage à la brosse jusqu'à ce que ce jour s'efface de son corps comme de son esprit. Pourquoi était-ce elle qui les avait appelés à la rejoindre sous sa bannière ? Pourquoi avaient-ils tous défilé derrière elle ? Pour quel salut ? Pour la gloire de qui ? De Dieu ? Elle pensa soudain avec consternation que la religion ne lui était d'aucun secours. Que saint Paul pouvait rabâcher dans sa tête : « Le corps ne fait qu'un, il a pourtant plusieurs membres ; et tous les membres, malgré leur nombre, ne forment qu'un seul corps », cela ne lui servait à rien. Elle avait survécu au milieu de membres déchiquetés par les balles et qui jamais plus ne feraient un corps ! Le sien, apparemment intact, était comme démembré en elle. Elle se sentait éparpillée, dispersée. Pas un instant l'idée du Seigneur ou de ses anges n'avait traversé son esprit. Pas une prière n'était venue sur ses lèvres. « Nous voulons Dieu ! » disait leur banderole mais Dieu avait disparu, chassé par les balles meurtrières, les corps suppliciés, ensanglantés sur la chaussée. Elle se remémora saint Matthieu : « Mon Dieu ! Mon Dieu ! Pourquoi m'as-tu abandonné ? » La phrase lui parut vide de sens, théâtrale et vaine. Elle ne voulait plus entendre toutes ces bondieuseries imbéciles. Elle en avait fini avec Dieu. Restait à affronter les autres et surtout à s'affronter soi-même dans le miroir.

Bérangère rentra chez elle, ahanant, titubant. Sa bonne, Aissatou, son mari, ses trois enfants, une voisine avec les quatre siens étaient installés dans le salon. Un cri la déborda.

– Foutez le camp ! Je ne veux pas de nègres chez moi ! Vous m'avez comprise ? Dehors ! Dehors, bande d'assassins ! Salauds ! hurla-t-elle en furie.

– Calmez-vous, maman, lui conseilla Charlotte, sa fille aînée. Vous devriez passer à la salle de bains et vous changer.

– Je vais vous faire du thé, proposa Aissatou.

Bérangère la repoussa d'un geste.

– Vous voulez m'empoisonner ? Ça ne vous suffit pas de me faire tirer dessus ? Vous voulez ma peau, c'est ça ? Vous voulez que je crève pour votre Allah de merde ?

Sa bêtise remontait derrière sa beauté.

Louis s'approcha de sa mère et la prit par les épaules. L'odeur qu'elle dégageait lui provoqua un petit sursaut de dégoût mais il se contint.

– Je ne sais pas ce qui vous est arrivé, maman, dit-il, mais visiblement vous avez besoin de vous détendre. Asseyez-vous.

Il la força à s'asseoir. Bérangère roulait des yeux, toutes ces figures noires qui la regardaient, des démons ! Des envoyés de Satan ! Des monstres ! Elle haletait.

– Je ne veux pas… Je ne veux pas… Je ne veux pas qu'ils restent ici une minute de plus !

Charlotte s'agenouilla près d'elle.

– Maman, dit-elle sans se pincer le nez, nous les avons invités à rester ici autant de temps qu'ils voudront. Les projets du gouvernement sont détestables. Il n'est pas question que nous laissions Aissatou et ses enfants moisir dans un ghetto. Vous nous avez toujours encouragés à lire les Évangiles, eh bien non seulement nous les avons lus mais nous les mettons en pratique. Rappelez-vous saint Matthieu : « Quand j'avais faim, vous m'avez donné à manger ; quand j'avais soif, vous m'avez donné à boire ; j'étais étranger et vous m'avez accueilli ; quand j'étais malade vous m'avez soigné ; quand j'étais prisonnier… »

Bérangère plaqua ses mains sur ses oreilles.

– Tais-toi ! Tais-toi ! Je ne veux pas entendre ces stupidités !

Charlotte et Louis échangèrent un regard embarrassé. Leur mère perdait la raison : l'Évangile, des stupidités !

– Il faudra pourtant vous y faire, maman, dit doucement Louis. Aissatou et son mari vont prendre la chambre de Charlotte, la mienne sera pour Diara et sa femme – ils sont chiites –, nous avons organisé un dortoir pour les petits et les grands sont installés dans le bureau de papa…

Bérangère se raidit comme traversée par un arc électrique.

– Jamais votre père ne tolérera une chose pareille ! Jamais ! Vous m'entendez, jamais ! Nous sommes en guerre ! En guerre, vous m'entendez ! Vous voulez quoi ? Être des collabos ?

Elle ricana.

– Et n'allez pas me sortir votre catéchisme d'abrutis !

Le frère et la sœur laissèrent passer l'orage.

– Papa ne tient pas à être mêlé de trop près à ce qui se passe, déclara très posément Charlotte. Il nous a prévenus qu'il partait en voyage pour un long moment…

– Mais sans nous dire quand il reviendrait, ajouta Louis.

Les yeux de Bérangère s'écarquillèrent.

– En voyage ? Mais où ça en voyage ?

Charlotte soupira.

– Maman, ne faites pas l'idiote. Vous savez qu'il couche avec son infirmière depuis au moins trois ans. On peut supposer qu'ils sont partis ensemble en voyage. Où ? Ça les regarde et, au fond, on s'en fiche…

C'était trop.

Bérangère se leva, les poings crispés, les jambes raidies de crampes. Elle tenta d'articuler quelques mots mais son visage se tordit. Elle n'émit qu'une sorte de sifflement étranglé et tourna de l'œil dans les bras d'Aissatou, accourue pour l'aider.

Aissatou avait fourré les vêtements et sous-vêtements de Bérangère dans un grand sac plastique et le sac plastique aux ordures. Tout était bon à jeter. Il faisait chaud dans la salle de bains. Chaud, trop chaud peut-être mais Bérangère voulait s'étourdir de chaleur. Même sans fermer les yeux, comme une somnambule, elle voyait flotter devant elle l'œil mort de la jeune convertie, les tripes et les boyaux de Clotilde, le sang et le feu… Des hallucinations ? Non, elle aurait juré que c'étaient bien ces images qui dansaient dans la pièce envahie de vapeur. Des images aussi tenaces que les odeurs de poudre, de sang, de merde étaient entêtantes. Elle essaya de les chasser d'un geste énervé.

– Allez-vous-en ! Allez-vous-en !

Mais elles persistaient.

La bouche de Bérangère demeurait contractée dans un étrange rictus, elle était secouée de spasmes, clignait des yeux et ses mains tremblaient. Toute cette agitation, ce désordre l'embrouillait, elle si ordonnée et mesurée d'ordinaire. Ce n'était pas normal. C'était tout bonnement incompréhensible ! Quelqu'un lui en voulait, prenait possession de son corps et de ses sens. Un démon qui avait profité de son immense frayeur pour se glisser en elle ? Dans un éclair de lucidité, elle repoussa cette idée. Dieu, le diable… qui pouvait croire à des choses pareilles ? Elle se calma, mais quelques instants seulement. De nouveau remonta la question qui lui vrillait l'esprit : pourquoi était-elle encore en vie ? Sa pensée se dilata. Pourquoi elle et pas le très chrétien Côme Poupin aux yeux peureux, Danglet, qui lui faisait la cour en secret, l'imbécile Choput, comiquement touché à la tête – lui qui n'avait rien dans le crâne –, Mme Berthier-Conduit, si obséquieuse, ou Lenchanteur, qui avait recruté le service d'ordre ? Pourquoi avait-elle été épargnée plutôt que Clotilde Lombard qui portait la vie en elle ? Bérangère se souvenait d'un prêche qui, enfant, l'avait effrayée : « Qui sera épargné le jour où frappera la miséricorde du Seigneur ? » Comment pouvait-on frapper avec miséricorde ? Était-ce un fouet ? Un martinet ? Une ceinture ? Des mots, des mots, rien que des mots qui lui soulevaient le cœur comme les paroles de saint Paul et de saint Matthieu. Du vent, des mensonges baignés d'encens. C'était inintelligible, insupportable. Elle avait envie de hurler. Tous devaient vivre ou aucun !

Mais elle ravala ses paroles pour ne pas voir accourir ses enfants ou Aissatou avec sa gentillesse. Son bon sourire l'offensait. Elle se tenait sur la défensive, se taisait, craignant qu'un mot de trop lui échappe et ricoche d'horreur en horreur. Elle ne supportait plus rien ni personne, ni famille, ni mari, ni domestique, ni apôtres, ni Christ, impuissant et lâche. La commotion était trop forte. Rideau, la farce était jouée ! Personne n'avait été à la hauteur. Il y avait de quoi rire. Qu'ils aillent tous se faire foutre ! C'était bon de jurer, de s'en prendre au ciel, à l'Église, aux anges, à la Sainte Vierge, à tous ces salauds à la piété insane. Comme elle aurait aimé connaître des mots encore plus vulgaires ! Traiter de tous les noms ces hypocrites emperlousés de bons sentiments. Elle articula avec ferveur : « Nous ne voulons plus Dieu » en détachant les syllabes une à une et lentement se laissa glisser sous la mousse de son bain.

Sœur Cécile

La veille, Faustine et Julia étaient encore dans ce moment de l'enfance où tout ce que l'on voit à la télé, tout ce que l'on entend à la radio, tout ce qu'on peut lire met la tête en ébullition, donne le sentiment de tout comprendre, de pouvoir agir et tout transformer magiquement. Il avait suffi d'une journée pour que cette bienheureuse euphorie s'efface à jamais. Julia s'était fait matraquer, Faustine était devenue une femme. « Je saigne », avait-elle chuchoté à Julia quand son jean s'était taché alors qu'elles roulaient encore dans le car-régie.

Elle ne voyait plus le monde comme l'enfant boudeuse qui attend la douceur promise en suçant son pouce. Elle en voyait les arêtes tranchantes, les noirceurs, la violence immédiate. Elle savait que désormais, pour elle comme pour les autres femmes, chaque jour serait une bataille. Faustine avait de solides modèles à suivre : sa mère, ses belles-sœurs, Morgane, Rosa, mamie Loulou, ses frères, Maxence surtout dont elle était sans nouvelles. Les yeux fermés, elle se récita pour le faire revenir :

Celui qui dans sa vie
Écrit
Dix bons poèmes
Peut regarder
L'éternité en face.

La congrégation Saint-Dominique où s'étaient réfugiés Ernest, Charlie, Faustine et Julia se partageait entre l'accueil d'étudiants en théologie et des activités culturelles, éducatives et sportives. Ernest confia les deux adolescentes à une sœur en civil chargée de leur trouver une chambre pour la nuit. Remontant un long couloir, sœur Cécile s'inquiéta du pansement qui enveloppait la tête de Julia.

– La police ?

– À votre avis ? J'ai une grosse bosse et demain j'aurai un coquart, mais ça va…, plastronna Julia. On a cru que j'avais une fracture mais non, rien de cassé.

La religieuse ouvrit une porte. La chambre était austère, étroite, avec un lit collé contre le mur, une table, une chaise et rien d'autre, sinon une image pieuse, un *Saint-Dominique* de Fra Angelico, accrochée de travers près de la fenêtre.

– Ça ira ?

– J'ai eu un problème, murmura tout doucement Faustine alors que la sœur s'apprêtait à aller chercher un autre matelas.

– Pardon ?

Faustine se pencha vers son jean taché à l'entrejambe.

– J'ai eu mes règles, dit-elle sans regarder sœur Cécile.

Julia précisa :

– C'est la première fois.

La religieuse invita Faustine à se déshabiller.

– Je vais te donner de quoi te changer.

Elle alla jusqu'à sa chambre et revint avec un slip en coton et un pantalon noir très élégant.

– On va mettre tout ça à la machine ! dit-elle en ramassant les habits salis de Faustine.

Puis elle l'aida à mettre un tampon et lui confia la boîte entière.

– C'est à vous ? demanda Faustine en enfilant le pantalon noir.

– Oui, pourquoi ?

– Je ne sais pas. Je ne pensais pas que les bonnes sœurs…

La religieuse sourit.

– Tu sais, je travaille à l'extérieur, dans un hôpital. Je suis infirmière. J'ai choisi de vivre ici en communauté mais je ne suis pas coupée du monde…

– Vous ne vous habillez pas en bonne sœur ?

– Non, répondit sœur Cécile que la question amusait. Ici, je porte une petite coiffe mais c'est tout, et là-bas je suis comme les autres infirmières…

Julia, qui n'en ratait pas une, voulait tout savoir.

– Vous avez un copain ?

– J'en ai eu un, avoua sœur Cécile, refusant de mentir.

Une ombre passa sur son visage.

– Mais c'est fini.

– C'est pour ça que vous êtes devenue religieuse ?

– Non, je l'étais déjà.

Et devant les mines interrogatives des deux filles, elle expliqua :

– Vous savez, j'appartiens à un ordre religieux mais je suis une femme. Une femme comme vous. Mon engagement spirituel est une chose, la vie en est une autre…

Claire

Claire – la petite Claire – arriva à l'hôpital, montée sur un vélo pourri prêté par Moussa. Les visites étaient terminées mais elle parvint à monter à l'étage sans se faire remarquer. Ils étaient deux dans la chambre : Kevin et un autre qu'elle ne connaissait pas, lui aussi sérieusement amoché par la police. Kevin était méconnaissable. Les yeux tuméfiés, les lèvres gonflées, un pansement sur le nez, un autre sur le front où demeuraient des traces de coups. Le beau gosse du lycée ressemblait à un boxeur après une terrible défaite.

Claire s'approcha du lit d'un pas hésitant.

– Ça va ? demanda-t-elle du bout des lèvres.

Kevin essaya d'être drôle.

– Je me maintiens, parvint-il à dire.

Il avait deux dents cassées.

Claire lui raconta les milliers de vues sur le Net de son agression avant que les réseaux soient coupés par la police, le défilé sous l'immense NON en lettres noires, les anars du black bloc, Race supérieure armée pour casser de l'Arabe et du manifestant, les tirs dont personne ne savait d'où ils venaient ni qui ils visaient, les rumeurs parlant de plus de quarante morts, les arrestations de syndicalistes, la pluie incandescente qui avait tout ruiné, les pillages, l'insurrection qui tardait à venir…

– Il ne faut pas se laisser faire, répétait douloureusement Kevin, comme s'il n'avait eu aucune autre idée depuis l'instant où il avait tenté d'arrêter les policiers qui détruisaient leur barricade et lacéraient leurs banderoles.

– L'armée tient les rues, soupira Claire.

– Il ne faut pas leur laisser…

Kevin n'acheva pas sa phrase. Il était si las, si fatigué ! Ses jambes, ses bras couverts de bleus étaient douloureux ; son dos lui faisait mal à cause des coups de tonfa, son ventre à cause des coups de pied. Il fallait qu'il se repose, qu'il dorme. Ses yeux se fermèrent. Sa respiration s'apaisa et Claire s'attendrit de le voir basculer dans le sommeil.

– T'inquiète, on ne va pas se laisser faire, lui chuchota-t-elle à l'oreille.

De peur de le réveiller, elle renonça à l'embrasser. Mais elle ne parvenait pas à partir. Cinq minutes passèrent en silence sans qu'elle fasse mine de se diriger vers la sortie. Même défiguré, Kevin la fascinait, comme il fascinait toutes les filles du lycée. Il n'était pas beau parce qu'il était beau, il était beau parce qu'il était capable de mettre ses idées en accord avec sa vie. Il rayonnait. Elle avait lu un livre où une infirmière faisait l'amour à un infirme de guerre, incapable du moindre geste. Claire aurait aimé être comme elle, une héroïne de roman prête à toutes les folies qu'on peut faire dans un livre. Mais c'était de la littérature et elle ne fit pas l'amour avec Kevin. Elle ne le toucha même pas, craignant de raviver ses plaies. Elle quitta la chambre à reculons.

– À demain…, dit-elle tout bas, lui adressant un baiser du bout des doigts.

Un geste que Kevin ne vit pas, même en rêve.

Anie

La manifestation était terminée depuis deux heures. La pluie corrosive avait dispersé tous les manifestants. Les boulevards, les rues s'étaient vidés. Même les forces de l'ordre avaient plié bagage, laissant le champ libre aux pillards et aux émeutiers. D'étranges nuages se tordaient dans le ciel, semblables aux circonvolutions d'un cerveau. Mais il ne pleuvait plus. Avant que la nuit tombe, Milena était finalement rentrée avec Cassandre. Elles étaient sales, épuisées d'avoir tant couru, autant en rogne contre le temps que contre le gouvernement.

La sonnerie de l'entrée les surprit sous la douche. Cassandre enfila d'urgence un peignoir ; elle fit signe à Milena de fermer le robinet et de se taire. Elle trottina jusqu'à la porte, demandant avant même d'ouvrir :

– C'est pour quoi ?

C'était Anie.

– J'imagine que vous cherchez mon mari ? grinça Cassandre, le souffle court.

Et, s'efforçant hypocritement de sourire :

– Désolée, il n'est pas là...

Anie s'étrangla.

– Il est mort...

– Pardon ?

– Vous ne regardez pas les infos ? dit-elle les yeux pleins de larmes.

Cassandre, sans un geste ni une parole de consolation, s'appuya au chambranle.

– Florian est mort ?

Malgré le conflit qui l'opposait à son mari, la nouvelle était rude mais Cassandre réalisa qu'elle ne ressentait rien ; ni peine ni douleur. Cela ne l'affectait pas. Elle restait les yeux et le cœur secs. Celui qui était mort n'était pas son amour de vingt ans, le père de son fils, c'était un autre, à peine un ami, plutôt une relation... Serait-elle devenue totalement insensible ? Froide comme la pierre ? Sa seule pensée allait vers les pleureuses professionnelles qui chanteraient bientôt ses louanges à la télévision mais ce ne serait que cynisme et hypocrisie. Florian disparu, c'était une place qui se libérait pour un autre semblable à lui. Derrière les masques de compassion la joie dominait et les couteaux s'aiguisaient. D'ailleurs, pour elle, la mort de Florian relevait d'une justice immanente : c'étaient ses reniements et ses bassesses qui l'avaient tué.

– Quelle heure est-il à Singapour ? demanda brusquement Cassandre.

Son fils ne devait pas apprendre la mort de son père par la presse, elle devait l'appeler…

Anie sursauta.

– Pardon ?

– Excusez-moi, je réfléchissais à voix haute.

– Je peux entrer ?

Anie se laissa guider jusqu'au salon comme si elle découvrait les lieux. Cassandre l'ignorait, mais Anie était déjà venue plusieurs fois dans l'appartement. Dès que sa femme partait à l'étranger ou en province pour un congrès ou un colloque, Florian appelait sa maîtresse. Il aimait l'idée de la prendre chez lui, déguisée en bonne ou en livreuse de pizza ; de faire l'amour avec elle là où il vivait d'ordinaire en famille, dans ses draps, sur ses meubles, appuyés contre la bibliothèque chérie de Cassandre, cul par-dessus tête sur son bureau. Anie s'installa sur un canapé qu'elle connaissait bien…

– Les infos racontent que votre mari a été tué par des anarchistes, mais ce n'est pas vrai, commença-t-elle.

Elle se mordit les lèvres, trop émue pour continuer.

– J'ai voulu en savoir plus, reprit-elle, repoussant ses larmes, je suis allée à la télé. Je connais beaucoup de monde…

Milena se montra, vêtue du peignoir de Florian. Cassandre fit les présentations :

– Anie, la maîtresse de Florian. Milena…

Et, d'une voix blanche :

– Florian est mort.

– Quoi ?

Cassandre invita Milena à s'asseoir.

– Madame, expliqua-t-elle en désignant Anie, allait me raconter dans quelles circonstances…

Elle l'invita à poursuivre.

– Vous pouvez parler, Milena est une amie…

Anie reconnut la parlementaire progressiste mais elle ne le fit pas remarquer, comme elle ne fit pas non plus remarquer que le peignoir qu'elle portait, c'était celui de… Elle chassa aussi l'idée que ces deux femmes venaient peut-être d'avoir une relation amoureuse. Elle ne voulait parler que de Florian.

– J'ai retrouvé Mongin, le journaliste qui était sur place. Il sortait de l'hôpital, blessé au bras, très secoué et très affecté par la mort de son cameraman. Sa femme et un ami à elle le soutenaient. Une femme très bien qui l'a encouragé à me montrer ce qu'il avait tourné…

– Ce qu'il avait tourné quand Florian a été tué ? fit préciser Cassandre.

– Oui, il était là. Ils sont entrés au Triumvirat avec le groupe qui l'accompagnait.

– Un groupe ? Quel groupe ?

– Des anars ou des autonomes, d'après Mongin. Des jeunes qui faisaient les rigolos mais qui étaient très sérieux, très déterminés à faire ce qu'ils allaient faire. Ils avaient embarqué Florian pour leur faciliter l'accès au Triumvirat mais ils n'avaient rien contre lui. Non, rien. Ils voulaient régler leur compte à ceux du huitième étage…

– À Lequeux, Maté, de la Chapelle et toute la clique ? suggéra Milena que l'idée séduisait.

– Oui, sans doute…

– Et alors ? la relança Cassandre.

– À peine dans le hall, Florian a fait une bêtise. Il a voulu prévenir de ce qui se préparait. Il a couru vers les ascenseurs

– c'était très courageux de sa part – mais les gardes ont cru à une attaque et ils ont tiré.

– Donc, conclut Milena, ce sont eux qui l'ont abattu.

– Oui, souffla Anie. La Sûreté intérieure a mis un black-out complet sur les images. La télé ne diffusera rien. La version officielle désigne les anarchistes comme les meurtriers. Tout ce que Mongin avait tourné lui a été confisqué… et sera sans doute détruit.

Elle ferma les yeux un instant.

– Mais il avait eu le temps d'en faire une copie, dit-elle en fouillant dans son sac.

Elle tendit une clé USB à Cassandre.

– Tout est là.

Et, s'adressant à Milena :

– Vous pourrez vous en servir, si vous jugez utile de le faire.

Cassandre et Milena échangèrent un regard. Quelle ironie ! Florian tué dans un groupe anarchiste, lui qui était devenu tellement conservateur !

– J'ai une question, dit enfin Cassandre. Florian était très excité quand je l'ai vu pour la dernière fois. Qu'attendait-il de si important pour lui ?

– Il ne vous l'a pas dit ?

– Non. Nous ne nous parlions plus beaucoup, vous savez…

– Tout avait été organisé pour que la manifestation tourne mal, expliqua Anie, il y avait des provocateurs infiltrés, des jeunes voyous recrutés par les Forces spéciales qui devaient tout casser… foutre un grand bazar.

– Du classique, glissa Milena.

– Oui, du grand classique. À la suite de cela, le gouvernement devait présenter sa démission et Florian aurait été nommé Premier ministre.

Cassandre laissa échapper un petit rire de gorge.

– Premier ministre !

Elle n'en revenait pas.

– Vous êtes sûre que ce n'était pas une carotte qu'on lui agitait sous le nez ? demanda-t-elle, retrouvant son sérieux.

Anie était formelle.

– Nous préparions ça depuis longtemps. Je dis « nous » parce que c'est moi qui ai fait rencontrer à Florian tous ceux qui devaient le porter à ce poste, Lequeux bien sûr mais aussi Trousseau, Mazaure, Bouton du Charret et beaucoup d'autres, surtout Francis Croix-Serpin, qui avait mis des fonds importants à son service, ses journaux, ses radios, sa télé...

Elles demeurèrent un instant toutes trois silencieuses avant que Cassandre reprenne la parole :

– Florian craignait que je nuise à sa carrière. Comment aurais-je pu nuire à sa carrière ?

– Il redoutait un divorce. Dans sa position, cela aurait pu créer des difficultés avec certains de ses soutiens.

– Pour vous, c'était une situation douloureuse, non ?

Anie secoua la tête.

– Moi ? Je l'aimais. Je pouvais tout supporter.

Cassandre lui prit la main.

– Il ne vous avait pas informée que j'avais engagé une procédure ?

Marion

Sur le trottoir, au milieu des morts et des blessés, l'urgentiste avait pris Marion pour la femme de Nantel ! Un quiproquo qui lui avait permis de récupérer l'adresse et les clefs du mort. « Comme dans un film d'Hitchcock », songea-t-elle avec amertume.

Nantel habitait au quatrième étage d'un petit immeuble à la façade ravalée en blanc cassé. Marion ouvrit la porte et alluma prudemment, comme si elle craignait de trouver quelqu'un à l'intérieur. Le fantôme de l'acteur ? Celui de sa mère ? L'appartement sentait le médicament et la lessive qui sèche. Il semblait appartenir à un autre temps. Meubles lourds, papier à fleurs, petits napperons sur la table de la salle à manger et sur la boîte à couture installée près de la fenêtre. Beaucoup de photos de Nantel décoraient les murs, des articles de presse aussi, encadrés, comme celui qui saluait en lui « un ovni de la scène classique ».

Le silence de l'appartement effrayait un peu Marion.

Elle posa son sac, sa caméra et son pied sur le fauteuil-lit couvert de cretonne rouge. Elle s'aventura dans la cuisine parfaitement rangée, briquée presque à l'excès. Deux pastels signés Nantel (son père ?) représentant un cocker noir et un braque au pelage gris moucheté de blanc ornaient le mur au-dessus de la table. Dans le frigo il n'y avait que du jambon sous plastique, une boîte d'œufs, des yaourts à la vanille et une plaque de chocolat noir entamée. Pas de vin, pas d'alcool, seulement du jus d'orange en carton qui devait avoir dépassé sa date de péremption.

Elle prit la plaque de chocolat et en croqua un gros morceau. Le reste, elle le mangerait plus tard…

Depuis son décès, rien ne paraissait avoir été touché dans la chambre de la mère de Nantel. Au-dessus du lit couvert d'une courtepointe imitant le patchwork, il y avait une affiche d'*Hamlet* de William Shakespeare dont Nantel, en photo un crâne à la main, tenait le rôle-titre sur une scène nationale.

Marion imagina que son spectre ne tarderait pas à venir hanter les lieux. Il n'y avait aucun vêtement dans l'armoire-penderie mais des livres entassés en deux ou trois piles, une centaine, peut-être deux cents. Sans doute toute la fortune de Nantel. Marion supposa qu'il s'était débarrassé des habits de sa mère pour y empiler ce qu'il avait pu sauver du désastre de sa vie.

– Words... words... words..., murmura-t-elle.

Elle revint dans la salle à manger après avoir terminé le chocolat. Elle s'assit et posa ses coudes sur la table. Elle réfléchissait. La nuit s'installait doucement mais elle n'avait pas le courage d'allumer le plafonnier. La pénombre la rassurait. Daisy était-elle à la manifestation ? Marion avait couru partout, devant, derrière, au milieu des troupes syndicales, avec les lycéens : « Non, non, non, à la ghettoïsation ! », et même un moment avec un petit groupe de Progressistes qui avançaient bravement sous les quolibets et les rires, mais elle n'avait jamais croisé Daisy. Ce n'était pas son jour. Elle sortit son portable, tergiversa, puis renonça à appeler. Il ne fallait pas déroger à la règle qu'elle s'était fixée. Une force inconnue, souterraine ou aérienne, devait conduire Daisy jusqu'à elle. Si cette force n'agissait pas, le charme n'opérerait pas et ce serait encore une rencontre vaine où rien ne serait dit, où pas une main ne saisirait une autre main, où les lèvres s'agiteraient sans jamais se rejoindre. La phrase de Nantel lui revint à l'esprit comme un rappel à l'ordre : « Vous êtes une cinéaste, oui ou merde ? »

Marion ferma les yeux. Oui. Trois fois oui !

– Oui, je suis une cinéaste, dit-elle à voix haute, rejetant la cape d'ombre qui la couvrait.

Quelques instants plus tard, elle savait ce qu'elle devait faire.

Marion, caméra à la main, commença par la salle à manger. Elle alluma toutes les lumières et entreprit de filmer tous les objets, tous les portraits, tous les meubles. Elle filma les trois globes du lustre, les rideaux aux fleurs sanglantes comme des yeux arrachés, la lampe poisson en céramique de Vallauris. Puis elle ouvrit le buffet pour filmer la vaisselle, les couverts et les verres. Elle ne voulait rien omettre, tout conserver, le Vénus et Adonis en biscuit, les soupières, le service à café breton, dans la cuisine les torchons pendus aux crochets, les ustensiles rangés dans des pots, l'eau qui gouttait au robinet ; elle s'attarda dans la minuscule salle de bains où, au-dessus des WC, était encadré le premier prix de Conservatoire de Nantel ; elle s'attarda sur ses vêtements bourrés dans les trois tiroirs de la commode et ses livres empilés dans la grande armoire de la chambre de la morte. Nantel n'était plus là mais tout ici portait sa mémoire, le tic-tac du réveil, le grincement du parquet, jusqu'à l'odeur qui flottait dans l'air. Plan par plan, pièce à pièce, Marion recousait cette mémoire déchirée, la fixait pour l'éternité. Serait-ce cela son dernier film ? Une image manquait pourtant. Celle que Nantel avait vue avant de mourir, le contrechamp de son ultime monologue, le visage de Marion penchée sur lui. Sans cette image, son portrait serait infirme, comme mutilé. Mais comment rendre la vision d'un mort ?

Marion installa sa caméra sur pied, laissa tomber son blouson, ôta son pull, son T-shirt, dégrafa son soutien-gorge, enleva son jean et son string. Rien ne devait la tenir à distance de l'au-delà. Elle voulait confronter la mort à sa nudité première, redonner un corps à Nantel en filmant le sien.

La caméra tournait.

Marion avait mal à la poitrine, elle frissonnait, elle toussait, mais quelle importance ? Arriverait-elle à sauver Nantel de l'oubli ? Daisy viendrait-elle un jour la prendre dans ses bras ? Elle se décourageait. Elle se voyait seule et nue, à perte d'homme, à perte d'amour dans l'unique miroir de l'appartement, une glace ancienne prise dans un cadre biscornu. Un cadre qui la tenait prisonnière. Elle demeura un instant silencieuse, écoutant son cœur, son sang, sa respiration qui enflait, enflait, enfl... Puis, tendue au risque d'éclater, elle se pencha sur la surface glacée du miroir et ses lèvres rencontrèrent leur reflet.

Daisy

Au magasin de farces et attrapes de l'oncle de Maxence, le rideau de fer était tiré sur la vitrine et la porte arrière demeura close malgré les coups de sonnette et les coups de poing que Daisy donna pour se faire ouvrir. En se reculant sur le trottoir, elle vit qu'il n'y avait aucune lumière au premier étage. Elle appela en vain. Ni Maxence ni personne n'était là. Elle devait se faire une raison.

Daisy tournait la clef dans sa serrure pour rentrer chez elle quand la porte de Mme Bernheim s'ouvrit.

– Venez, dit la vieille dame en lui faisant signe de la main. Venez, vous devez avoir faim...

Daisy la suivit, pour ne pas être impolie. Rachel l'attendait.

– Je voulais te voir, dit-elle.

Elle sourit à Mme Bernheim.

– Renée m'a kidnappée…

Mme Bernheim apporta un plateau avec du tarama, des blinis et des gros cornichons accompagnés d'un petit verre de vodka. Daisy picora, expliquant qu'elle n'avait pas eu le courage de manifester avec les maternelles après ce que Rachel lui avait dit.

– J'y suis allée avec un copain de fac.

– Maxence ?

– Oui, Maxence, reconnut Daisy.

Rachel connaissait toute l'histoire.

– Tu n'es pas restée avec lui ?

– Nous avons été séparés. Je ne sais pas où il est…

– Il a été arrêté ?

Daisy ne répondit pas.

– Mort ?

Daisy ferma les yeux. Elle ne voulait pas penser que Maxence ait pu être tué dans le hall du Triumvirat. C'était un malin, c'était un costaud, un poète qui était aussi un athlète d'un mètre quatre-vingts. Un type qui n'avait pas froid aux yeux et dont le courage n'était plus à démontrer.

– Non, souffla-t-elle, non il n'est pas mort. J'en suis sûre… Peut-être en prison ?

Mme Bernheim confirma que les Forces spéciales avaient procédé à de très nombreuses arrestations.

– Ils viennent de le dire à la radio…

Rachel raconta qu'elle s'était finalement décidée à aller à la manif, quand la pluie l'avait fait renoncer.

– C'est dingue ce qui tombait !

Elle voulait se confronter aux parents du petit Malik, les

affronter au milieu des autres, voire les combattre les yeux dans les yeux. Elle ne pouvait laisser sans réponse ce qu'il lui avait dit. Ça ne passait pas. Mme Bernheim l'encourageait à le faire.

– Vous devez parler à sa mère. Croyez-moi, les mères musulmanes sont souvent plus terribles que les mères juives !

– Je vais les convoquer, tous, dit Rachel. Toute la famille. Il faut qu'ils sachent.

Elle demanda à Daisy :

– Tu les recevrais avec moi ?

C'était l'objet de sa visite.

– Bien sûr, répondit Daisy. Plutôt deux fois qu'une.

La situation était alarmante. Des morts, des blessés, l'armée qui ratissait les rues, contrôlait le ciel, l'antisémitisme, l'antisyndicalisme, la haine qui partout s'exprimait contre les musulmans, les forces de police lâchées comme des chiens enragés sur les citoyens, l'extrême droite et les Conservateurs main dans la main, l'oligarchie aux commandes…

– On ne peut pas rester sans rien faire. Mais qu'est-ce qu'on peut faire ? Par où commencer ? dit Daisy, gagnée par le découragement.

Rachel avait une idée.

– Je connais un groupe de filles qui se réunissent dans une librairie. On pourrait commencer par là.

– Elles se réunissent pour quoi ? Pour parler de livres ?

– Pour discuter, pour faire de l'agit-prop. Il y en a une qu'on a vue à la télé qui appelait les manifestants à prendre l'Assemblée. Je crois que c'est la sœur de la libraire…

Morgane

Après l'Assemblée – restée désespérément déserte – Morgane, Rosa et les trois petites étaient toutes reparties chez mamie Loulou. Charlie appela depuis la congrégation Saint-Dominique où il se cachait. Le fixe de sa belle-mère avait peu de chances d'être sur écoute. Il déconseilla à sa femme de rentrer chez eux. Lui-même n'y rentrerait pas. Il risquait d'être arrêté comme beaucoup d'autres camarades l'avaient été.

– Tu te rends compte, même Simon qui est en fauteuil !

– Et Ernest ?

– J'en sais rien, mentit Charlie.

Personne ne devait se douter où il était.

– Embrasse les filles et ta mère, dit-il avant de raccrocher rapidement, préférant ne pas s'attarder au téléphone.

– Il t'embrasse ! lança Morgane à sa mère qui s'était mise en cuisine.

– Ça va ?

– Il m'avait l'air très tendu.

– Il y a de quoi…

Mamie Loulou aussi était très tendue. Les images de Morgane appelant à marcher sur l'Assemblée passaient en boucle sur les chaînes d'information. Tantôt sa fille était présentée comme une passionaria, tantôt comme une harengère. Cela ne présageait rien de bon.

Cinq minutes plus tard, deux brassards orange de la police sonnaient à la porte.

– Madame Marchal ? demanda le premier, vérifiant le nom sur un carnet.

– Je suis sa mère.

– Elle est ici ?

– Pourquoi voudriez-vous qu'elle soit ici ? répondit mamie Loulou en le dévisageant.

– Nous la cherchons, dit le premier.

– Vous savez où elle est ? demanda le second.

– Elle n'est pas chez elle ?

– Non, elle n'y est pas.

– Alors je n'en sais pas plus que vous, avoua mamie Loulou le plus candidement possible.

– Vous permettez ?

Les deux policiers firent le tour de l'appartement sans trouver ni Morgane ni sa sœur. Ils s'arrêtèrent un instant dans la chambre où les enfants dormaient. Mamie Loulou leur interdit d'allumer la lumière.

– N'allez pas me les réveiller !

Un policier tendit le cou pour tenter de mieux voir qui était dans le grand lit.

– Ce sont ceux de votre fille ?

– Oui, pourquoi ?

– Elle va venir les rechercher ?

– Au bout d'un certain temps, certainement, mais pas ce soir. Vous voyez, ils dorment.

Comme le policier dansait d'un pied sur l'autre, hésitant à entrer dans la chambre, elle ajouta insolemment :

– Vous voulez aller regarder sous le lit ?

Les deux flics tournèrent les talons et se dirigèrent vers la sortie.

– Nous repasserons, dirent-ils d'une même voix.

Mamie Loulou referma la porte au verrou derrière eux.

– C'est ça, repassez.

Morgane et Rosa sortirent de leur cachette. Ça avait été moins une. Elles félicitèrent mamie Loulou de son sang-froid.

– Quand même, s'exclama Rosa, t'es gonflée : leur proposer de regarder sous le lit ! Tu savais qu'on était planquées là…

– Règle numéro un : ne jamais montrer sa peur. Comme disait mon père, « y a qu'les yeux qu'ont peur »…

– Qu'est-ce que ça veut dire ?

– Je n'en sais rien mais ça le dit bien !

Morgane les arrêta : ce n'était pas le moment d'ouvrir le coffre aux souvenirs.

– Bon, au moins on sait à quoi s'en tenir, constata-t-elle. Je suis grillée. Et si je suis grillée, ça veut dire que tu ne tarderas pas à l'être aussi…

Rosa admit qu'elles n'avaient pas de temps à perdre mais :

– Ils ne nous tiennent pas encore.

Elles s'isolèrent dans leur ancienne chambre. Leur mère n'avait rien changé, rien vendu ; ni leurs deux lits, ni la commode rose qu'elles se disputaient enfants, ni la glace en forme de cœur. Restaient au mur la grande affiche de *Seuls sont les indomptés*, un film avec Kirk Douglas que Morgane adorait, et des photos encadrées de Rosa qui, un temps, avait fait le mannequin pour des boutiques de vente en ligne.

– C'est à nous de prendre les choses en main, commença Rosa. Les hommes sont coincés. Charlie a raison de se planquer. S'ils mettent le nez dehors ils ont neuf chances sur dix de finir en zonzon. Mais nous, pour l'instant, nous sommes encore libres et comme tous les pingouins du gouvernement nous méprisent, ils ne se doutent pas de ce que nous sommes capables de faire.

– Je suis d'accord, approuva Morgane.

Rosa proposa d'agir en deux temps.

– On prend le risque de prévenir toutes les copines qu'on peut prévenir. Les flics ne peuvent quand même pas écouter tout le monde ! On se réunit aux Javottes et chacune de nous en prévient dix autres, etc.

– Non, dit Morgane, pas aux Javottes. Si les flics sont après moi tu peux être sûre que la librairie est surveillée.

– Où alors ? demanda Rosa.

– Je connais peut-être quelque chose, dit Morgane après avoir réfléchi. J'ai donné un coup de main à une chanteuse et son jules pour la compta de leur petit studio d'enregistrement. On pourrait se retrouver là…

– C'est qui ces gens ?

– Elle, c'est une fofolle un peu mystique et lui, un saxophoniste de jazz. Ils sont installés dans une petite maison, au milieu d'une rue où il ne passe personne.

Rosa était convaincue.

– Fonce téléphoner. Utilise le fixe de maman pour les joindre, c'est moins risqué.

Et, prise d'un doute :

– Tu crois qu'ils peuvent marcher avec nous ?

– On va vite le savoir…

Djamila

L'averse avait sauvé Yazid et Djamila. Personne ne pouvait soupçonner qu'ils s'étaient réfugiés dans l'immeuble, personne ne les en avait vus sortir. Ils n'existaient pas. Dehors la pluie acide avait éloigné les flics et vidé le boulevard. Ils avaient filé par les caves, repartant aussi invisibles qu'ils étaient venus.

Yazid avait fait dévaler les marches quatre à quatre à Djamila. Dans l'entrée de l'immeuble, ils étaient tombés sur les enfants de Clotilde et d'Amiel, en pleurs, abandonnés par tous. « Les méchants ont tué maman ! » Djamila n'avait pas hésité. Elle avait pris la petite Victoire dans ses bras et tendu la main à Briac. « Tu sais où t'habites ? » Briac connaissait son adresse. « Viens, on va chez ton papa ! »

Djamila avait envoyé Yazid chez sa mère et elle avait conduit les enfants chez Lombard. Les choses s'étaient très mal passées. Le député se moquait de la mort de sa femme et ne voulait pas entendre parler de ses enfants. Il criait qu'il n'avait pas le temps, qu'il avait beaucoup de choses à faire, qu'il devait téléphoner, voir des gens… « Vous n'avez qu'à vous en occuper ! » Djamila l'avait pris au mot et elle était repartie avec Victoire et Briac, comme si c'étaient les siens.

En découvrant les deux petits, épuisés de larmes, qui traversaient son salon, sa mère râla :

– Mais qu'est-ce que tu me ramènes encore ?

– On va les faire manger et les coucher, dit Djamila. On y verra plus clair demain…

Yazid l'attendait dans la cuisine.

– Je t'expliquerai, dit-elle.

Et elle fit glisser Victoire de ses bras dans ceux de Yazid tandis qu'elle mettait de l'eau à chauffer pour faire des coquillettes.

– Vous aimez les coquillettes ?

– Oui, murmura Briac, apeuré.

– Viens là, mon grand, lui dit Yazid, et il le fit monter sur ses genoux.

Les deux enfants le regardaient comme s'il venait d'une autre planète.

– Écoutez, dit Yazid.

Et il raconta :

– C'est l'histoire d'un marin qui réussit à se sauver d'un naufrage et qui se retrouve sur une île déserte. Comme il est tout seul et que personne ne peut l'aider, pour survivre, il construit une hutte avec ce qu'il trouve près de lui. Cela dure un mois. Mais un jour, en revenant de la chasse, il voit sa hutte prise dans les flammes d'un grand feu. Tout brûle en dégageant une énorme fumée noire qui monte haut, très haut, jusqu'au ciel. Le marin tombe à genoux et pleure d'avoir tout perdu. Il pleure beaucoup parce qu'il croit que c'est fini, qu'il n'a plus rien ni personne pour le sauver, qu'il va mourir. Il pleure tellement qu'il s'endort sur la plage. Le lendemain matin, il est réveillé par des matelots débarqués d'un grand navire pour venir à son secours. « Comment avez-vous su que j'étais là ? demande le marin, craignant de rêver encore. – Nous avons vu tes signaux de fumée », répondent-ils.

Yazid s'interrompit un instant avant de leur livrer la morale du conte.

– Vous voyez, dit-il, regardant à tour de rôle Victoire et Briac, même quand on est tout seul, qu'on a très mal, qu'on pleure, que tout semble perdu, il ne faut jamais perdre espoir…

« … dans Allah », disait la fin du conte. Yazid hésita, avant de conclure : « … dans le ciel », pour ne pas embrouiller les enfants.

Briac demanda :

– Maman est au ciel maintenant ?

Yazid ne croyait ni au paradis ni à l'enfer.

– Oui, mentit-il en embrassant le garçon.

Puis il embrassa la petite Victoire. Elle souriait.

Ils étaient à table autour d'une pizza géante quand Leïla, la sœur de Djamila, débarqua tout excitée.

– Vous ne devinerez jamais où j'étais !

– Chut ! fit Djamila. Il y a des petits qui dorment…

Leïla désigna Yazid d'un coup de menton.

– Tes enfants ?

Yazid n'avait pas d'enfant.

– Ce sont des petits dont la mère a été tuée par Mouloud, avoua Djamila, parlant vite et bas.

– Putain, j'ai entendu qu'il y avait quinze ou seize morts…

Et, prise d'une inquiétude :

– Me dis pas que tu y étais !

Djamila se crispa.

– Je n'ai tué personne !

– Merde ! Merde ! Merde ! T'es ouf ! Qu'est-ce que t'allais traîner avec un connard pareil !

Yazid posa ses couverts.

– Oublie, dit-il. Ta sœur n'a rien fait.

– C'est pas à toi que je parle, d'accord ?

Djamila commanda à sa sœur de se calmer.

– Tu devrais plutôt le remercier.

Et, après un silence :

– Si je suis là, c'est grâce à lui. Il m'a empêchée de faire la connerie du siècle.

Soudain Leïla dévisagea Yazid avec bienveillance.

– Qu'est-ce que t'as fait ?

Djamila répondit à sa place :

– Ce qu'il fallait pour que Mouloud ne fasse plus chier personne.

– Tu lui as réglé son compte ? demanda Leïla qui, finalement, trouvait Yazid sympathique.

– Mouloud était dans le péché et la transgression, répondit-il. S'il vénérait tellement Allah – que son nom soit béni – il aurait dû savoir que son châtiment serait terrible : « Ne sois pas un assassin », a dit le Prophète.

– Inch Allah ! conclut Leïla en guise d'oraison funèbre.

Il n'y avait rien d'autre à ajouter. Elle s'installa devant sa part de pizza qu'elle arrosa copieusement de sauce pimentée.

– Alors, t'étais où ? demanda Djamila qui ne voulait plus entendre parler de Mouloud.

Leïla sourit.

– À l'Assemblée.

Djamila veillait Briac et Victoire. Si Yazid ne l'avait pas désarmée, peut-être aurait-elle été la meurtrière de leur mère. Quelle honte ! Quelle horreur ! Comment avait-elle pu se laisser embobiner par Mouloud ? Comment l'avait-il convaincue que la mort était préférable au sort qui lui était fait ? « Pour les séfrancs qu'est-ce que t'es ? répétait-il chaque fois qu'ils se voyaient. Une pute et une esclave, voilà ce que t'es. » Combien de fois l'avait-elle entendu décrire l'horreur d'ici-bas comparée au paradis d'Allah qui lui était promis, comme à tous les combattants de la foi. Elle se jugeait terriblement conne, naïve, manipulable par le dernier qui avait parlé. Cela l'effrayait. La situation des musulmans n'était pas enviable – et moins enviable encore celle des musulmanes ! – mais tuer pour tuer était la pire des réponses à cette situation. Sa sœur avait raison : à part Yazid et peut-être quelques autres, elles ne pouvaient pas compter sur les hommes pour agir et se battre au nom du droit et non de la religion. C'était aux femmes de transformer le monde.

Victoire et Briac s'étaient endormis bien au chaud dans son lit, le pouce vissé dans la bouche. Ces deux petits de cinq et sept ans l'attendrissaient. Deux vrais bébés ! Les années passaient et chaque jour l'attristait un peu plus. Djamila n'était pas mariée et ce n'était pas demain que ça arriverait. Ce qu'elle avait fait était une folie. On n'emmène pas des enfants avec soi simplement parce que leur père n'a ni la tête ni le temps de s'en occuper. Si ça se trouvait, les flics étaient déjà à sa recherche. Si elle n'était pas arrêtée avant, demain elle les raccompagnerait chez eux et ce serait fini. Elle ne les verrait plus. Elle n'aurait été leur maman qu'un instant. Cette idée la plongea dans une profonde mélancolie. Quel malheur de rendre ces deux anges à un taré qui ne les aimait pas ; pas plus qu'il n'avait aimé leur mère. Elle caressa la tête de Briac, puis celle de Victoire. Qu'ils avaient les cheveux fins et doux ! Ils étaient beaux, tendres, innocents. Dans un autre monde, dans une autre vie, elle les aurait gardés près d'elle comme s'ils étaient sortis de son ventre. En les déshabillant pour les coucher, elle avait failli défaillir d'émotion au contact de leur peau, en sentant leur chaleur, en respirant leur odeur. Elle les avait bordés, embrassés et leur avait chanté la seule berceuse arabe qu'elle connaissait :

Cette nuit tu vas faire dodo, bébé.
Avant de t'endormir tu vas dire bismillah.
Tu feras un sourire aux anges.
Puis tu vas faire de beaux rêves
Dans ton sommeil, mon bébé.

Il n'avait pas fallu longtemps pour qu'ils s'endorment.

Yamina

Yamina avait fait l'amour avec maître Labat, monsieur Antoine, Antoine... « Ça devait arriver », pensait-elle dans l'obscurité, écoutant le souffle de l'avocat, doux et régulier, presque celui d'un enfant. Elle se leva sans bruit, pour ne pas le réveiller.

Après l'orage, ils s'étaient réfugiés chez lui, un grand trois-pièces plein de tapis, de livres et de tableaux. Safia, Soraya et Adal dormaient dans la chambre d'amis. Les deux filles dans le canapé-lit, le garçon sur le divan adossé à la bibliothèque. Pour des musulmans, c'était trop risqué de rentrer cité Mallarmé après ce qui s'était passé...

Dans l'obscurité, Yamina tâta ses joues, sa poitrine, son ventre, ses cuisses. Non, à trente ans elle n'était pas une vieille femme. Non, elle n'était pas laide. Non, elle n'était pas cette ombre que seule sa fonction désigne : femme de ménage. Tout était clair pour elle désormais. Le gouvernement pouvait essayer de la chasser, elle ne le laisserait pas faire. Elle se battrait. On ne lui volerait pas sa vie une deuxième fois. Elle se sentait... « transfigurée », si c'était bien le mot utilisé par maître Labat.

Dans ses seins, dans son ventre, dans son sexe, elle sentait encore la chaleur de cet amour qui l'avait emportée. Yamina n'avait jamais connu d'autre homme que son mari et une nuit avait suffi pour qu'elle se retrouve elle-même comme au retour d'une longue absence. « Je suis redevenue vierge ! » rit-elle en secret.

Yamina avait soif. Dans sa tête tournait une drôle de phrase : « Je n'habitais pas la vie, mais la mort. » Où allait-elle chercher des idées pareilles ? Elle trouva sa fille Soraya qui tournait en rond dans la cuisine.

– T'as pas sommeil ?

La petite Safia avait fait pipi au lit.

– Je ne sais pas où il y a des draps.

– Je vais t'en chercher, dit Yamina.

Soraya la retint. C'était la première fois qu'elle voyait sa mère nue ; une femme au corps marqué par les grossesses, la fatigue, le travail mais encore gracieuse dans ses rondeurs, la peau ambrée, les épaules couvertes de sa longue chevelure noire.

– Tu dors à poil maintenant ?

– Ça te dérange ?

Soraya haussa les épaules.

– Tu couches avec lui ? demanda-t-elle d'un ton de reproche.

Yamina n'y prêta pas attention. Elle se versa un verre d'eau.

– Tu sais ce qu'il m'a dit ?

Soraya ricana.

– Qu'il t'aimait ?

Yamina regarda sa fille, les yeux brillants.

– Il m'a dit que j'étais belle, dit-elle comme si Labat en personne parlait par sa voix.

Et, après un silence :

– Ton père ne m'a jamais dit ça.

Elle s'approcha de Soraya, ondulante, sans chercher à masquer sa poitrine ou cacher son sexe. Yamina sourit en voyant sa fille rougir.

– Tu me trouves belle ?

– Tu es ma mère.

– Ça m'empêche d'être belle ?
– Ça ne se dit pas.
– Pourquoi ?
Soraya se renfrogna, ne sachant quoi répondre.
– Eh bien, maintenant, ça se dira si on a envie de le dire.
Yamina l'embrassa sur le front.
– Tu es belle, dit-elle à sa fille.
Elle ajouta avec bonheur :
– Tu me ressembles.
Soraya détourna le regard.
– Il n'est pas musulman, grogna-t-elle sans citer maître Labat.
– Tu as entendu ce qu'il a expliqué quand il a dit que je parlais comme son marchand à Venise ? Juif, musulman, chrétien, athée, ce ne sont que des mots, ça ne compte pas. Seulement pour justifier des crimes.
Jamais Yamina ne s'était exprimée aussi clairement sur les différences religieuses, sur leur importance ou leur insignifiance. Elle vit qu'elle avait touché quelque chose dans le cœur de sa fille. Soraya s'en défendit.
– Adal n'est pas d'accord, dit-elle, levant les yeux vers sa mère.
– Ton frère est un idiot. Il se croit malin parce que c'est un garçon, mais c'est un idiot. Il finira par comprendre.
Et, gravement :
– Tu ne dois jamais laisser un homme jouer au chef, t'imposer quoi que ce soit. Ni ton frère ni personne. Ton père ne m'aimait pas. Il voulait que je lui obéisse, c'est tout. Je le détestais. J'étais pour lui comme une bête. Une bête qu'il pouvait utiliser pour son plaisir ; qui ne lui coûtait rien ; qu'il pouvait commander et battre comme il voulait. Tu

comprends ? Personne n'a le droit de te prendre si tu ne veux pas, encore moins te battre.

Soraya demeurait sur ses gardes. Elle avait pris conscience de l'émotion qui s'était emparée de sa mère mais le poids de la tradition, le poids des habitudes, les prêches de l'imam sur la place et le rôle des femmes musulmanes la corsetaient encore.

Elle aurait voulu trouver quelque chose de tendre à dire à sa mère, lui témoigner qu'elle n'ignorait rien de la solitude dans laquelle elle vivait, de la dureté de ses journées, mais elle n'avait que des banalités à lui servir. Elle se réconforta en jugeant que ses sentiments étaient plus importants que ce qu'elle ne parvenait pas à exprimer.

– Tu vas te marier avec lui ? risqua-t-elle timidement.

Yamina cacha sa bouche pour rire.

– Non, je ne vais pas me marier ! Mais je vais vivre avec un homme qui me trouve belle, qui aime être avec moi, qui ne me prend pas pour une moins que rien parce que je fais des ménages.

Yamina avait parlé d'un trait comme si les mots en elle attendaient depuis longtemps d'être dits.

Marguerite

La nuit était très avancée. Après les passages à la télévision, les réunions à la présidence, dans les ministères, pour fêter leur victoire, Jessica Gorne avait réuni Lequeux, Marguerite et le général Dutuit dans son loft.

– Champagne pour tout le monde ?

Dutuit préférait un whisky.

Ils trinquèrent.

– Je regretterai Bayeux, c'était le champion dont nous avions besoin, un pur-sang, se désola Lequeux. De Lavoye est un vieux cheval de retour mais, faute de mieux, son côté borné nous servira…

– Il a bien dit ce qu'il devait dire, fit remarquer Jessica qui l'avait cornaqué.

– Oui, c'est vrai, admit Lequeux. Mais c'était terne, plat, sans flamme. C'est là que Bayeux nous manque. Il savait susciter l'enthousiasme.

Jessica le taquina :

– Vous n'avez pas toujours dit ça…

– Vous voulez me faire dire que c'était une petite pute arrogante, bouffie d'orgueil qui voulait se faire appeler FBI ?

Il ricana.

– Florian Bayeux l'Indispensable ! C'était ridicule. Je vous le concède volontiers. Mais derrière il y avait quelque chose, une volonté capable de nous mener au plus loin de ce que nous espérons.

– Derrière lui, il y avait Anie…

– Ah, Anie ! Elle doit être bien triste à cette heure la pauvre Anie. Nous, nous avons perdu notre champion, elle, elle a perdu l'amour de sa vie.

Dutuit s'impatienta, les peines de cœur de la maîtresse de Bayeux le rasaient. Il termina son whisky cul sec.

– Pourquoi avoir fait nommer Haefliger à la Sécurité intérieure ? demanda-t-il en s'essuyant la bouche.

– Mais parce qu'il est dangereux, cher ami ! Vaniteux comme un paon, sans foi ni loi, tout l'indiffère, rien ne l'émeut. Croyez-moi, il vaut mieux l'avoir près de nous si nous voulons le contrôler…

– J'espère que vous ne vous trompez pas.

Dutuit estimait que sa connaissance de l'islam, sa science informatique, son expérience du contrôle généralisé auraient dû le désigner d'office pour le ministère. Quel était ce danger qu'Haefliger incarnait pour qu'il lui soit préféré ? Mystère. Il se promit d'enquêter sérieusement, ravala sa rancœur et préféra changer de sujet :

– Vous avez vu les bonnes femmes qui prétendaient envahir l'Assemblée ?

– C'était pathétique, soupira Lequeux en posant sa flûte.

Dutuit le resservit. Lequeux le remercia d'un signe de tête.

– Les pauvres chéries auraient pu se douter qu'elles ne trouveraient personne. Le principe de précaution s'applique aussi aux députés.

Dutuit s'offrit un deuxième whisky.

– Ces femmes-là ne doutent de rien, dit-il, c'est ce qui les caractérise. Nous avons bien ri quand nous avons vu leurs têtes ahuries découvrant l'hémicycle vide ! N'est-ce pas, Marguerite ?

Marguerite ne répondit pas. Dutuit poursuivit :

– Ah, la mine qu'elles tiraient ! Faut-il qu'elles soient gourdes pour ne pas penser qu'elles étaient filmées et photographiées. Nous avons transmis les plans à la télé pour qu'ils les diffusent en boucle… et elles ont été répertoriées illico dans notre fichier central.

De nouveau, ils trinquèrent.

– Je ne suis pas d'accord, intervint Jessica, « ces femmes-là », comme vous dites, font montre d'un vrai courage. Elles se battent pour leurs convictions. Même si nous ne sommes pas d'accord avec elles, c'est tout à fait respectable.

– Ce n'est pas du courage, c'est de la bêtise, trancha Lequeux.

– Vous auriez tort de les sous-estimer.

– Nous ne les sous-estimons pas. J'en ai parlé à Haefliger, si la Sécurité intérieure fait son travail, toutes celles dont Dutuit a transmis les photos seront arrêtées et incarcérées. Elles auront à répondre de leurs actes. Pour une fois, ça leur mettra un peu de plomb dans la cervelle.

Jessica se recula sur sa chaise.

– Je ne suis pas certaine que cela serve votre image dans l'opinion.

– Ma pauvre Jessica, vous êtes bien placée pour savoir que l'opinion, c'est nous qui la faisons !

Marguerite se taisait. Cette conversation lui déplaisait. Dernière d'une famille de cinq enfants, elle était la seule à avoir fait des études. Pourquoi s'était-elle engagée dans l'armée ? Pour la sécurité de l'emploi, rien d'autre. Son don des langues avait fait le reste. Outre le français, elle maîtrisait l'allemand, l'anglais, l'espagnol, l'italien, le portugais et le japonais. Ce talent l'avait fait repérer par Dutuit et leur liaison avait favorisé sa progression dans la hiérarchie. Marguerite refusait d'écouter les âneries satisfaites que Lequeux et le général continuaient d'échanger sur le ton de la plaisanterie tandis que Jessica, en cuisine, improvisait un petit dîner.

Marguerite pensait à sa mère qui avait plié des cartons toute sa vie dans une entreprise de conditionnement avant d'être licenciée comme les autres grévistes au terme d'un conflit de plus d'un mois. Pour faire vivre sa famille, elle avait alors travaillé dans le nettoyage industriel, faisant d'interminables journées entre les différents chantiers aux quatre coins de la ville et même en banlieue. Elle s'était « saignée aux quatre veines » pour payer des études à sa fille et aujourd'hui elle était si abîmée par le travail que personne ne pouvait croire qu'elle n'avait que cinquante-neuf ans. Le mépris de Lequeux et de Dutuit pour les femmes révulsait Marguerite. Parce qu'au-delà de leur détestation des manifestantes et de leurs idées, c'était bien sa mère et toutes les femmes qu'ils abominaient. À les entendre, elles n'avaient de place qu'à la cuisine et au lit. C'étaient des êtres subalternes sur lesquels on pouvait rire et cracher sans que personne proteste.

– Qu'est-ce qu'elles espéraient trouver à l'Assemblée ? demanda Lequeux, goguenard. Des mâles pour les satisfaire ?

– Si au moins elles étaient jolies, déplora Dutuit.

Marguerite ne pouvait plus les supporter. Elle étouffait.

– Vous me dégoûtez, dit-elle en se levant brusquement de table.

Elle récupéra le manteau de son uniforme sur le canapé et partit sans saluer personne.

Dans le hall, elle ouvrit la porte à des infirmiers qui pianotaient en vain sur le code. Elle ne prêta pas attention à l'ambulance garée devant l'entrée de l'immeuble et fila chez elle, encore rouge de colère. C'est seulement le lendemain qu'elle lirait dans la presse que Lequeux, le général Dutuit et Jessica Gorne avaient été abattus par deux terroristes. Des hommes en blouse blanche, le visage dissimulé sous des masques chirurgicaux, tels qu'on pouvait les voir sur les images de la caméra de surveillance.

Daisy

Daisy gardait ses volets fermés et ses rideaux tirés. Le jour se levait mais elle ne voulait rien voir du dehors. Elle avait très peu dormi, gardant la nuit en elle, incapable de s'y reposer. Même en faisant la morte. Elle s'était tournée et retournée, sur le ventre, sur le dos, maltraitant son matelas, tourmentée par une sensation de détresse. Le silence de Maxence la brisait. Un rien terrible et glaçant : pas un SMS, pas un message, pas un appel. Elle ne se sentait pas la force de partir, de fuir le plus loin possible au pays de l'oubli. Les larmes s'accumulaient en elle sans qu'elle parvienne à les verser. Elle restait là, figée dans sa cuisine, dans un marécage d'hésitations. À la radio, les infos de 6 heures n'étaient pas faites pour lui remonter le moral. Le CIO débattait activement pour savoir quels pays musulmans seraient autorisés à participer aux Jeux et dans quelles conditions. Les pétromonarchies arabes proposaient un apport financier considérable mais exigeaient de séparer clairement les femmes et les hommes non seulement dans le village olympique mais aussi dans les stades où les femmes devraient concourir uniquement en « tenue islamique » et devant un public exclusivement féminin.

À la demande de la représentation nationale, le général-président Saint-Raymond avait été investi des pleins pouvoirs. L'état d'exception avait été décrété quand la débandade des manifestants avait tourné à l'émeute, au pillage. Il y avait eu plusieurs incendies dans les commerces, des voitures brûlées, des vitrines brisées. Certains appelaient à la Révolution, d'autres célébraient la consommation libre et gratuite. L'alcool s'était mis à circuler. Un supermarché avait été vidé non seulement de tous ses produits mais de tous ses meubles. On emportait des télés, des appareils ménagers, des portables, tout ce qui tombait sous la main, le matériel, le comestible. Puisque le monde semblait courir à sa fin, autant se servir et danser autour des flammes purificatrices. « Tout tout de suite ! » était devenu le mot d'ordre général. La loi martiale était entrée en vigueur – en tout cas, elle le serait jusqu'à la fin des Jeux – et plusieurs pillards avaient été tués par des tireurs d'élite postés sur les toits. Désormais, au prétexte que la sécurité nationale était en danger, les militaires avaient le droit d'arrêter tout suspect (ou supposé tel) sans qu'aucune obligation leur soit faite d'en indiquer la raison, pas plus que le lieu où ces personnes seraient détenues. Une série d'ordonnances avait mis le Syndicat hors la loi. Ernest et les autres membres de la direction étaient recherchés pour répondre de leurs actes devant la justice. Les médias les dénonçaient unanimement comme responsables des débordements de la manifestation, des vols, des déprédations et des morts ; y compris des dix-huit hommes et femmes massacrés par des « islamo-gauchistes ». La police et la justice étaient placées sous l'autorité unique du ministère de la Sécurité intérieure. Les arrestations se multipliaient pour obéir aux ordres d'Haefliger, véritable homme fort du nouveau gouvernement.

La presse écrite faisait ses gros titres sur une série d'assassinats : Amaury Lequeux, le général Dutuit et Jessica Gorne avaient été exécutés au domicile de cette dernière, Paul Maté et son chauffeur en sortant de leur garage, Charles-Hubert de la Chapelle devant chez lui avec son fils et successeur désigné. Les patrons des plus grandes entreprises d'armement, de l'industrie pétrolière et du BTP étaient morts, le

Triumvirat décapité. Tous les journaux s'interrogeaient sur les commanditaires d'une telle hécatombe.

Daisy sursauta quand le lieutenant Jeauland, répondant au présentateur des infos, indiqua que la police recherchait une ambulance.

– Une ambulance qui, vraisemblablement, avait déjà servi aux tueurs lors de l'attaque ratée au siège du Triumvirat…

La nouvelle fit monter le rouge aux joues de Daisy. Elle connaissait les conducteurs de l'ambulance. Elle ne connaissait pas leurs noms mais elle savait qui ils étaient ! Ces deux-là leur avaient sauvé la mise après l'enfoncement du premier barrage des Forces spéciales de sécurité. C'étaient eux qui les avaient conduits avec Bayeux. C'étaient eux…

À moins que ce ne soient Maxence et Michel ou Tony, sortis de la merde et décidés à finir le boulot.

– Maxence…

Daisy se revit blottie dans ses bras, sentit la tiédeur de leurs corps enlacés, la douce odeur de l'amour. Ses visions dressaient un rempart contre le souvenir des tirs meurtriers dans le hall du Triumvirat, contre ses peurs, le vide qui l'encerclait. Alors qu'elle aurait dû être envahie par la crainte ou le désespoir, sa sensualité l'emportait. Mais elle ne devait pas se réfugier dans le rêve, elle devait…

On sonna.

Daisy éteignit nerveusement le poste de radio. À cette heure matinale, ce ne pouvait être ni Mme Bernheim ni Rachel avec qui elle avait rendez-vous beaucoup plus tard. Elle alla ouvrir, les bras croisés sur la poitrine, se préparant au pire. Sans doute venait-on l'arrêter. Au fond, c'était un mal pour un bien. Tout s'éclairerait alors : les charges qui pesaient contre elle, le sort de Maxence et des autres, ce qu'elle risquait comme complice…

Rien ne lui semblait plus insupportable que de vivre dans l'expectative et l'ignorance.

– Tu m'offres un café ? demanda gaiement Mimi, agitant un sac de croissants devant ses yeux.

Daisy recula d'un pas, stupéfaite de trouver sa demi-sœur sur le paillasson.

– Qu'est-ce que tu fais là ?

– Je devais partir aux Maldives avec Sagol quand on l'a prévenu que sa femme venait de se suicider…

Elle fit une grimace de dépit.

– Plus question de sable chaud ni de mer bleu émeraude…

Elles s'embrassèrent.

– Tu n'as pas l'air d'être dans ton assiette, remarqua Mimi en caressant la joue de Daisy.

– Tu l'es, toi ?

– J'ai faim !

Elles s'installèrent dans la cuisine pour un petit déjeuner. Mimi déchira le paquet et attrapa aussitôt un croissant.

– C'était comment la manif ? demanda-t-elle, trempant de bon cœur le croissant dans la grande tasse de café que Daisy venait de lui servir.

– Très dur. Très très dur. Très violent… Après la pluie, il y a eu des émeutes.

– Je sais. À l'hosto, quand je suis partie, on ne savait déjà plus où mettre les blessés.

Daisy posa sa main sur la main de Mimi pour l'empêcher de prendre un deuxième croissant.

– J'ai peur d'être arrêtée, lui avoua-t-elle sans la quitter du regard. J'étais avec ceux qui ont attaqué le siège du Triumvirat.

– Oh la vache !

– Tu l'as dit ! Peut-être que j'ai été filmée par les caméras de surveillance ou reconnue par un type à qui j'ai mis un coup de taser ? On verra ce qui m'attend. Mais il n'y a pas que ça. Maxence – je t'ai raconté, le poète avec qui je couche de temps en temps – ne me donne pas le moindre signe de vie.

– Vous y étiez ensemble ?

– Oui, je suis partie manifester avec lui et ses copains sans savoir qu'ils allaient prendre les armes. Et, une fois que j'étais embarquée avec eux, c'était trop tard pour reculer.

La tristesse lui picotait la gorge. Daisy soupira.

– Maxence m'a aidée à sortir du guêpier où il m'avait fourrée mais depuis, rien. Silence radio, pas de lumière dans son appart. Ça me bouffe de l'intérieur. Je ne sais pas s'il est mort, en fuite ou en prison. J'attends, j'attends, j'attends. Je suis dans le pire de l'attente, dans l'angoisse…

Elle ajouta :

– Je ne vis plus, tu comprends. Depuis cette foutue manif, le temps s'est arrêté pour moi.

Elles restèrent un moment silencieuses.

– Tu veux que j'aille aux nouvelles ? proposa Mimi de sa voix grave.

Daisy hésitait.

– Je ne voudrais pas que tu prennes de risques.

Mimi s'empara d'un deuxième croissant.

– Le seul risque que je prends, c'est ça ! proclama-t-elle.

Daisy ouvrit de grands yeux.

– Ça ?

– Le risque, c'est que tout ce bon beurre me retombe sur le cul alors que j'en ai déjà plus qu'il n'en faut là où il faut !

Elle mordit la viennoiserie à pleines dents.

– J'appellerai de la part de Sagol, dit-elle à Daisy la bouche pleine. Comme ça, rien à craindre…

Cassandre

Après dix ou douze coups de fil pour rien, Cassandre finit par apprendre de Laurent Ganesh, le secrétaire général de la présidence, que les obsèques de Florian auraient lieu dans trois jours. Elles seraient prises en charge par le gouvernement. Ganesh s'occupait de tout.

– Vous serez prévenue officiellement dans la journée…

Cassandre raccrocha.

Anie avait dormi dans la chambre de Tobias. Elle s'en allait.

– Je vous laisse. Encore merci…

Sous prétexte qu'elle avait peur d'être seule chez elle, Anie avait demandé à Cassandre de pouvoir rester pour la nuit. En réalité, elle voulait être où Florian avait vécu, où ils avaient fait l'amour, où ils avaient bu et mangé, où ils avaient joué comme sur une scène de théâtre. Par tous les moyens possibles, elle voulait vivre encore dans son monde même si elle savait que ce serait la dernière fois.

Avant de prendre congé, Anie informa Cassandre qu'elle avait appris que le corps de Florian reposait à la morgue de l'Hôpital central.

– Vous voulez y aller ?

– Non merci, je n'y tiens pas.

– Vous voyez une objection à ce que j'y passe ? demanda-t-elle d'une voix timide.

– Aucune, l'assura Cassandre. Allez-y. C'est très bien.

Elle s'apprêtait à sortir quand Cassandre la retint.

– Y aurait-il quelque chose de Florian que vous voudriez prendre ou que je vous ferais porter ?

Anie ouvrit la bouche mais sans dire un mot. Cette proposition la sidérait. Cassandre vit son embarras.

– Je ne sais pas, dit-elle pour l'aider, un objet, une photo, un vêtement ?

Anie hésitait, non, oui, elle ne savait pas, elle balbutia :

– Quelque chose écrit de sa main ?

– Une lettre ?

– Ce que vous voulez. Des notes, un brouillon, un carnet, n'importe quoi mais que ce soit écrit.

Cassandre avait du mal à comprendre.

– Quand mes parents sont morts, expliqua Anie, je n'ai rien gardé d'eux. Pas un tableau, pas un bibelot, pas un ustensile de cuisine. J'ai tout donné à une œuvre de charité. Je n'ai gardé que les lettres qu'ils s'écrivaient avant leur mariage et celles qu'ils m'écrivaient quand enfant j'étais en vacances loin d'eux. Ces pages d'écriture me les disent plus que la plus réussie des photos. Pour moi, leurs mots sont vivants. Ils vivent en moi.

Anie était trop émue pour en dire plus. Elle s'étonnait d'ailleurs d'avoir tant parlé. Cassandre aussi était émue. Anie disait ce qu'elle-même disait de ses livres ! Spontanément, elle se pencha pour l'embrasser avant qu'elle parte et promit qu'elle lui transmettrait tout ce qu'elle pourrait trouver. Les deux femmes restèrent un instant dans les bras l'une de l'autre.

– Merci, répéta Anie, merci…

Anie partie, Cassandre et Milena demeurèrent silencieuses. L'épouse légitime hébergeant et réconfortant la maîtresse de son mari, c'était un argument de pièce de boulevard. Mais l'ironie de la situation ne les faisait pas rire.

– Tu as eu ton fils ? demanda Milena quand elles revinrent dans le salon.

– Il arrive avec Kim…

De nouveau elles se turent. Cassandre était plus que jamais réticente à parler de Tobias. Dans la nuit, leur échange téléphonique avait été horrible. Quand il avait appris la mort de son père, Tobias avait pleuré, crié, il avait accusé sa mère d'en être responsable. Il maudissait le monde entier, parlait d'assassinat politique, appelait à la vengeance. Cassandre n'était pas parvenue à le calmer. Elle avait fini par lui raccrocher au nez sur un « Tu m'emmerdes ! » violent et définitif.

Assise dans son bureau, les mains crispées sur les accoudoirs de son fauteuil, Cassandre regardait ses livres, ses revues, ses gravures comme un message à déchiffrer. À partir de quel moment un objet familier, anodin devenait une relique ? Lequel d'entre eux fixerait son souvenir à jamais ? Anie avait raison de ne vouloir conserver que de l'écrit. Il était précieux comme était précieuse la main de celui qui l'avait tracé. Les lettres pouvaient s'effacer mais, même illisibles, elles gardaient une force de vie cachée sous elles. Elles défiaient la mort, se rebellaient contre l'oubli. Cassandre devait écrire, écrire, écrire, seuls les mots traversaient le temps. Il y aurait toujours une femme ou un homme pour, un jour, trouver ou acheter un livre que plus personne ne lit et, dans l'instant, le faire sien, le faire vivre.

– Pour le cimetière, tu crois que je devrais m'habiller en noir ? s'inquiéta-t-elle subitement, chassant les autres questions de son esprit.

– Ça dépend du rôle que tu veux jouer, ironisa Milena. Veuve éplorée ? Je ne te sens pas. Veuve joyeuse ? Ce serait déplacé. « Tombale », comme chez Maupassant, en quête d'un amant au milieu du cimetière ? Ça, peut-être, tu pourrais y arriver…

Cassandre l'interrompit :

– Sérieusement.

– Sérieusement, je crois que tu dois y être pour ton fils et que tu y sois en robe de chambre, en noir corbeau ou en corsage fleuri, ça n'a aucune importance. Le rituel, c'est de l'affichage, rien d'autre. Alors, oublie et sois toi-même, c'est la seule position digne pour rendre hommage à Florian.

Elle ajouta :

– Tu devras surtout faire attention à ce que la presse ne fasse pas de toi une image qui serve la propagande du gouvernement…

Cassandre tenta de se souvenir comment Milena était habillée le jour de l'enterrement de son mari et de ses enfants. Et comment elle-même était habillée et comment l'étaient tous les autres. Mais tout se brouillait dans son esprit comme si les larmes avaient été leurs seuls vêtements.

Anie

Anie était passée très vite chez elle. Elle en était ressortie une voilette sur le visage, toute de noir vêtue, en grand deuil. La voiture mise à sa disposition par Francis Croix-Serpin, le vieux magnat de la presse, l'attendait. Le chauffeur la conduisit aussitôt à la morgue de l'Hôpital central. Le macaron tricolore posé sur le pare-brise leur fit franchir sans difficulté les barrages de la police et de l'armée. En route, ils croisèrent plusieurs patrouilles militaires qui surveillaient les immeubles comme dans une ville assiégée. Deux hommes en éclaireurs, deux pour surveiller les arrières et les autres en quinconce, tenant leurs distances. Peu de gens circulaient dans les rues, très peu de véhicules roulaient, sauf des jeeps, des half-tracks et des camions de transport de troupes. Les artères étaient vides, le ciel d'un blanc sans faille et les rideaux de fer tirés sur pratiquement tous les commerces. Un froid inattendu semblait avoir tout figé. Une ambiance d'ère glaciaire qui laissait Anie indifférente. Les traces des manifestations, de la pluie incandescente, les boutiques dévastées par les émeutiers, les débris du mobilier urbain, le couvre-feu, la loi martiale, les changements politiques ne la concernaient pas. Florian était mort, rien d'autre ne lui importait.

La morgue était un bâtiment à part de l'Hôpital central, un cube de béton aveugle cerné d'un rang de cyprès. Anie avait peur d'aller où elle allait. Elle aurait aimé n'être qu'une ombre, un souffle qui se glisse en secret et que nul ne peut ni voir ni retenir. Un médecin l'attendait dans le hall.

– Par ici, s'il vous plaît…

Il la guida jusqu'à la grande pièce éclairée de néons blancs où les corps étaient conservés au froid. Anie frissonna. Elle crut sentir une odeur particulière (l'odeur de la pourriture ? l'odeur de la mort ?) mais ce n'était qu'une illusion produite par son appréhension. La morgue ne sentait rien. Pas même le produit ménager qui faisait briller le sol gris ni celui qui lustrait l'aluminium des tiroirs mortuaires.

Le médecin ouvrit celui marqué FB au feutre et souleva le drap qui couvrait le visage de Florian. Anie ferma les yeux. Elle ne pouvait pas voir ça !

– Vous voulez que je referme ? demanda le médecin.

– Non. Non, surtout pas, bredouilla Anie.

– Je vous laisse ?

– Oui, laissez-moi, merci.

Le médecin se retira, la laissant seule face au cadavre dénudé et caché. Après un long silence, les yeux mi-clos, Anie surmonta ses frayeurs. Elle murmura :

– Je suis là, mon amour. Je suis avec toi.

Elle parlait au mort comme dans leurs jeux.

– Tu vois, je suis tout en noir. J'ai mis des bas mais je n'ai pas de culotte. Je suis sûre que tu aimes ça !

Anie balbutiait, bégayait les mots jaillis trop vite de sa bouche. Sa tête roulait d'un bord à l'autre sur ses épaules. Elle était ivre, elle était folle.

– Je te veux en moi, mon amour. Je veux te sentir me fourrer. Je veux toujours tout ce que tu veux. J'ai envie. J'ai tellement envie ! Tu sens comme j'ai envie ?

Son visage s'empourpra.

Elle fit voler le drap qui couvrait Florian. Sans hésiter, elle se hissa sur le tiroir et bascula sur son corps. Elle tremblait, elle râlait, soufflait comme ployant sous une charge. Elle secoua le cadavre, le chahuta, le gifla pour le ressusciter. Elle se frappait la poitrine, s'arrachait les cheveux, implorant la miséricorde de Dieu, le maudissant tout aussi fort.

– Tu n'as pas le droit d'être mort ! criait-elle, hors d'elle.

Tu ne peux pas être mort ! C'est pas de jeu ! Tu n'as pas le droit !

Morgane

Morgane s'était fait une teinture. Après son passage à la télé, il ne fallait pas qu'on puisse l'identifier. Charlie aurait un choc en la retrouvant blonde ! Quand même, pensait-elle, c'était de l'humour noir. Elle qui avait rêvé d'être actrice se retrouvait à l'image non pas pour un rôle dans une dramatique, mais pour son propre rôle. Sa tête ne faisait pas la une d'un magazine de cinéma, mais d'un avis de recherche ! Il y avait de quoi en rire et en pleurer. Morgane avait forcé Rosa à l'imiter, à changer de tête. Elle lui avait fait accepter une coupe « à la garçonne ». Le résultat était moyen. Pour consoler sa sœur, Morgane l'avait assurée qu'avec son air de Jeanne que l'on mène au bûcher, il n'y avait quasiment aucune chance pour qu'on la reconnaisse.

Tennis aux pieds, bandeau en éponge sur le front, Morgane et Rosa s'étaient habillées en joggeuses pour sortir. L'une en rose, l'autre en bleu layette. Deux filles qui courent en soufflant dans les rues passeraient inaperçues. Les petites étaient mortes de rire en découvrant le nouveau look de leur mère et de leur tante. Quand elles furent calmées, Morgane expliqua :

– Mes chéries, vous allez partir un petit moment à la mer avec mamie Loulou. J'ai beaucoup de choses à faire et je ne vais pas pouvoir m'occuper de vous.

– On ne va plus à l'école ? demanda Garance, l'œil allumé.

– Ça ne devrait pas te déplaire, non ?

Garance haussa les épaules. Non, ça ne lui déplaisait pas mais… Cerise voulait savoir où elles iraient.

– Chez une ancienne collègue de mamie Loulou. Une amie qui a une très grande maison…

– Je pourrai ramasser des coquillages ? demanda la petite Chloé.

Morgane la serra contre son cœur, lui caressa la tête et la couvrit de baisers. Non seulement elle pourrait ramasser des coquillages mais elle devait le faire. C'était un ordre !

– Je veux que tu me fasses une reine de la mer en coquilles Saint-Jacques, moules et bigorneaux !

L'heure tournait. Mamie Loulou s'était arrangée avec une voisine dont le mari était chauffeur de taxi. Il les conduirait à la gare en évitant tous les contrôles. Mamie Loulou redoutait un retour de la police. Ils pourraient s'en prendre aux enfants pour forcer Morgane à se livrer.

Elle embrassa ses deux filles.

– Soyez prudentes mais ne lâchez rien.

– On sait, « y a qu'les yeux qu'ont peur », lui lança Rosa alors que sa mère entraînait les petites vers la sortie.

Morgane rêvait souvent de trois jours sans mari et sans filles mais quand la porte se referma sur elles, elle ne put s'empêcher de pleurer. C'était un déchirement de les laisser. Charlie planqué dans son coin, elle devant se cacher dans un autre, les petites expédiées à Pétaouchnock, ils n'étaient pas près de se retrouver en famille. Pleurer sans retenue n'était pas du tout le genre de Morgane mais les larmes coulaient toutes seules. Rosa passa son bras autour des épaules de sa sœur.

– T'inquiète, dit-elle, elles sont avec maman…

Et, l'embrassant sur la joue :

– Tu sais bien qu'elle a raison. On n'a pas le choix. Il y a peu de chances qu'on les trouve à la mer alors qu'ici… Imagine, si les flics coffraient les petites, tu serais obligée de te rendre. Tu veux te rendre ?

La réponse claqua comme une gifle :

– Jamais.

– Moi non plus, renchérit Rosa. Alors, sèche tes larmes et partons faire notre jogging comme deux bourgeoises préoccupées par leur poids !

Le ciel était couvert, une immense toile écrue tendue au-dessus des immeubles. Les particules d'humidité qui flottaient encore dans l'air, lourdes d'une odeur métallique, prenaient à la gorge. Les militaires en faction comme les rares personnes à se hâter dans les rues s'interrogeaient : allait-il pleuvoir de nouveau ? Et quel genre de pluie ? Une pluie d'orage ? Une averse brûlante aux reflets bleus ? Une joyeuse saucée aux gouttes musicales tombant sur le toit des voitures ? Un déluge comme jamais il n'en était tombé sur la Terre depuis les temps bibliques ?

Il y eut un grondement dans le ciel – le rire d'un dieu ? – mais finalement, les nuages ne crevèrent pas.

En tout cas pas tant que Morgane et Rosa coururent loin de chez leur mère, jusqu'au studio de Vernon Newall. Elles y arrivèrent transpirantes et hors d'haleine. Priscilla leur proposa de prendre une douche et de se changer. Dans sa garde-robe, elle avait de quoi habiller un régiment. Rosa trouva vite à se mettre un joli pantalon et un sweat des Forty Niners de San Francisco. Ce fut un peu plus difficile pour Morgane – elle avait forci ; elle se rabattit sur une ample robe rouge dont le décolleté flattait sa poitrine.

– Vingt dieux la belle église ! s'émerveilla Rosa, une expression de leur père quand il croisait une jolie fille.

Son saxo posé sur les genoux, se balançant dans son fauteuil, Vernon écouta les deux sœurs raconter les descentes de police, les arrestations, la rue où les militaires tenaient la chaussée.

– En venant, je ne vous dis pas le nombre de fois où on s'est fait siffler par des troufions armés jusqu'aux dents ! s'exclama Rosa.

Morgane enrageait.

– Quelle bande de tarés !

Mais elle ne voulait pas se laisser emporter par la colère au souvenir des réflexions entendues pendant leur course – « Tu suces, salope ? », « Eh, chiennasse, viens voir, j'ai un truc à te montrer ! », « T'as un p'tit cul mais j't'aurai ! » et d'autres du même tonneau.

– Deux choses, dit-elle, plissant son front soucieux. D'abord, combien de temps ma sœur et moi pouvons-nous nous cacher ici ? Ensuite, pouvons-nous organiser dans le studio une réunion de toutes les femmes prêtes à reprendre le combat contre le gouvernement ?

Priscilla répondit sans consulter Vernon :

– Vous pouvez vous cacher ici autant de temps qu'il faudra ! Ça nous fait plaisir de vous avoir. Deuxio, allez-y, convoquez toutes celles que vous voulez, on a de la place !

Et, malicieuse :

– En plus, je vous ferai entendre les titres de mon prochain CD…

Priscilla adressa un clin d'œil à Vernon et redevint tout à fait sérieuse.

– Je crois que c'est un signe que vous soyez là. Mon disque va sortir et tout le monde accourt, comme pour la naissance de l'Enfant Jésus…

Rosa faillit rétorquer qu'elle n'avait pas l'intention de jouer l'âne ni le bœuf mais un regard de sa sœur la dissuada de la ramener. Priscilla, c'était Priscilla, une fille adorable, délicate et douce que la musique transportait. Pourquoi la chagriner en se moquant des signes qu'elle lisait autour d'elle, des ondes qu'elle sentait vibrer dans l'espace, de tout ce monde magique qui entourait sa vie ?

Morgane s'adressa à Vernon :

– Priscilla m'a dit que tu étais un as de l'informatique…

– What do you want, baby ?

– Je veux que tu nous aides à prévenir les filles sans se faire pister par les flics.

– Easy, with pleasure.

Vernon ajouta, le regard rusé :

– Je sais aussi comment pirater les communications des flics et d'autres trucs comme ça.

Il leur fit écouter son dernier enregistrement. Des bribes où l'on entendait Haefliger et un correspondant non identifié. « … il a fallu qu'on tombe sur deux cons !

– Ils se sont bien démerdés quand même.

– Oublier le code, fallait le faire !

– On ne peut pas à la fois envoyer des types que personne ne peut reconnaître et espérer qu'ils…

– Et l'ambulance ? le coupait Haefliger.

– C'est réglé.

– Tu m'appelles quand tu auras interrogé l'autre garce.

– Celle qui est partie pendant le dîner ?

– Je me méfie.

– Ok. Je t'appelle. »

La conversation s'interrompait là. Rosa n'y comprenait rien.

– De quoi ils parlent ? C'est qui les « deux cons » ? Et la « garce », tu sais qui c'est ?

– I don't no, baby. Mais, tu vois, je peux les écouter…

– T'es sûr de ne pas te faire repérer ?

– Hundred per cent sure !

Vernon lécha l'anche de son sax et offrit son grand sourire à Morgane.

– Tu as peur de quoi ? dit-il, commençant à jouer « You are too beautiful » de Coltrane.

Il chanta, penché vers elle, vers sa poitrine :

You are too beautiful, my dear, to be true
And I am a fool for beauty…

Et, quelques mesures plus tard.

You are too beautiful for one man alone
For one lucky fool to be with…*

Faustine

Sœur Cécile allait être en retard. Assise sur son lit, elle fixait le mur d'un regard absent, sans se décider à partir ni à rejoindre les hommes qui devaient discuter dans la cuisine

* « Tu es trop belle, ma chère, pour être vraie et je suis fou de beauté (…) Tu es trop belle pour un seul homme, pour le chanceux qu'est avec toi… »

avec Marie-Émile, un dominicain qui dirigeait la congrégation.

Elle avait besoin de silence.

Sœur Cécile n'osait pas se lever de peur de vaciller. Dans un autre temps, un autre lieu, elle se serait allongée sur le sol les bras en croix et aurait attendu d'être touchée par la grâce. Être dans la même pièce qu'Ernest, lui parler de la situation politique, du ping-pong ou de n'importe quoi la mettait toujours dans cet état. Ils s'étaient aimés et s'aimaient encore mais le Syndicat d'un côté et la congrégation de l'autre dressaient entre eux un mur infranchissable. Dix fois Ernest lui avait demandé – l'avait suppliée – de rompre ses engagements et de l'épouser. Il s'épuisait à le faire sans qu'elle se décide à accepter. C'était une blessure – sa blessure. Ernest voulait pouvoir rendre son amour public. Il refusait de continuer à vivre dans le secret. « À quoi ça sert d'avoir vécu tout ce que j'ai vécu ? À quoi sert mon expérience ? Tu peux me dire à quoi ça sert de savoir tout ce que je sais si la femme que j'aime ne veut pas m'épouser ? »

Cécile était sa force. Sans elle il s'écroulait, prétendait-il, mais Ernest préférait qu'ils se tiennent désormais à distance l'un de l'autre. Que se passerait-il si elle tombait enceinte ? Il ne voulait pas que les événements forcent une décision qui ne devait venir que d'elle.

Faustine quitta la congrégation Saint-Dominique avec sœur Cécile convoquée en renfort à l'hôpital. Julia, transformée en « elephant woman », œil au beurre noir, pansement sur la tête, joues enflées, ne pouvait pas les suivre ; pas présentable, trop facilement repérable. « Tu me raconteras ? »

Faustine était chargée de trois missions, pour Charlie – qui se tracassait –, apporter des nouvelles à Roby et Nadia et leur en donner de leur mère, arrêtée à cause de l'ordinateur d'où avait été envoyé le message de mobilisation et remise en liberté tôt le matin ; pour Julia, savoir comment allait Kevin et ce que devenaient les autres du lycée, Lola, Kadija, Moussa, Claire ; pour Ernest, garder les yeux grand ouverts, regarder partout, et rapporter en détail tout ce qu'elle aurait vu – la police, les militaires, les barrages, les véhicules déployés… Ernest essayait de masquer ses inquiétudes mais Faustine l'avait entendu dire à Charlie : « Bientôt, nous n'aurons plus que les cimetières pour nous cacher. »

Cécile allait d'un bon pas.

– Je peux vous poser une question ? demanda Faustine, essayant de la ralentir un peu.

Elle lui donna le bras.

– Mais vous n'êtes pas obligée de me répondre !

– Qu'est-ce que tu veux savoir ?

Faustine se racla la gorge.

– Vous avez déjà fait l'amour ?

Faustine parlait sans détour. Ça plaisait à sœur Cécile même si, au fond, cette franchise la heurtait.

– Je te l'ai déjà dit…

– Qu'est-ce que ça fait ?

– Quand ? La première fois ?

Faustine hocha la tête.

– Oui, la première fois…

Sœur Cécile prit son temps pour répondre.

– J'ai eu la chance de faire l'amour la première fois avec un homme plus âgé que moi, dit-elle après quelques pas en silence. Il savait s'y prendre avec les femmes. Il ne m'a pas sauté dessus comme un adolescent l'aurait fait. Il était doux, patient…

Cécile n'osa ajouter : « … et habile de ses doigts et de sa langue. »

– Qu'est-ce que vous avez ressenti ?

À nouveau, sœur Cécile réfléchit à ce qu'elle pouvait et ne pouvait pas dire.

– C'est assez difficile à raconter, avoua-t-elle enfin. J'étais là et je n'étais pas là. Ça m'arrivait et j'étais contente que ça m'arrive mais je restais à distance. C'était une autre qui faisait l'amour, une fille que je voyais comme on voit une actrice au cinéma.

– Vous avez eu mal ?

Sœur Cécile sourit.

– Non, pas du tout, affirma-t-elle gaiement. Je n'ai presque pas saigné. Je me sentais bien, détendue, bercée dans les bras de cet homme qui me serrait contre lui et m'embrassait. Il y avait quelque chose de maritime. Je flottais comme on flotte quand on nage dans les vagues.

Et, avec légèreté :

– Je crois que j'étais surtout heureuse de lui offrir ce qu'il avait tant désiré.

Faustine risqua :

– Vous avez joui ?

Sœur Cécile réprima un petit rire nerveux. Décidément, cette ado n'avait pas sa langue dans sa poche !

– Non, je n'ai pas joui et je n'ai pas fait semblant non plus. D'ailleurs, comment aurais-je fait ? En vérité, j'avais en tête un poème de sainte Thérèse d'Avila : « Je meurs de ne pas mourir ». Eh bien moi je vivais heureuse de cette mort…

– Quelle mort ? demanda Faustine qui ne suivait plus.

– L'amour. Faire l'amour. S'abandonner au corps d'un autre.

La réponse de sœur Cécile assombrit le visage de Faustine. Elle fronça les sourcils, les coins de sa bouche s'affaissèrent.

– Vous n'avez jamais joui ?

– Si, plus tard, avoua la religieuse. Avec un autre homme.

– Votre amoureux quand vous étiez déjà sœur ?

Elles venaient d'arriver à un barrage, un militaire interrompit leur conversation. Il voulait voir leurs papiers.

– Vous êtes infirmière ? grimaça-t-il, regardant ceux de sœur Cécile avec suspicion.

– À l'Hôpital central.

Le militaire désigna Faustine.

– C'est votre fille ?

– C'est ma stagiaire. Je suis dominicaine.

– Dominicaine, c'est quoi ça ce truc-là ? Vous êtes syndiquée ?

– Je suis religieuse, soupira sœur Cécile qui perdait patience.

Le militaire lui rendit ses papiers en la dévisageant.

– Religieuse…

Et, s'adressant à Faustine à la troisième personne :

– Et elle, elle a des papiers ?

Faustine sortit sa carte du lycée en gardant le pouce sur son nom. Le militaire la regarda à peine et les laissa passer. Tandis qu'elles s'éloignaient, sœur Cécile l'entendit ricaner avec un collègue.

– T'as vu les deux gonzesses là ? Je te le donne en mille : la grande, c'est une bonne sœur !

L'autre siffla d'admiration.

– Pas mal la frangine !

Quand elle entra dans la chambre de Kevin, Faustine faillit faire demi-tour. Claire, la petite Claire, était à son chevet. Qu'est-ce qu'elle fricotait là ? Elle voulait sortir avec lui ? Ils étaient déjà ensemble ?

Les deux filles s'embrassèrent quatre fois, à moitié dans le vide. Faustine se pencha vers Kevin.

– Salut, dit-elle, lui frôlant la main d'une caresse légère comme une ombre. T'as bien dormi ?

Il essaya de soulever la tête mais sa nuque était trop douloureuse.

– Mouais, grommela-t-il, entrouvrant les yeux.

Faustine eut la brève sensation que Kevin la dévisageait d'une manière particulière. Pas comme il la voyait d'ordinaire. Comme si, d'un regard, il voulait lui dire quelque chose sur elle… et sur lui. Ce fut très fugitif mais suffisamment fort pour qu'elle en soit toute chamboulée.

– Dehors, c'est la guerre, dit-elle pour dire quelque chose et combattre l'émotion qui l'envahissait.

– Je sais, répliqua Claire pour ne pas être en reste, j'ai été arrêtée à un barrage.

– Moi aussi !

C'était à celle qui serait la plus téméraire, la plus combative, la plus décidée à se mettre en avant. Kevin n'était pas en état de les départager. Il pouvait à peine bouger, son corps n'était que douleurs et son mal de tête persistait malgré les médicaments.

– Appelez l'infirmière, dit-il presque sans remuer les lèvres.

– Ça ne va pas ? s'alarma Claire.

– Faut que je pisse…

Claire soupira.

– Pas besoin de la déranger pour ça !

Elle attrapa l'urinal rangé sous le lit, souleva les couvertures et, très sûre d'elle, d'un geste maternel, le plaça entre les cuisses de Kevin.

– T'inquiète, j'ai deux frères, je sais comment faire, lui dit-elle, guidant son sexe dans l'ouverture.

Faustine baissa les yeux, mais c'était plus fort qu'elle, il fallait qu'elle regarde. Le corps de Kevin était marbré de brun, de bleu, de jaune et de traces de sang séché. Un tableau abstrait. Faustine avait déjà vu des photos de garçons nus, des films, mais elle n'avait jamais vu de si près quelqu'un de son âge sans rien. Kevin n'avait pas de poils sur le ventre, son sexe était encore celui d'un enfant. Elle sourit, pensant qu'elle raconterait à Julia qu'il n'avait qu'un « petit oiseau ». Puis, elle s'imagina couchée à côté de lui, le cajolant, se laissant cajoler. Sa respiration s'accéléra. Les mots de la religieuse dansaient dans sa tête, s'entrechoquaient, brouillaient ses idées dans une sorte d'ivresse. Mourrait-elle de ne pas mourir ? Kevin saurait-il lui faire l'amour comme un homme ou lui sauterait-il dessus comme un ado ? Devrait-elle attendre qu'il soit plus âgé ? Qu'il sache s'y prendre comme le premier de sœur Cécile ?

Sœur Cécile

Les yeux de Rita couraient d'un mur à l'autre de la chambre sans qu'elle puisse savoir où elle était, sinon qu'elle était dans un hôpital. Mais où ? Dans quel service ? Pourquoi ? Qui l'avait conduite là ? La couleur avait déserté son visage. Il était devenu presque gris sous le halo blanc de ses cheveux. Rita ne se souvenait de rien, sinon d'avoir scandé : « Terroristes à mort ! Musulmans dehors ! » avant d'attaquer les rebeus et les cocos. Il y avait eu un flash, une brûlure, une douleur fulgurante et puis le noir. Une balle lui avait traversé la gorge, l'autre lui avait défoncé une épaule. Elle remua les doigts de pieds, leva tout doucement une jambe, puis l'autre. Elle pouvait bouger. Elle pouvait aussi bouger son bras qui n'était pas bandé. Elle pouvait…

Sœur Cécile entra dans la chambre.

Rita paniqua. C'était qui cette meuf ? Qu'est-ce qu'elle lui voulait ? Où était Flocon ? Où était Boris ? Où était Sauvage ? Où étaient tous les autres ? Cécile vérifia les perfusions, la sonde urinaire et lui sourit en consultant les indications du scop : tension, température, etc. Sainte Rita était invoquée pour les causes désespérées et cette Rita-là avait tout l'air d'en être une avec ses cheveux peroxydés et son tatouage sur le bas-ventre : « La Mort vous regarde ».

Sous prétexte qu'une femme écouterait plus facilement une autre femme lui annoncer les mauvaises nouvelles, l'interne avait délégué le sale boulot à sœur Cécile.

– Vous allez devoir être courageuse, dit-elle à Rita. Vos blessures sont très graves. Vous avez subi une trachéotomie. D'après le médecin qui vous a opérée, il est à craindre que vous ne puissiez plus jamais retrouver pleinement l'usage de la parole…

Elle ajouta :

– Votre épaule est sauvée mais il faudra sans doute beaucoup de temps pour que vous récupériez la mobilité de votre bras…

Elle n'osa préciser que même avec « beaucoup de temps »,

à moins d'un miracle, son bras avait toutes les chances de demeurer un bras mort.

– Le chirurgien passera vous voir tout à l'heure, annonça sœur Cécile avant de quitter la chambre.

Rita agita sa main valide pour la retenir. Sœur Cécile revint sur ses pas, cherchant à comprendre ce qu'elle voulait. Ce que signifiait son air courroucé. Sa bouche restait muette. Cécile crut lire sur ses lèvres : « Tuez-moi », comme le réclamait ce soldat haché par la guerre dans un film qu'elle avait vu à la télévision. Rita le répéta : « Tuez-moi ! » en faisant l'effort d'articuler chacun de ses mots. Sœur Cécile observait cette pauvre fille, brûlante de haine, qui porterait désormais dans sa chair au vu et au su de tous les marques de son imbécillité criminelle. Elle ne voulait pas tuer Rita, non, elle voulait qu'elle vive. Mourir serait trop simple, trop facile. La vie serait son châtiment. Elle devait souffrir en repentir. Cécile regarda fixement Rita et joignit les mains.

– Je prierai pour vous, dit-elle d'un ton suave.

La phrase retentit dans l'esprit de Rita comme l'insupportable grincement d'une porte. Pour elle, rien n'était pire à entendre. Sa bouche se tordit, ses yeux se rapprochèrent, frappés d'un strabisme soudain. L'horreur promise la fit suffoquer, déclenchant les alarmes du scop.

Djamila

Pour ne pas attirer l'attention, Djamila ne portait pas son voile en raccompagnant Briac et Victoire chez leur père. Elle fit le trajet la peur au ventre, craignant toujours d'être arrêtée. Les enfants avaient bien dormi, bien déjeuné. Lavés, peignés, ils donnaient la main à Djamila, comme ils l'auraient donnée à leur mère. Avec entrain, ils chantèrent ensemble la scie :

Dix kilomètres à pied, ça use, ça use
Dix kilomètres à pied, ça use les souliers…

Et ça les fit rire quand ils passèrent devant une troupe de soldats, l'arme au pied, postés sur le boulevard pour boucler le quartier.

Amiel Lombard ouvrit brutalement la porte.

– Putain de merde, où vous étiez passés ?

– Ils ont dormi chez moi, s'excusa Djamila, soulagée d'être arrivée à bon port sans encombre.

– J'allais appeler les flics !

Amiel ne s'était pas changé depuis la veille. Briac et Victoire ne lâchaient pas Djamila.

– Vous n'embrassez pas vos enfants ? lui reprocha-t-elle, les mâchoires serrées.

Amiel fit volte-face.

– Occupez-vous de ce qui vous regarde et ne me faites pas chier ! s'emporta-t-il.

Les yeux injectés de sang, il puait l'alcool.

– Vous croyez que je n'ai pas assez d'emmerdes comme ça ?

Victoire se mit à pleurer. Djamila se baissa pour la prendre dans ses bras.

– C'est rien, ma gazelle, c'est rien…

– Lâchez ma fille ! cria Amiel. Je vous défends de toucher à ma fille ! Vous vous prenez pour qui ? Pour sa mère ?

Briac pleura à son tour.

– Ma-man !

Djamila bouillait.

– Vous vous rendez compte de ce que vous faites ? dit-elle, au bord d'exploser.

– Foutez le camp ! Raoust ! Vous comprenez le français ? Barrez-vous ! Vous m'emmerdez, je ne veux plus vous voir !

Et aux enfants :

– Et vous, arrêtez de chialer ! Filez dans votre chambre, on parlera tout à l'heure !

Victoire et Briac s'agrippèrent aux jambes de Djamila. Elle tint tête à Amiel.

– Allez prendre une douche, lui ordonna-t-elle d'une voix dure. Et essayez de dessaouler si vous voulez que je vous laisse vous occuper d'eux !

– Qui vous demande des conseils ?

– Vous avez compris ?

– J'ai pas besoin d'une bonniche pour savoir ce que je dois faire ! Alors, occupe-toi de ton cul et dégage !

D'un coup de menton, Djamila lui indiqua la direction de la salle de bains.

– Vous puez, vous êtes dégueulasse. À votre place, j'aurais honte de me montrer comme ça à mes enfants !

– Dieu merci, vous n'êtes pas à ma place !

– Je sais, je suis à la mienne. Je suis une bonniche ?

– De quoi vous plaignez-vous ? C'est déjà pas si mal pour une bonne femme comme vous…

Djamila écarta doucement les enfants et s'approcha d'Amiel.

– Vous faites ce que je vous dis ou je vous défonce la gueule, murmura-t-elle pour que les petits ne l'entendent pas.

Ses yeux étaient deux armes braquées sur lui. Amiel prit peur.

– Vous me menacez ?

– Je vous préviens. La bonniche vous donne un quart d'heure pour vous retaper. Après, je cogne.

Elle invita les enfants à la suivre à la cuisine.

– Venez, on va faire du café !

Ils laissèrent Amiel au milieu du salon, hébété, le menton tremblant, les yeux larmoyants, regardant autour de lui comme une bête traquée. Sa femme était morte, ses enfants le détestaient, une rebeue lui parlait comme à un chien, pour le Syndicat il était un traître, pour le gouvernement le dernier des cons, il ne serait pas ministre et sans doute plus député pour longtemps, qu'est-ce qui lui restait ?

Il brailla :

– Qu'est-ce qui me reste ? Hein ? Bordel, vous pouvez me dire ce qui me reste ?

Mais personne ne lui répondit.

Leïla

Le salon de coiffure n'ouvrirait pas aujourd'hui. Sur le rideau de fer de Tifs for tous, une affichette indiquait : « Fermeture provisoire ». Yazid avait ordre de ne pas sortir, de ne pas se montrer. Pour l'occuper, la patronne lui faisait lessiver sa réserve et passer un coup de peinture. Un travail qui aurait dû être fait depuis des semaines.

Fille du Sud, Leïla était incapable de rester en place. Elle attendait sa sœur en marchant de long en large sur le trottoir. Djamila arriva l'air mauvais, le visage fermé.

– Ça s'est passé comment ?

– J'ai failli casser la gueule à ce connard.

Elle plaqua sa main sur sa bouche, étouffant sa rage.

– Quand je pense que j'ai été obligée de laisser mes petits là-bas…

Elle disait « mes petits » comme si Briac et Victoire étaient les siens. Djamila poussa un grand soupir.

– Tu vois, c'est des séfrancs comme cette tache qui me font penser que Mouloud n'avait peut-être pas tort d'être comme il était…

Leïla secoua sa sœur par le bras.

– Je ne veux plus que tu penses à cet abruti ! T'as compris ?

– Lâche-moi avec ça !

– Qu'est-ce que tu pouvais lui trouver de bien à Mouloud ? Son baratin coranique ? Sa bagnole ? Ses gros muscles ?

– Je partageais sa colère.

Les deux sœurs se firent face, colère contre colère. Leïla eut une illumination.

– T'as baisé avec lui ?

– À ton avis ?

– C'est pas vrai ! Mais c'est pas vrai ! cria Leïla, levant les bras au ciel. T'es encore plus conne que je le croyais ! Mais qu'est-ce que t'as dans la tête ? Même pas un pois chiche, une ombre de pois chiche, un souvenir de pois chiche !

Djamila se libéra d'un coup, les yeux embués.

– T'as raison ! T'as raison ! s'exclama-t-elle, sans chercher à se défendre. Je suis la reine des connes. Je ne fais que des conneries ! Je fais tout ce que je ne devrais pas faire. Je laisse deux gosses que j'adore chez un taré, je me laisse embobiner par Mouloud qui m'entraîne dans ses combines à la con, j'ouvre les cuisses et je me conduis comme une pute ! Ça me fout en rogne d'être comme je suis mais je n'arrive pas à m'en empêcher !

Leïla la laissa reprendre ses esprits. Elle écarta les mèches qui tombaient sur le front de sa sœur.

– Maintenant, écoute-moi, dit-elle en la prenant dans ses bras, pour une fois tu vas enfin faire quelque chose de bien.

– Qu'est-ce que je vais faire ?

– Tu vas venir avec moi.

– Où ça ?

– Si on te le demande, tu diras que tu ne sais pas.

Marguerite

Marguerite avait échappé à la mort en quittant le sinistre dîner de la veille au soir. Son témoignage auprès de l'officier des Forces spéciales chargé de l'enquête sur l'assassinat du général Dutuit et des deux autres ne serait pas d'une grande utilité. Elle s'était réfugiée derrière une « indisposition féminine » pour expliquer son départ avant les hors-d'œuvre. Pour le reste, elle ne cessait de répéter que non, elle n'avait pas remarqué que les infirmiers portaient des masques chirurgicaux qui dissimulaient leurs visages ; non, elle n'avait pas été étonnée de leur présence après les événements de la journée ; non, elle ne les avait pas entendus parler français ou une autre langue ; non, elle ne serait pas capable de les reconnaître si la police leur mettait la main dessus. Les images de la caméra de surveillance qu'on lui présenta montraient deux formes blanches, deux fantômes muets qui la croisaient dans l'entrée de l'immeuble. Qui étaient-ils ? Impossible de le savoir. Des anarchistes ? Des islamistes ? Des révolutionnaires ? Des spectres partisans de la stratégie de la tension ?

– Je suis désolée, je n'ai pas la moindre idée à vous soumettre. Non, vraiment je ne sais pas.

L'officier la remercia de lui avoir consacré du temps. Ils se saluèrent. Marguerite quitta le bureau sans entendre l'officier téléphoner immédiatement à un correspondant anonyme.

– Sois tranquille, ta garce n'a rien vu, rien entendu. RAS. Elle plane dans les nuages. Elle a ses règles…

Marguerite s'éloigna dans le couloir. Elle ne parvenait pas à se défaire d'une hypothèse qui lui trottait dans la tête. Quand Dutuit avait demandé à Lequeux pourquoi il avait appuyé la nomination d'Haefliger au ministère de la Sécurité intérieure, il avait répondu : « Parce qu'il est dangereux ! » Jusqu'à quel point Haefliger était-il dangereux ? Serait-il derrière l'assassinat de… Non, impossible. Ce serait un crime d'État ! Marguerite refusait d'imaginer qu'il ait pu…

Elle rejoignit son poste au sous-sol du PC des Forces spéciales où étaient installés tous les services de vidéosurveillance. Elle réunit aussitôt le personnel pour annoncer qu'elle prenait le commandement par intérim avant que le ministre nomme un nouveau patron.

– L'enterrement du général Dutuit aura lieu dans soixante-douze heures, précisa-t-elle. Ce sera pour nous l'occasion de le saluer une dernière fois et de rendre hommage à son travail…

Elle appela auprès d'elle le lieutenant Vitrolles qu'elle désigna comme son adjoint puis elle s'installa dans le bureau de verre. Elle ouvrit un dossier au hasard pour se donner une contenance.

– Qu'on ne me dérange pas.

– Bien, mon capitaine !

Vis-à-vis de la hiérarchie – mais aussi vis-à-vis de l'enquête – une chose rassurait Marguerite : sa liaison avec Dutuit était restée totalement secrète. Elle le demeurerait.

– Les morts ne parlent pas, soupira-t-elle en refermant le dossier.

Elle ne put s'empêcher de penser : « Parfois, peut-être devraient-ils le faire… »

Cassandre

Tobias et sa fiancée débarquèrent alors que Cassandre et Milena s'apprêtaient à se rendre au studio de Vernon Newall. Le jeune homme embrassa à peine sa mère et serra rapidement la main de Milena qui aidait Kim à rentrer les bagages.

– T'es contente ? Hein, t'es contente ? demanda-t-il d'une voix dure, jetant sa veste sur le canapé du salon.

Cassandre répondit sans comprendre :

– Contente de quoi ?

– Contente qu'il soit mort ! explosa son fils.

– Je t'interdis de dire ça.

– Tu crois que je ne sais pas que tu lui pourrissais la vie ?

Cassandre regarda son fils avec une profonde tristesse.

– Ce qui se passait entre ton père et moi ne te regarde en rien, dit-elle très calmement. Nos désaccords étaient de nature politique. Alors ne t'en mêle pas parce que la politique et toi…

– Je suis idiot, c'est ça ? Tu me prends pour qui ?

– Pour ce que tu es, mon chéri : un petit-bourgeois qui

n'a jamais connu autre chose que le confort et qui croit dur comme fer que la richesse et le talent se confondent.

– Tu n'y tiens peut-être pas, toi, à ton confort ?

– Tout ce qui est ici je l'ai gagné en enseignant, répliqua Cassandre, jamais en spéculant, jamais en renonçant à mes idées, jamais en me vendant au plus offrant.

– C'est de papa que tu parles ?

– Oui, c'est de lui, confirma Cassandre. Anie, sa maîtresse, a passé la nuit ici, elle nous a très bien détaillé la stratégie mise en œuvre non seulement pour que ton père accède au pouvoir mais aussi pour qu'il fasse fortune.

– Je ne te crois pas.

– Tu n'auras qu'à lui demander la liste de tous ses soutiens. Elle sera au premier rang à l'enterrement.

– Tu vas laisser cette pute venir au cimetière ?

Cassandre se tourna vers Kim, paralysée par ce qu'elle entendait.

– Je vous plains, mademoiselle, dit-elle. Mon éducation est une faillite complète : j'ai honte de la façon dont mon fils parle des femmes.

– Ne mêle pas Kim à ça !

– À quoi ? À ta bêtise ? À ton arrogance ? À ton ignorance de ce qu'est la vie, la vraie ? Sache que la maîtresse de ton père est une jeune femme qui mérite le respect. Ne serait-ce que parce qu'elle l'aimait. Et que cela dépasse toutes les conventions stupides sur la fidélité conjugale auxquelles tu sembles tenir.

– Tu dis ça parce que tu as quelqu'un !

Cassandre avait envie de rire. Au secours, Œdipe ! Son fils qui lui faisait une scène de ménage, c'était trop drôle.

– Non, je n'ai personne, affirma-t-elle en se contenant. Je

n'ai jamais trompé ton père qu'avec mes livres. Ce qui, d'ailleurs, lui était insupportable.

Yamina

Toutes les émissions de radio étaient interrompues, hormis les flashs d'information. Toutes les stations diffusaient de la musique classique, du Beethoven, du Brahms, du Chopin... Ils étaient cinq dans la cuisine de maître Labat. Cinq qui venaient de finir leur petit déjeuner. Adal traînait en pyjama, la petite Safia, cul nu, s'était fait des moustaches de chocolat. Seules Soraya et sa mère étaient déjà douchées et habillées. Maître Labat, les cheveux en pétard, serré dans son vieux peignoir vert en tissu éponge, encourageait Yamina à aller avec sa fille au rendez-vous des femmes.

– C'est très sérieux, assurait-il. L'amie qui vient de m'appeler y va aussi. C'est une prof de français dont le mari est une des victimes d'hier. Vous ne trouverez pas meilleure garantie.

– Toutes les filles du bahut y vont..., dit Soraya. Faut que tu viennes.

Yamina refusait de l'accompagner.

– Il n'y aura que des jeunes.

– Des jeunes comme toi, oui ! protesta Soraya. Des jeunes dans la tête.

Yamina répliqua sans conviction :

– Je n'ai rien à dire.

Soraya refusait ce genre d'excuse.

– Arrête avec ça, maman ! T'es jeune et tu en sais beaucoup plus que nous. On a besoin de toi.

Yamina sentit quelque chose de bizarre dans les paroles de

sa fille. D'ordinaire Soraya était timide, très réservée, secrète sur ses sentiments. En une nuit, elle avait beaucoup mûri. Pour la première fois Soraya osait lui dire devant tout le monde qu'elle avait besoin d'elle, sa mère. Maître Labat applaudit des deux mains.

– Plus moyen de refuser ! Écoute Soraya et allez-y toutes les deux !

Yamina le toisa.

– On se tutoie maintenant, monsieur Antoine ? demanda-t-elle, l'air narquois.

– Maintenant tout de suite ! répondit joyeusement maître Labat. Fonce ! Je m'occupe de la petite et le grand, j'ai du boulot pour lui.

Adal dressa l'oreille.

– Quel boulot ?

– Tu vas m'aider à bouger tous les meubles.

– Tu vas déménager ?

– Non, c'est vous qui emménagez…

Adal demanda ce que ça voulait dire « emménager ».

– Ça veut dire que ta mère, tes sœurs et toi, vous allez prendre le maquis ici.

Il donna une pichenette sur le menton du garçon.

– Mektoub ! C'est le destin…

Faustine

La journée s'annonçait comme l'une de celles que l'on n'oublie jamais. L'excitation se lisait sur le visage de la petite Claire comme de la grande Faustine. Elles se hâtaient au rendez-vous chez Vernon Newall après avoir passé beaucoup de temps au téléphone à prévenir toutes les filles du lycée. Faustine ne réalisait pas encore pourquoi c'était si important qu'elles y soient mais puisque Morgane et Rosa y tenaient, elle devait y aller sans se poser plus de questions. Ce qui la préoccupait, c'était tout autre chose.

– Tu sors avec lui ? demanda-t-elle alors qu'elles tournaient le coin d'une rue pour éviter un barrage de police.

Claire marqua son étonnement.

– Kevin ? Jamais de la vie. Pourquoi tu me demandes ça ?

– J'avais l'impression.

Elle ajouta :

– T'es toujours à côté de lui, tu lui tiens la main, tu lui fais faire pipi…

– J'ai deux petits frères, l'interrompit sèchement Claire. Je fais comme avec eux, c'est tout.

Elle percuta soudain.

– Tu veux sortir avec lui, c'est ça ? demanda-t-elle sans s'arrêter.

Faustine, gênée, sentit une petite goutte de transpiration se faufiler entre ses « œufs au plat » comme disait Julia pour la taquiner.

– Je ne sais pas. Il est super, non ?

Claire prit un air sinistre.

– Ouais, super mignon.

Et, quelques pas plus loin :

– Dommage qu'il préfère les garçons…

Elle fit un geste sans équivoque.

– Lui et Moussa…

Faustine sentit son cœur chavirer.

– Non ! Arrête, je ne te crois pas !

– Parole ! Il me l'a dit.

Faustine haletait. Elle allait pleurer. Elle s'enfonça les ongles dans la paume de la main et retint sa respiration. Pas de larmes ! Surtout pas pleurnicher dans la rue, devant tout le monde ! Voyant son visage frappé de stupidité, Claire éclata de rire.

– Tu ne vois pas que je déconne ?

– Quelle salope ! jura Faustine, retrouvant son souffle. Mais quelle salope !

Elle donnait des petits coups de poing dans l'épaule de Claire.

– J'ai failli tomber dans les pommes !

Puis la pression se relâcha. Une douceur l'envahit, du miel dans du thé chaud. Elle prit une grande inspiration. Sauvée ! Kevin ne préférait pas les garçons, elle respirait !

– T'inquiète, t'as toutes tes chances ! dit Claire, bonne fille.

Elle ajouta à mi-voix :

– Moi aussi d'ailleurs…

Elles continuèrent à parler de Kevin, de son courage, de ses blessures, de son air de toujours vouloir apprendre quelque chose, mais c'était pour s'étourdir ; pour dresser un rideau qui les protégeait de la lumière blafarde du jour ; pour oublier le grondement lointain des engins militaires qui manœuvraient, le hurlement des sirènes de police ; pour ne rien dire de leurs craintes ni de leurs espoirs.

Morgane

Il n'y avait pas de soldats dans les parages mais, par précaution, elles arrivèrent en ordre dispersé pour que les caméras de surveillance de la rue, voire les drones qui survolaient tous les quartiers ne puissent pas repérer qu'une réunion se préparait. Une cinquantaine de femmes se retrouvèrent en fin d'après-midi dans le studio d'enregistrement de Vernon Newall, parmi lesquelles Cassandre, Milena, Djamila, Leïla, Faustine, Claire, Kadija, Soraya, Yamina, Rachel, Daisy... Certaines se connaissaient, la plupart se rencontraient pour la première fois, mais d'où qu'elles viennent, elles faisaient partie d'une même chaîne et cela suffisait à leur donner confiance.

– Le téléphone arabe, il n'y a rien de mieux ! plaisanta Leïla.

Morgane prit la parole :

– Qui sommes-nous ? Nous sommes des femmes, des mères, des sœurs, des voisines, des cousines, des petites amies des hommes aujourd'hui empêchés de se montrer. Les syndicalistes recherchés par la police sont forcés de se cacher. Les inorganisés sont fliqués, poursuivis, emprisonnés s'ils ne parviennent pas à passer à la clandestinité. Les musulmanes et les musulmans sont traqués, photographiés, fichés avant d'être expulsés. Le contrôle généralisé mis en place par le pouvoir sonne la fin des libertés publiques. Le gouvernement a fait le choix de l'armée et la nomination d'Haefliger à la tête du ministère de la Sécurité intérieure montre sa volonté de s'imposer par la force. Nous – nous, les femmes – sommes encore libres de nos mouvements. Pour combien de temps ? Je suis dans le collimateur des flics, ma sœur aussi et sans doute toutes celles qui étaient hier à l'Assemblée avec nous. Voire simplement qui étaient à la manif et qu'ils ont pu photographier ou filmer. Nous sommes menacées comme toutes les musulmanes mais aussi toutes les étrangères, qu'elles soient légalement ou illégalement sur le territoire. Gouverner par la force, ça veut dire gouverner par la peur. Nous allons montrer à toutes ces ordures civiles et militaires que les femmes n'ont pas peur de lutter contre ce néofascisme ou ce néonazisme qui s'installe, n'ayons pas peur des mots. Si les hommes sont assignés à résidence, nous les femmes nous pouvons nous battre. Et montrer que face à nous, face à notre nombre, notre courage, notre détermination, ce n'est pas une armée qu'il leur faudrait mais dix, vingt, cent !

Morgane reprit son souffle.

– Voilà ce que je vous propose, ce que nous proposons parce que l'idée vient de ma sœur Rosa : chacune d'entre nous ici doit mobiliser au moins dix personnes, chacune de ces dix personnes – de ces dix femmes – doit à son tour en mobiliser dix autres, et ainsi de suite jusqu'à ce que nous soyons innombrables.

Elle désigna le saxophoniste.

– Dans vingt-quatre heures, Vernon brouillera toutes les transmissions de la police et de l'armée. Il a déjà fait un essai et ça a très bien marché. Le temps qu'ils réagissent, toutes ensemble nous apparaîtrons et nous reprendrons la rue aux militaires et aux flics.

– Et s'ils nous tirent dessus ? s'inquiéta Rachel.

Morgane baissa la tête.

– Eh bien, nous mourrons, dit-elle, après un silence. Mais si nous ne faisons rien, nous mourrons aussi. Et dans l'humiliation. Et d'une façon plus lente et beaucoup plus barbare. Alors, entre deux morts, je choisis celle qui, à tout le moins, protège ma dignité.

En pensant à ses filles, les larmes lui montèrent aux yeux.

– Vous voyez, dit-elle en se dominant, le hasard fait

qu'aujourd'hui je porte une robe rouge. Rouge comme le sang des femmes, rouge comme la colère qui nous unit, rouge comme la Révolution.

Elle sourit à Priscilla.

– Si ce n'est pas un signe, je ne sais pas ce que c'est…

Au même moment

Marguerite passait à la résistance. Trop de temps perdu avec Dutuit, trop de vulgarité avec Lequeux, trop de soupçons à propos d'Haefliger, sa vie lui échappait. Elle décida d'étouffer l'information que venait de lui transmettre le lieutenant Vitrolles : « Ça y est, on tient le hacker ! C'est un certain Vernon Newall, dans un studio d'enregistrement… Il se passe quelque chose là-bas, on a repéré beaucoup de femmes qui arrivaient chez lui. »

Jessica Gorne l'avait dit très justement : même si l'on n'était pas d'accord avec ces femmes, elles méritaient respect et considération. Marguerite résolut de les respecter et d'être solidaire de ce qu'elles feraient, quoi qu'elles entreprennent.

2

Marlène entrait dans une pharmacie à côté d'un petit square pour acheter un test de grossesse. Dès qu'elle aurait un retard de règles, qu'elle sentirait ses seins durcir, son ventre gonfler, elle voulait l'avoir à portée de main pour être sûre le plus vite possible. Elle y avait pensé toute la nuit : si c'était un garçon, elle l'appellerait Charlie.

3

Mamie Loulou, sur la terrasse de son amie Soizic, face au large, aidait la petite Chloé à finir sa reine de la mer avec des coquilles Saint-Jacques, des coquilles de moules, d'huîtres, de bigorneaux, de bernacles...

– Tu crois que ça plaira à maman ?

– Si tu peins sa robe en rouge et noir, j'en suis sûre...

La marée descendait. Tout à l'heure, elle emmènerait les filles courir sur la plage.

4

Anie prenait un billet d'avion pour Shanghai où elle avait un ami à l'Alliance française. Elle n'assisterait pas à l'enterrement de Florian et ne comptait pas revenir en France avant longtemps. Elle voulait partir le plus loin possible, dans un pays dont elle ne connaissait pas la langue, dont elle ignorait les mœurs et les habitudes, où sa solitude se perdrait dans une multitude.

5

Nadia se glissait tout habillée dans le lit d'hôpital à côté de Roby et le tenait serré contre elle sans dire un mot. Deux gisants sculptés sur du granit, deux naufragés à la dérive sur l'océan. Le soleil éclairait la pièce mais de temps en temps des nuages le masquaient et l'ombre couvrait leurs corps. Nadia se sentait possédée par la honte comme on l'était jadis par le diable.

6

Il n'y avait quasiment personne à la congrégation Saint-Dominique. L'entraînement de ping-pong des cadets avait été ajourné en raison des circonstances. Ernest écrivait sans relâche le premier édito d'un futur journal clandestin. Cécile traversa les couloirs, descendit les escaliers pieds nus – ses chaussures la blessaient au talon. La porte de la chambre d'Ernest n'était pas fermée. Il leva un regard interrogateur vers sœur Cécile quand il la vit entrer vêtue d'une robe toute simple d'un gris-bleu assorti à la couleur du ciel.

– Tu sais, dit-elle, refermant la porte derrière elle, ce que je ne voulais pas, eh bien, maintenant je le veux. Oui, je le veux…

Daisy

Daisy ne parvenait pas à se concentrer sur ce qui se disait, sur ce qui s'organisait dans la fièvre et l'enthousiasme chez Vernon et Priscilla. Des barres douloureuses lui serraient le cœur. L'affolement la gagnait. Le silence de Maxence était un mal insidieux qui la déchirait d'autant plus cruellement qu'il demeurait indéchiffrable. Elle aurait voulu que sa douleur s'envole, passe par la fenêtre et disparaisse. Mais elle pouvait souffler, gémir, gesticuler, rien n'y faisait, elle restait harponnée en elle.

Daisy avait échangé quelques mots avec Faustine : « Ta mère ne sait rien non plus ?

– Rien du tout. Ni mes frères, personne… » Et, plus bas, comme si cela lui brûlait la gorge : « Maman s'inquiète un max. » Faustine n'avait pas eu à ajouter qu'elle aussi s'inquiétait beaucoup. Il avait suffi d'un regard échangé avec Daisy pour qu'elle comprenne qu'elles partageaient la même angoisse.

Priscilla avait chanté un air que personne n'avait écouté :

Tu as bu dans mon verre
Tu connais toutes mes pensées
J'ai la tête à l'envers
Je ne pense qu'à t'aimer…
Oh, mon amour
Oh, mon bébé
Pourquoi ne veux-tu plus de moi ?

Et maintenant toutes les femmes s'agitaient, dressaient des listes, se relayaient sur deux téléphones sécurisés fournis par Vernon.

Daisy s'agita aussi, encouragée par Rachel.

– C'est génial, non ?

– C'est super !

Bien sûr, elle allait prévenir toutes celles qu'elle pouvait prévenir ; bien sûr, elle descendrait dans la rue avec les autres femmes ; bien sûr, elles ne pouvaient pas rester les bras ballants en priant pour que ça s'arrange. Bien sûr… Mais si Maxence avait été là – si elle savait au moins s'il était mort ou vif – son courage et sa force auraient été décuplés. Elle se laissa aller à murmurer :

– Il est mort, c'est sûr qu'il est mort maintenant…

Puis elle se ressaisit. Une simple intuition ne pouvait la retourner. Si Maxence était mort, la presse en aurait fait un exemple, un ami l'aurait prévenue ou la police serait venue l'interpeller. C'était idiot de penser le contraire. « Maxence n'est pas mort », se répéta-t-elle avec fermeté. Elle se raisonna. Comme tous les hommes, il était obligé de se cacher, de reprendre des forces, de remobiliser des troupes. Son téléphone grésilla dans sa poche.

C'était Mimi…

Daisy, un jour plus tard

De l'extérieur, aucun signe n'indiquait que le bâtiment appartenait aux Forces spéciales de sécurité. C'était une construction des années soixante, une ancienne fac désaffectée, du béton sale avec des fenêtres qui paraissaient toutes avoir été occultées avant démolition. Il n'y avait qu'un planton à l'entrée, un jeune rouquin qui semblait terriblement s'ennuyer. Il conduisit Daisy jusqu'au bureau du capitaine Slaski au bout d'un long couloir où flottait une odeur indéfinissable, moitié relents de latrines, moitié effluves de cuisine d'hôpital.

– Entrez ! aboya le capitaine.

Le planton s'écarta, laissa Daisy passer devant lui puis referma la porte.

– Vous savez que vous avez de la chance, dit Slaski sans la prier de s'asseoir. Vous êtes en zone interdite.

Il ajouta en jouant avec un petit sablier de verre qu'il retourna :

– Je vous reçois parce que quelqu'un que j'aime bien en a fait la demande.

– Le patron de ma sœur ? avança timidement Daisy.

Slaski sourit en se frottant le nez.

– Je vois que nous nous comprenons…

Le nom du professeur Sagol était un sésame. Daisy dansait d'un pied sur l'autre.

– Je viens vous voir à propos de M. Marchal.

– Marchal ? grimaça Slaski. Oui, Marchal…

– Maxence Marchal.

– C'est ça, voilà.

Le capitaine poussa un grand soupir.

– Maxence ! Ah, Maxence…

Ce prénom lui plaisait.

– Il est ici ? demanda Daisy, observant autour d'elle les murs nus du bureau, sans autre décoration qu'une grosse pendule et un vieux calendrier.

Slaski secoua la tête.

– Sans doute.

– Je voudrais le voir, osa Daisy.

Le capitaine se leva et fit quelques pas en s'étirant.

– Le voir, bien sûr, répéta-t-il. Vous voulez le voir…

– Oui, confirma Daisy.

– Et pourquoi vous voulez le voir ? demanda-t-il en se penchant brusquement vers elle.

Daisy répondit d'un trait :

– Je crois qu'il est détenu ici.

– Qu'est-ce qui vous fait croire ça ?

– J'ai entendu dire que ceux qui avaient été arrêtés étaient détenus par les Forces spéciales.

En fait, l'info lui avait été transmise par Mimi.

– Eh bien, vous voilà bien informée !

– Il est ici ? redemanda Daisy, les nerfs à vif.

Le capitaine revint s'asseoir derrière son bureau. Il retourna son sablier et ouvrit un grand et gros registre couvert de toile noire comme il y en avait dans les bureaux au XIXe siècle.

– Marchal, hein, vous m'avez dit Marchal ? demanda-t-il en suivant du doigt une liste de noms inscrits en colonne.

– Oui, Maxence Marchal.

Elle épela :

– M-a-r-c-h-a-l.

Slaski referme le registre, le front préoccupé.

– Il n'est pas ici ? s'alarma Daisy.

– Pourquoi n'y serait-il pas ? Une fois qu'on les a, plaisanta le capitaine, il faut bien les mettre quelque part. Ici ou ailleurs, quelle importance ?

– J'aimerais lui parler, insista Daisy. Ne serait-ce que quelques instants. Sa mère s'inquiète beaucoup. Je lui ai promis de tout faire pour la rassurer.

– Vous pouvez lui dire qu'il est entre de bonnes mains.

– Je ne peux pas le voir ?

Slaski hocha la tête en silence.

– Si. Si. Enfin, vous pourriez…

– Je pourrais ?

– Disons que ça peut s'arranger à condition que vous soyez…

Slaski prit une voix de velours.

– … gentille.

Daisy s'étonna.

– Je suis très gentille. Je suis professeure des écoles.

– C'est bien ça, professeure des écoles. Oui, je suis sûr que vous êtes gentille.

– Alors je…

– Attendez, coupa-t-il en levant l'index. Une question. Sauf votre respect, c'est votre fiancé ?

– Maxence ? Non, c'est un ami. Nous avons fait nos études ensemble.

– Ce n'est pas votre fiancé ni votre petit ami, conclut le capitaine. En somme, il n'est rien pour vous ?

– C'est une personne que j'apprécie beaucoup. Un poète.

– Si c'est un poète, ça change tout ! s'exclama Slaski. Je comprends pourquoi vous voulez le voir !

– Oui, j'y tiens beaucoup.

– Pour parler poésie ?

– Pour lui dire que sa mère s'inquiète.

– Seulement pour ça ?

– Pour quoi d'autre ?

Slaski bégaya, surpris par la fermeté du ton de Daisy :

– Je ne sais pas… pour voir s'il est en bonne santé… s'il a toute sa tête, si… si… si…

– Pourquoi vous me parlez de sa santé ? Il est blessé ?

– Je n'ai pas dit ça !

– Et pourquoi n'aurait-il pas toute sa tête ? demanda Daisy, sentant l'angoisse étrangler sa gorge.

Le capitaine remarqua qu'elle avait rougi.

– Ne vous effrayez pas, c'était façon de parler, dit-il d'un ton badin. Parfois on se demande ce que les gens qu'on fréquente ont dans le crâne, non ?

Daisy se garda de répondre. Elle avait mal aux jambes. Elle se serait bien assise mais elle craignait que cela rallonge encore cette insupportable conversation. Slaski se tourna vers le mur. Il déclama comme s'il annonçait l'entrée en scène d'un acteur :

– Maxence Marchal…

Puis il fit volte-face, content de lui.

– … le poète !

– Nous allons le voir ? proposa Daisy, associant le capitaine à sa demande pour l'amadouer.

Slaski se gratta la tête.

– Vous avez bien compris ce que je vous ai dit ?

– Vous m'avez dit qu'il était détenu ici, répondit mécaniquement Daisy.

– Je ne vous ai pas dit ça.

– Qu'est-ce que vous m'avez dit ?

– J'ai dit et je le répète… qu'il allait falloir être… gentille, si vous voulez le voir.

Daisy sentit son cœur s'emballer.

– Gentille comment ?

– Gentille comme peut l'être une gentille professeure comme vous avec un gentil capitaine comme moi prêt à céder à tous vos caprices si vous êtes gentille.

Daisy savait maintenant ce que Slaski attendait d'elle. Elle ferma les yeux. C'était ignoble mais au moins c'était clair et franc.

– Laissez-moi voir Maxence, après je serai gentille avec vous, dit-elle d'une voix sans émotion.

– Après ? Vous croyez donc que je n'ai que ça à faire ?

– Je suis sûre que vous êtes très occupé mais je tiens à voir Maxence avant de vous rendre à vos obligations.

Slaski se caressa le menton, admiratif.

– On voit que vous êtes dans l'enseignement, vous parlez bien.

– À mon tour de vous demander si vous avez bien compris ce que j'ai dit, répliqua Daisy, reprenant courage.

– Ne poussez pas le bouchon, mademoiselle. Les questions, ici, c'est moi qui les pose.

– Je vous prie de m'excuser.

– Ce n'est pas grave. Je résume : vous serez gentille quand vous aurez vu M. Marchal…

– Oui.

– Je ne peux pas accepter ça, affirma sèchement le capitaine. Si j'acceptais, cela signifierait que je me place sous votre autorité. Et c'est impensable qu'une civile ait autorité sur un officier des Forces spéciales.

– Je ne réclame rien de cela !

– Vous ne le réclamez pas, mais c'est ce que cela veut dire. Vous savez, moi aussi je sais lire entre les lignes, même si je ne suis pas professeur…

Daisy prit sur elle malgré l'horreur qu'elle éprouvait.

– Faisons les choses simplement, plaida-t-elle, sans céder aux larmes.

– Je ne demande pas mieux, convint Slaski.

Daisy jeta un coup d'œil circulaire dans le bureau.

– Vous voulez que nous restions ici ?

– Pourquoi pas ? J'y suis comme chez moi et je vous assure qu'il n'y a personne qui viendra nous déranger. À cet étage, c'est désert…

– Et l'homme qui m'a accompagnée ?

– Il a dû retourner à son poste. Je ne sais même pas pourquoi on m'a collé ce rouquin-là…

Il précisa :

– C'est lui qui vous conduira près de M. Marchal.

– Vous ne viendrez pas ?

– Non.

– Écrivez-le-moi.

Slaski s'étrangla.

– Vous voulez que je vous écrive quoi ?

– Que vous m'autorisez à voir M. Marchal.

– Et vous serez gentille ?

– Écrivez.

Slaski attrapa une feuille de papier en riant. Il écrivit : « Autorisation de voir M. Marchal Maxence. » Il data, signa et apposa un grand coup de tampon sur la signature. Il tendit la feuille à Daisy après avoir, une fois encore, tourné et retourné son sablier.

– Vous êtes contente ?

– J'aime que les choses soient claires…, dit-elle en pliant le papier dans sa poche.

Daisy était décidée. La peur l'avait quittée. Elle s'approcha du capitaine et, sans le lâcher du regard, défit le ceinturon qui retenait son pantalon. Puis, tandis qu'elle s'agenouillait, elle le déculotta. Il avait un aigle aux ailes déployées tatoué sur le bas-ventre. Un oiseau ! Daisy frémit : son père avait l'œil sur elle !

Le capitaine lui caressa les cheveux.

– Vous voyez, la gentillesse, il n'y a que ça de vrai dans ce monde…

Il bandait.

Daisy ouvrit la bouche et prit le sexe de Slaski.

– Gentille…, ronronna-t-il.

Daisy avait envie de vomir. Cette viande tiède et soyeuse qui s'activait dans sa bouche la dégoûtait. Mais l'œil de l'aigle tatoué lui disait de tenir bon, de ne pas céder, de résister.

– Ah oui… ah oui…, murmura le capitaine.

Il allait jouir.

– Aaaah… Aaah…

Ce fut un signal. Daisy mordit Slaski de toutes la force de ses mâchoires. Le capitaine poussa un effroyable hurlement. Il tituba, voulut saisir Daisy par les cheveux, l'étrangler mais elle secouait la tête, le tenait avec sauvagerie. La douleur était si intense que Slaski ne commandait plus ses gestes. Il ne tenta même pas d'attraper son arme de service posée sur le bureau. Il battait des bras, gigotait, tressautait comme un ardent brûlé vif dans son costume de bal. Daisy se transforma en pitbull. La morsure se fit plus féroce. Plus violente, terrible. Elle était enragée. La chair céda. Daisy se releva d'un bond et s'écarta du sang qui giclait. Les mains coincées dans l'entrejambe, les yeux fous, Slaski tentait d'arrêter l'hémorragie, râlant, bavant sans pouvoir prononcer une parole. Daisy recracha sur lui le bout de sexe qu'elle venait d'arracher avec ses dents.

Il fallait faire vite. Faire quelque chose avant qu'il donne l'alarme. Après une brève hésitation, Daisy saisit le grand registre sur le bureau du capitaine, balaya le sablier qui explosa par terre et, se retournant, frappa Slaski en pleine tête, à la volée. Le capitaine s'écroula, écumant, transpirant, incapable de crier au secours, le teint terreux, les mains impuissantes.

– Je ne suis pas gentille ? demanda Daisy en se penchant vers lui, prête à le frapper de nouveau.

Mais Slaski, le regard tourné vers l'intérieur, ne l'entendit pas. Évanoui, il se vidait de son sang au milieu des débris de verre et du sable répandu sur le sol.

Daisy, bouche rincée, mains lavées, remonta le long couloir jusqu'à l'entrée. Elle s'efforçait de se calmer, de retrouver une respiration paisible, un pas régulier. En la voyant arriver, le planton eut un petit sourire moqueur. Il avait entendu Slaski crier et se disait que…

– Alors, ça y est ?

Le sous-entendu était grossier. Daisy l'ignora.

– Il m'a demandé de vous prévenir qu'il ne voulait être dérangé sous aucun prétexte, dit-elle en lui montrant l'ordre du capitaine. Il croule sous la paperasse…

– Sûr, dit le planton en plissant le nez, tous ces formulaires à la con, ça finira par nous faire crever.

Daisy le pressa.

– Allons voir M. Marchal.

– On y va… On y va…, dit le planton. Il n'y a pas le feu au lac. Suivez-moi. Il ne va pas se sauver.

Il traînait les pieds.

Daisy bloqua sa respiration en passant devant le bureau de Slaski. Elle craignait de voir du sang couler sous la porte. Mais non, rien, ni sang ni cris. Avec le planton, elle continua jusqu'au bout de l'interminable couloir qui traversait tout le bâtiment. Elle s'étonna de ne croiser âme qui vive, de ne voir aucun employé dans les bureaux. Tout semblait absolument désert.

– Il n'y a personne ?

– Pour quoi faire ? grommela le planton.

Soudain très mal à l'aise, Daisy demanda :

– Où sont les détenus ?

Le rouquin ricana.

– En dessous…

– Ils sont en cellules ?

Daisy le fatiguait avec ses questions.

– On les a tous mis dans la même pièce !

Il ajouta, goguenard :

– C'est mieux pour eux, ils se tiennent chaud…

Ils descendirent trois étages plus bas, jusqu'aux sous-sols. À nouveau ils empruntèrent un long couloir gris faiblement éclairé de place en place par des veilleuses bleuâtres. Enfin, ils s'arrêtèrent.

– C'est là ? demanda Daisy, le souffle court, devant une porte métallique où un grand X avait été peint en orange.

– Comment s'appelle déjà le type que vous voulez voir ?

– Marchal, répondit Daisy, avalant sa salive. Maxence Marchal...

– Marchal avec un M ?

– Oui, avec un M..., balbutia Daisy.

Le planton s'exclama :

– Alors, c'est parti !

Il ouvrit la porte d'un tour de clef et alluma.

Sous trois rangées de néons d'un blanc sinistre, les corps étaient là, une vingtaine de cadavres alignés les uns à côté des autres dans des sacs plastique noirs. Daisy laissa échapper un cri.

– Non !

Elle plaqua sa main sur sa bouche, vacilla et s'appuya contre la porte pour ne pas tomber.

– Vous voulez le voir ou vous voulez pas le voir ? demanda le planton qui s'impatientait. On se gèle les couilles ici.

Et, pour l'encourager :

– Le capitaine ne vous a pas dit ? On les a classés par ordre alphabétique, c'est plus commode pour s'y retrouver. Une idée à lui.

Il désigna la rangée du doigt.

– II y a des pancartes, comme ça c'est pas difficile. Vous cherchez le M et vous trouvez celui que vous cherchez. C'est commode, non ?

Entre le L et le N, il y avait cinq sacs. Daisy marcha d'un pas tremblant jusqu'au M. Le planton l'encouragea à ouvrir.

– N'hésitez pas, sans ça on ne se rend pas compte.

Daisy s'accroupit. Maxence n'était pas dans le premier sac, dans le deuxième non plus, ni dans le troisième, ni dans aucun des cinq.

Le planton faisait tourner la clef sur son doigt. Ça l'amusait.

– Alors, vous ne trouvez pas votre bonheur ? demanda-t-il en reniflant.

Daisy secoua la tête : non, Maxence n'était pas parmi les morts.

– Il est peut-être mal classé ?

– Impossible. Vous pensez bien, c'est vérifié et revérifié !

Daisy ne renonça pas.

– Aidez-moi, on va ouvrir tous les sacs. Je veux en être sûre.

– Je ne sais pas si j'ai le droit.

– Vous savez, je sais être gentille quand il faut.

Le planton sourit.

– Avec moi ?

– Si vous êtes gentil aussi.

– Vous serez…

– Oui.

– Ok, mais on se magne. Je ne voudrais pas que le capitaine…

– Ne vous inquiétez pas du capitaine.

Ils se mirent au travail mais quand le dernier sac fut ouvert, Daisy dut se rendre à l'évidence, Maxence n'était pas là.

– Allez, on décoince, dit le planton.

D'un mouvement de tête, il montra la porte mais, à force de jouer avec la clef, il la fit tomber près des pieds de Daisy.

– Putain, merde !

Daisy la ramassa.

– Venez, dit le rouquin en lui tendant la main pour la récupérer, je connais un coin peinard…

Elle le dévisagea.

– Pourquoi pas ici ?

– Ici ?

Daisy désigna un renfoncement à l'autre bout de la pièce. Le planton, perplexe, tourna la tête pour voir ce qu'elle montrait. Erreur. Sans hésiter, Daisy courut vers la porte qu'elle claqua derrière elle avant que le rouquin la rattrape. Puis elle ferma d'un tour de clef tandis qu'il tambourinait en hurlant :

– Ouvre, espèce de salope ! Ouvre, putain !

Slaski s'était traîné dans le couloir pour mourir. Il avait son arme de service à la main. Daisy pensa avec amusement que l'enquête conclurait à un geste maladroit du capitaine. Ou à un suicide ? Qu'importe, elle s'en fichait. Slaski n'avait eu que ce qu'il méritait. Elle enjamba sans émotion son cadavre mou, prenant garde seulement à ne pas tacher ses chaussures.

Daisy se sentait hors d'elle.

Pas comme une femme à qui la colère fait perdre toute mesure, non, comme si ce qu'elle venait de faire l'avait révélée autre que ce qu'elle se pensait. Elle cracha plusieurs fois pour chasser le goût du sexe de Slaski. Mais c'était inutile : aucun goût ne lui restait dans la bouche, ni celui de la chair ni celui du sang. Qu'avait-elle fait ? En châtrant le capitaine, elle avait obéi à l'oiseau tatoué, à l'ordre de son père qui la dégageait de toute responsabilité, de toute culpabilité. Il y avait longtemps que Daisy ne s'était pas sentie aussi bien, aussi lucide. C'était la guerre. Le capitaine mort et le planton enfermé, c'étaient des ennemis, tombés au combat. Elle aussi était un soldat. Elle aussi avait risqué sa peau. Elle aussi était une rebelle comme Morgane l'avait incitée à le devenir : « Reprenons le combat ! Soyons rebelles ! »

Son arrière-grand-père, son grand-père, son père et maintenant Maxence, tous étaient partis sans rien laisser. Une mise en deuil du soleil et des corps. Une généalogie de silences, un blanc total. Ils avaient quitté le monde sans que l'on sache où, quand, comment. Où étaient-ils maintenant ? Les corps ne sont pas volatils. Ils ne sont pas d'éther et de vent. Peut-être y avait-il quelque part un lieu qu'elle ignorait où tous l'attendaient ? La grande demeure des disparus. Daisy ne pensait ni au paradis, ni à l'enfer, ni même au purgatoire mais à une faille dans le temps ou à l'existence d'une dimension inconnue.

Avec l'absence tout se détruit, tout meurt ?

Comment trouver cette vérité que poursuivait Maxence et que seuls les morts connaissent ?

Marion

Dans ce coin excentré où elle avait installé sa caméra, au carrefour d'une avenue déserte et d'une rue qui l'était tout autant, Marion dégustait un flan nature après avoir terminé un pain aux raisins. Un peu de sucre ne pourrait pas lui faire de mal. Marion avait d'étranges accès de gourmandise. Soudain, il fallait qu'elle mange une pâtisserie, un fruit, n'importe quoi. Quand elle était enfant, elle se tartinait du gros pain beurré nappé de ketchup ou dévorait toute une boîte de Vache qui rit. Mais rien de ce que Marion mangeait – engloutissait, plutôt ! – ne la faisait grossir. « Moi, il suffit que je regarde un gâteau dans la vitrine d'une pâtisserie pour prendre cinq cents grammes ! » se plaignait Daisy alors que son amie n'hésitait pas à commander deux ou trois desserts au restaurant.

Toutes les voitures avaient été enlevées des places de stationnement. Pas de motos non plus, ni de scooters dans cette zone. Un grand vide urbain cerné par des tours d'habitation dressées en sentinelles s'ouvrait devant Marion. Curieusement, elle n'apercevait pas d'antennes accrochées aux fenêtres ni de linge pendu aux balcons. Il n'y avait pas non plus d'enfants en route vers l'école ou d'ados jouant au foot entre les tours. Personne. La population avait-elle fui ? La peur de la pluie acide ou de la police empêchait-elle les habitants de sortir ? Marion ignorait que ce site avait été choisi pour la construction du futur grand stade olympique. Tous les locataires et leurs familles avaient été expulsés et, à l'ouverture du chantier, la zone entière deviendrait zone interdite au public comme l'était déjà le bâtiment de l'ancienne fac dévolu à la Sécurité intérieure.

D'après les dernières estimations, plus de deux mille ouvriers (dont près de deux tiers de chômeurs réquisitionnés) seraient à la disposition de Global Construction pour parvenir à tenir les délais. Marion s'essuya la bouche d'un revers de main et régla son cadre avec soin. Elle voulait tourner un long plan fixe où résonneraient les derniers mots d'Hamlet : « Le reste est silence. » Deux minutes plus tard, sur les mêmes images de ce désert urbain, défilerait le générique de fin de son film. Un long-métrage uniquement consacré à Nantel. Un film dont elle avait trouvé le titre dans la nuit : *La Honte*, que l'on pouvait entendre dans plusieurs sens. Un film sur l'abandon, la solitude, la colère à travers la vie d'un homme en quête de lui-même dans un monde détruit par les forces de l'argent…

La caméra tournait.

Le sol brillait d'un éclat dur. Marion songeait qu'il lui restait encore une banane et du pain en réserve quand elle vit soudain Daisy dans son champ visuel. Elle crut d'abord que c'était une promeneuse égarée qui allait gâcher son plan. Elle s'apprêtait à la houspiller quand elle la reconnut. Daisy arrivait alors qu'elle avait perdu tout espoir de la retrouver ! Une apparition, comme elle l'avait si souvent rêvé. Sans montrer le moindre étonnement, Daisy approcha d'un pas régulier.

– Il a disparu, dit-elle, s'arrêtant face à la caméra.

Marion laissa tourner. Daisy ne bougeait pas.

– Qui a disparu ?

– Maxence…

Daisy ajouta d'un ton froid :

– Maxence a disparu, mon père a disparu, mon grand-père, mon arrière-grand-père aussi ! Ils m'ont tous quittée. Je suis seule. Totalement seule…

– Je suis là, corrigea Marion.

Daisy sursauta.

– Pardon, oui, tu es là ! Heureusement que tu es là !

Et, soudain intriguée, comme si un rideau se levait devant ses yeux :

– Mais qu'est-ce que tu fais là ?

Dans ce décor aride où toute intimité était impossible, Marion déclara d'une voix sereine :

– Je t'espérais.

Et plus bas :

– Tu sais, je tiens à toi comme personne.

Daisy fronça les sourcils. Qu'est-ce que ça voulait dire ?

– Comme personne ?

Marion offrit sa main avec impatience.

– Viens, lui dit-elle, droit dans les yeux.

Elles se rapprochèrent l'une de l'autre. Daisy avait une odeur de fée et Marion l'embrassa comme on embrasse celle que l'on aime. Le ciel s'anima brusquement en tempête. Les nuages se firent la course, ils se heurtèrent, s'emmêlèrent. Ils allaient dans un sens et, indécis ou pris de regrets, repartaient en sens inverse. La lumière devint clarté, puis obscurité, puis clarté à nouveau. Une marée de lumières, une blancheur d'averse suivie d'une ombre frissonnante. Le vent se leva d'un coup, emportant des sacs plastique, des feuilles de journaux, des emballages devenus papillons géants dans cet espace désert. L'air était lourd d'une chaleur montée des sous-sols de la terre. Les caves, les parkings grondaient. Il y eut un ou deux coups de tonnerre, mais lointains, peut-être intimidés par la longueur de ce baiser. Par ces deux corps si étroitement tenus l'un à l'autre.

Soudain Daisy, l'héroïne de cette histoire, et Marion, qui l'aimait comme on n'aime qu'une fois, entendirent un grondement sourd, un roulement de pierres tombant d'une montagne ou d'une falaise. D'abord, elles n'aperçurent rien, ne sentirent qu'une trépidation. La roche arrachée roulait plus fort à chaque tour, grossissait, écrasait sur son passage les obstacles qui se dressaient devant elle. Une charge de cavalerie faisait trembler le sol. Les immeubles vibrèrent sur leurs fondations. Le goudron se souleva. Les murs se fendirent, les portes et les fenêtres explosèrent. Les grilles, les barrières de sécurité, les poteaux indicateurs s'envolèrent sous une salve d'applaudissements venus d'on ne sait où. Des sifflements stridents se firent entendre, des cercles de musique s'élevèrent des tours, des gongs résonnèrent. Il y eut de la folie dans ce tumulte, de la farce et de la provocation. Que le soleil ou la lune se coupent en deux et on pourrait crier à la fin des temps. À l'accident majeur ! À la catastrophe définitive ! Pearl Harbor ! Hiroshima ! Tchernobyl ! Daisy et Marion s'embrassaient encore quand elles les virent arriver à la vitesse d'un tsunami. Personne n'avait jamais entendu un tel rugissement. Personne n'avait jamais vu ça : les jeunes, les vieilles, les vierges, les prostituées, les amoureuses, les musulmanes, les Africaines, les Asiatiques, les échevelées, les tondues, les sévères, les robes rouges, les pantalons noirs, les beautés, les disgraciées, les en fauteuil, les béquillardes, les sirènes, les gorgones, les talons hauts, les chaussures basses, les myopes, les lunettes noires, les battues, les battantes, les voilées, les seins nus, les callipyges, les hurleuses, les timides, les grandes, les petites, les grosses dondons, les fils de fer, les roploplos, les œufs au plat, les révoltées, les rebelles, les révolutionnaires…

Elles étaient le chaos, l'insurrection.

La foule devenait cet animal étrange aux mille visages qui n'en faisaient qu'un. Un seul et unique visage de femme. Une femme au corps nerveux, ondulant, progressant de cris en détonations, d'explosions en fracas, portée par des chants qui, sans cesse, la poussaient en avant. Sa vigueur, son intrépidité décuplaient à chaque pas. La foule femme marchait, trépignait, dansait. Rien – ni personne – ne semblait capable de freiner sa course. Lave en fusion, chair en ébullition, battements d'ailes d'oiseaux en bataille. Elle arrivait de tous côtés, fatale, morale, vandale ! Ses cris modelaient l'espace, crachaient des guêpes, soufflaient du feu et défiaient la langue bleue du ciel.

Solidement arrimées l'une à l'autre, Daisy et Marion se laissèrent emporter par la ruée. Qui désormais oserait les séparer ? Les juger ? Les condamner ? Elles couraient, offertes aux clameurs toujours plus vives et plus brûlantes. Elles volaient, mêlant leurs « Je t'aime » aux voix des autres pour offrir de l'amour à la colère. Mais c'était bien de colère qu'il s'agissait, de honte muée en colère, comme si elles devaient en finir avec les humiliations, les souffrances, les douleurs infligées aux femmes et briser une fois pour toutes l'infini servage de leur sexe. Par essaims entiers, par vagues successives, mille, dix mille, cent mille, un million de femmes déferlaient. L'horizon parut se courber, le ciel prit une étrange couleur indigo et le vent tomba, foudroyé.

LISTE DES PERSONNAGES

L'action centrale de *Ces femmes-là* se déroule au cours d'une manifestation. À travers le portrait de femmes remarquables. C'est l'histoire d'une foule où apparaissent successivement :

DAISY : professeure des écoles, célibataire, amie de cœur de Maxence et de Marion.

MAXENCE MARCHAL : sociologue anarchiste.

CHARLIE : frère aîné de Maxence, permanent du Syndicat, marié à Morgane, trois enfants.

MORGANE : femme de Charlie, experte-comptable, mère de Garance, Cerise et Chloé, sœur de Rosa (libraire).

ROBY : frère de Maxence, syndicaliste, marié à Nadia, sans enfant.

NADIA : hôtesse de l'air, femme de Roby.

FAUSTINE : lycéenne, sœur cadette de Maxence.

JULIA : lycéenne, meilleure amie de Faustine.

KEVIN : lycéen.

YAZID : frère aîné de Nadia, cariste.

MOULOUD : collègue de Yazid.

FLORENT BAYEUX : ex-socialiste devenu conservateur, secrétaire d'État au Budget, marié à Cassandre, un fils (Tobias).

CASSANDRE : femme de Florent Bayeux, agrégée de lettres modernes, essayiste.

ANIE : journaliste économique, maîtresse de Florent Bayeux.

MILENA : parlementaire progressiste, amie de Cassandre Bayeux, défenseuse des travailleurs sans papiers.

AMAURY LEQUEUX : président du syndicat patronal le Triumvirat.

Commandant HAEFLIGER : chef des Forces spéciales de sécurité.

Capitaine KAHANE : officier des Forces spéciales de sécurité.

VERNON NEWALL : saxophoniste, gérant d'un studio d'enregistrement.

PRISCILLA : chanteuse, femme de Vernon Newall.

Général DUTUIT : commandant du centre de télésurveillance des Forces spéciales de sécurité.

MARGUERITE : militaire, aide de camp et maîtresse du général Dutuit.

ERNEST : secrétaire général du Syndicat.

STÉPHANE et MAURIER : adjoints et gardes du corps d'Ernest.

AMIEL LOMBARD : ancien syndicaliste devenu un parlementaire conservateur.

CLOTILDE : épouse d'Amiel, sans profession, deux enfants (Victoire et Briac).

MARLÈNE : hôtesse d'accueil à la télévision.

JOCELYN : cameraman.

PIERRE-JEAN DE LAVOYE : parlementaire, leader des Conservateurs.

YAMINA : femme de ménage, veuve, trois enfants (Soraya, Adal, Safia).

Maître ANTOINE LABAT : avocat, employeur de Yamina.

RACHEL : professeure des écoles, collègue et amie de Daisy.

MIMI : infirmière, sœur par alliance de Daisy, maîtresse du professeur Sagol.

Professeur SAGOL : chirurgien, chef de service de l'Hôpital central.

BÉRANGÈRE : femme du professeur Sagol, mère de Charlotte, Louis, Delphine et Joséphine.

AISSATOU : employée de maison chez le professeur Sagol.

FLOCON : militant fasciste, leader du groupe Race supérieure.

RITA : militante fasciste.

SŒUR CÉCILE : religieuse, infirmière à l'Hôpital central.

MARION : cinéaste, amoureuse de Daisy.

JACQUES NANTEL : acteur au chômage.

On rencontrera aussi :

MAMIE LOULOU (mère de Morgane et Rosa), Mme MARCHAL (mère de Maxence, Charlie, Roby et Faustine), RENÉE BERNHEIM (voisine et amie de Daisy), DJAMILA (copine de Mouloud) et sa sœur LEÏLA, JESSICA GORNE (responsable de la communication de Florent Bayeux), SAUVAGE et BORIS (militants fascistes), PATRICK MONGIN (journaliste) et CLAUDE HENNER (cameraman), OLIVIER GOUVERNEUR et JULIETTE CLAUDON (présentateurs à la télévision), des anarchistes avec Maxence, des fascistes avec Flocon, des chefs d'entreprise, des vigiles, des militaires…

Et toutes celles et ceux qui manifestent.

DU MÊME AUTEUR

Ouvrages

VIVE LA SOCIALE !, Mazarine, 1981 ; revu et corrigé, Seuil « Point Virgule », 1987.

À QUOI PENSE WALTER, Calmann-Lévy, 1987 ; Seuil « Point Virgule », 1988.

LES CINQ PARTIES DU MONDE, Mazarine, 1984 ; Le Livre de Poche, 2012.

CÉLÉBRITÉS POLDÈVES, Mazarine, 1984.

L'ATTRACTION UNIVERSELLE, Calmann-Lévy, 1990 ; Le Livre de Poche, 1993.

ZARTMO, Calmann-Lévy, 1994.

BÉTHANIE, Calmann-Lévy, 1996 ; Le Livre de Poche, 1998.

CORPUS CHRISTI, ENQUÊTE SUR LES ÉVANGILES (en collaboration avec Jérôme Prieur), Mille et une nuits/Arte éditions, 1997.

LE RETOUR DU PERMISSIONNAIRE, La Pionnière, 1999.

JÉSUS CONTRE JÉSUS (en collaboration avec Jérôme Prieur), Seuil, 1999.

LA GRANDE JUMENT NOIRE, Les cheminots dans l'aventure du siècle, Lamartinière, 2000.

JÉSUS, ILLUSTRE ET INCONNU (en collaboration avec Jérôme Prieur), Desclée de Brouwer, 2000.

VICHY-MENTHE, Eden, 2001.

L'OMBRE PORTÉE (dessins de Patrice Giorda), La Main parle, 2002.

MADAME GORE (dessins de Bob Meyer), Grand Prix humour noir, Eden, 2002.

RUE DES RIGOLES, Calmann-Lévy, 2002.

LES RUDIMENTS DU MONDE (photographies de G. Azenstarck), Eden, 2003.

YORICK (dessins d'André Faber), Eden, 2003 ; réédition Libertalia, 2012.

COMMENT CALMER M. BRACKE, Calmann-Lévy, 2003.

C'EST MON TOUR, Eden, 2003.

JÉSUS APRÈS JÉSUS. ESSAI SUR L'ORIGINE DU CHRISTIANISME (en collaboration avec Jérôme Prieur), Seuil, 2004.

LES VIVANTS ET LES MORTS, Calmann-Lévy, 2004, Grand Prix RTL / *Lire*.

NOTRE PART DES TÉNÈBRES, Calmann-Lévy, 2008.

SCANDALES ET FOLIES, Seuil, 2008.

JÉSUS SANS JÉSUS, DE L'APOCALYPSE À LA CITÉ DE DIEU (en collaboration avec Jérôme Prieur), Seuil / Arte éditions, 2008.

LES INVISIBLES (photographies de Joël Peyrou), L'Atelier, 2010.

ROUGE DANS LA BRUME, Calmann-Lévy, 2011 ; Le Livre de Poche, 2011.

SUBITO PRESTO, Calmann-Lévy, 2011.

LE LINCEUL DU VIEUX MONDE, Le Temps qu'il fait, 2011 (poésies).

IL N'Y A PAS D'ALTERNATIVE. 30 ANS DE PROPAGANDE NÉOLIBÉRALE (en collaboration avec Bertrand Rothé), Seuil, 2011.

JÉSUS LE NAZE, Colophon, 2012 (poèmes).

CE QUE SAVAIT JENNIE, Calmann-Lévy, 2012 ; Le Livre de Poche, 2014.

XENIA, Calmann-Lévy, 2014 ; Le Livre de Poche, 2015.

LE MIROIR VOILÉ ET AUTRES ÉCRITS SUR L'IMAGE, Calmann-Lévy, 2014.

SOMBRES LUMIÈRES DU DÉSIR, Le Temps qu'il fait, 2014 (poésies)

LA BOÎTE À RAGOÛT, La Pionnière, 2015.

LA BRIGADE DU RIRE, Albin Michel, 2015 ; Le Livre de Poche, 2016.

LA FEMME AUX FESSES, Colophon, 2015 (poèmes)

« RIQUET À LA HOUPPE », in *Leurs contes de Perrault*, ouvrage collectif, Belfond, 2015.

JÉSUS SELON MAHOMET (en collaboration avec Jérôme Prieur), Seuil, 2015 ; « Points », 2017.

HAMLET LE VRAI, Grasset, 2016.

MOI PRÉSIDENTE, Autrement, 2016.

LA TOUR ABOLIE, Albin Michel, 2017 ; Le Livre de Poche, 2018.

« LE COMMUN DES MORTELS » (essai sur la photo in *L'Humanité, figures du peuple* de Danielle Tartakowsky), Flammarion, 2017.

LE MORDILLALPHABET (dessins d'Ernest Pignon-Ernest), Colophon, 2017 (poèmes).

LE SUAIRE (en collaboration avec Jérôme Prieur, dessins d'Éric Liberge), Futuropolis, 2018.

Films

LA VOIX DE SON MAÎTRE, 1978, 100′, coréalisé avec Nicolas Philibert.

'PATRONS/TÉLÉVISION, 1979, 180′, coréalisé avec Nicolas Philibert.

VIVE LA SOCIALE !, 1983, 90′, prix Jean Vigo.

PAS DE VIEUX OS, 1985, 90′ (TV).

BILLY-ZE-KICK, 1985, 90′.

LE FILS CARDINAUD, 1986, 60′ (TV).

FUCKING FERNAND, 1987, 90′.

LE DÉSERTEUR, 1988, 60′ (TV).

CHER FRANGIN, 1989, 90′.

SHAKESPEARE SONNETS, 1990, 60′ (TV).

TOUJOURS SEULS, 1991, 90′.

BÉATRIX BECK, 1991, 60′ (TV).

LA VÉRITABLE HISTOIRE D'ARTAUD LE MÔMO, 1993, 170′, coréalisé avec Jérôme Prieur.

EN COMPAGNIE D'ANTONIN ARTAUD, 1993, 90′.

JACQUES PREVEL, DE COLÈRE ET DE HAINE, 1993, 23′, coréalisé avec Jérôme Prieur.

ARCHITRUC, 1995 (TV).

CORPUS CHRISTI, 1997-1998, 12 × 52′, coréalisé avec Jérôme Prieur, prix Clio de l'histoire.

PADDY, 1999, 90′.

L'APPRENTISSAGE DE LA VILLE, 2000, 105′ (TV).

SIMON LE JUSTE, 2001, 90′ (TV).

L'ORIGINE DU CHRISTIANISME, 2003, 10 × 52′, coréalisé avec Jérôme Prieur, prix Clio de l'histoire.

L'ÎLE ATLANTIQUE, 2005, 90′ (TV).

LA FORTERESSE ASSIÉGÉE, 2007, 140′ (TV), prix TV de la critique du meilleur documentaire.

L'APOCALYPSE, 2008, 12 × 52′, coréalisé avec Jérôme Prieur.

LES VIVANTS ET LES MORTS, 2010, 8 × 52′, d'après son roman.

LES CINQ PARTIES DU MONDE, 2011, 90′ (TV), d'après son roman *Vichy-Menthe*, FIPA d'or du meilleur film et de la meilleure musique.

LAURENT FABIUS, UN HOMME LIBRE, 2011, 52′ (TV).

LE GRAND RETOURNEMENT, 2012, 75′.

HISTOIRE D'UN FAUTEUIL, 2013, 52′ (TV).

JÉSUS ET L'ISLAM, 2015, 7 × 52′, coréalisé avec Jérôme Prieur.

MÉLANCOLIE OUVRIÈRE, 2017, 90′.

Gérard Mordillat est président de l'association Altermedia, en Île-de-France, qui a pour vocation de former aux métiers du cinéma des jeunes n'ayant pas obtenu le baccalauréat. Il préside par ailleurs le festival international sur la mer et les marins, Ciné salé.

Composition : IGS-CP
Impression : CPI Bussière en décembre 2018
Éditions Albin Michel
22, rue Huyghens, 75014 Paris
www.albin-michel.fr

ISBN : 978-2-226-44002-0
N° d'édition : 23338/01 – N° d'impression : 2038241
Dépôt légal : janvier 2019
Imprimé en France